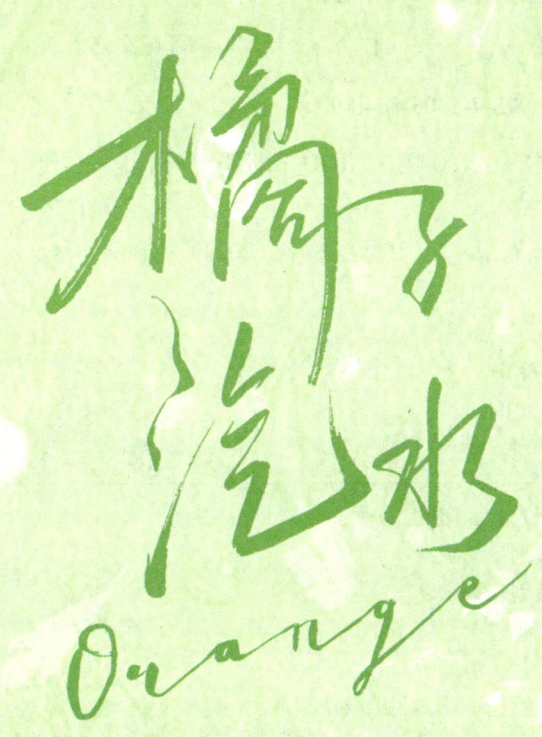

橘子汽水

阿司匹林 著

天津出版传媒集团
百花文艺出版社

图书在版编目（CIP）数据

橘子汽水 / 阿司匹林著. -- 天津 : 百花文艺出版社, 2023.9
 ISBN 978-7-5306-8640-9

Ⅰ.①橘… Ⅱ.①阿… Ⅲ.①长篇小说－中国－当代 Ⅳ.①I247.5

中国国家版本馆CIP数据核字（2023）第146890号

橘子汽水
JUZI QISHUI
阿司匹林　著

出　版　人：薛印胜
选题策划：胡晓童
特约策划：孙小淋
责任编辑：李　信
装帧设计：蒋　晴
出版发行：百花文艺出版社
地　　址：天津市和平区西康路35号　　邮编：300051
电话传真：+86-22-23332651（发行部）
　　　　　+86-22-23332656（总编室）
　　　　　+86-22-23332478（邮购部）
网　　址：http://www.baihuawenyi.com
印　　刷：北京润田金辉印刷有限公司
开　　本：880毫米×1230毫米　1/32
字　　数：246千字
印　　张：9.5　彩插：6页
版　　次：2023年9月第1版
印　　次：2024年1月第2次印刷
定　　价：45.00元

如有印装质量问题，请与西藏悦读纪文化传媒有限公司联系调换
地　址：北京市朝阳区高碑店乡高井文化园路8号
邮　箱：yueduji@girlbook.cn
版权所有　侵权必究

今天晚上有很多星星。
周渔，我喜欢你。

目录

第一章 …… 1
橘子汽水

第二章 …… 23
仙女棒

第三章 …… 45
白日梦

第四章 …… 65
不能说的秘密

第五章 …… 77
木瓜糖

第六章 …… 105
校服外套

第七章 …… 121
飞鸟与鱼

Conte

目录

第一章 ……… 1
橘子汽水

第二章 ……… 23
仙女棒

第三章 ……… 45
白日梦

第四章 ……… 65
不能说的秘密

第五章 ……… 77
木瓜糖

第六章 ……… 105
校服外套

第七章 ……… 121
飞鸟与鱼

第八章 ········ 139
六月雪

第九章 ········ 173
梧桐雨

第十章 ········ 201
我喜欢你

第十一章 ········ 237
凌晨四点的月光

第十二章 ········ 265
夏夜美梦

番外一 ········ 293
言　辞

番外二 ········ 301
程挽月

橘子汽水

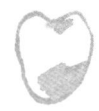

第一章
橘子汽水

周渔找了一份兼职——在超市收银。

县城里，晚上来小超市买烟酒的客人最多。路边灰尘大，货架每天都要擦，有人她就收银，没人的时候她就去后面理货，四个小时过得也快。

有人掀开帘子冲进超市："周渔！你妈的烧饼摊被砸了，你快回去看看吧！"

周渔心一急，差点儿从垫脚的椅子上摔下去，连忙把抹布扔到对方手里："帮我看着店。"

周渔的家在县城最边缘的地方，她抄近路跑回去也要二十分钟。

周渔拐过路口就听到刘芬在骂人，火车经过轨道的声音持续了十几秒钟，周渔坐在路边喘气，擦了擦额头上的汗，才起身慢慢走过去。

做烧饼的烤炉里还有炭，炉壁的温度很高，浇了几盆水才敢碰，刘芬一个人有点儿吃力，周渔帮忙把烤炉抬起来放到原来的地方。

墙角堆着沾了泥土的面粉和烤好的饼，都不能要了，刘芬心疼粮食，又大声骂了几句，邻居家养的鸡都被吓得到处乱飞。

周渔洗抹布擦桌子："谁砸的？"

刘芬说："不知道，我回去拿面粉，一转眼的工夫就这样了。"

"现在天气热，正好歇两天，等买了新的锅再开摊吧。"

周渔帮着刘芬把摊位收拾干净。衣服被汗浸湿了，她回家换了一件，连口水都没喝，又急匆匆地往外走。

"妈，我回超市，十点回来。"

她是下午五点半接的班，九点半超市关门。

对完账，她去了运动场旁边的一家烧烤店。烧烤店楼上有个台球厅，暑假学生很多，大部分是男生。

这家店开了十来年，客人多，连外面的座位都坐满了，台球厅里弥漫着些许成年客人吸烟的烟味。

周渔穿过大厅上楼。

晚上在这里玩的都是混混儿，不是黄毛就是红毛，周渔站在门口往里面看，没有找到那个人，但有她认识的另一个男生。

她没有进去，在外面等了一会儿。那个男生出来准备去厕所，她叫住他："言辞在吗？"

"他刚走，走了也就七八分钟。"

周渔转身下楼，顺着人民路往前走，走到路口的时候拐进一条小巷子，周围是繁密的居民楼群。

这条巷子大概有两百米长，只有一家门外亮着路灯，路很窄，空调水一直在往下滴。

光线暗，周渔先看见黑暗里有个人影，然后闻到了热风里的烟味儿，就站在原地，没有继续往里走，等那人轮廓渐清晰后才拎起背包朝对方砸过去。

"别再做那种幼稚的事。"

背包掉在地上，对方靠墙站着，抬腿将脚边的背包踢远，低声重复她的话："幼稚的事。"

许久后，他从黑暗里走出来。

"那样很幼稚吗？"他看看周渔的眼睛，忽然轻笑出声，"那我教训下她？"

"你敢……"

话刚出口就被箍住，周渔下意识地抓住他的手腕想要反抗，下一秒就被推到墙角。

充斥着恨意的声音贴在周渔的耳边："你看我敢不敢。"

他恨她。

他是该恨她。

"麻烦让让。"一道声音在几步外响起，很突兀，像是一道突然插进这剑拔弩张的两个人之间的刺目的光。

施力的手慢慢减轻力道，周渔闭上眼睛，无力地倒在言辞的肩上大口喘气。

程遇舟也没想到回老家第一天就在家附近遇上躲在没人的地方偷偷摸摸亲热的"小情侣"。他用手机开着手电筒照明，但没往那两个人身上照，所以也没看到两个人的长相，只看见地上有个背包，拉链上挂着一个毛线织的橘子。

他等了一会儿，小情侣还紧紧地抱着，更没有把背包捡起来的意思。他只能提起行李箱从旁边绕过去。

周围一大片居民区很久以前是程家花园，住在这里的人都知道。

程遇舟走出巷子，提着行李箱进了路边的大红门。

"奶奶，我回来了。"

老太太早就做好晚饭等他了，听到声音后高兴地从屋里小跑出去："仔仔回来了。"

"我自己提。"程遇舟一手拎着行李箱，一手扶着老太太，"火车晚点，在车站多待了几个小时。奶奶做了什么好吃的，这么香？"

"油焖大虾，红烧排骨……你想吃的都有。"钱淑笑着给他擦汗，"外面热吧，先去洗澡，我给你切西瓜。"

"好嘞。"程遇舟把东西随便放下，找了套干净衣服去洗澡。

他是在外地出生的，不经常回来，除非学校放长假，有时候回来过年，有时候回来过暑假。

程家有两个儿子，一直没有分家。

老爷子去年离世后，老太太一直郁郁寡欢，整日坐在院子里看着老爷子的遗物发呆，前几天听说程遇舟要回来过暑假，心情才好了一些。

程遇舟顺便洗了头发，用毛巾擦到头发不滴水后走出浴室。客厅开了空调，很凉快，但是老太太年纪大，吹空调腿脚会不舒服，他找到遥控器把空调关了。

钱淑吃得少，一直在给程遇舟夹菜。

"仔仔，今年能住两个月吧？"

程遇舟没让人开车送他，自己坐火车回来的，中途还要换乘，一天没吃什么东西，确实饿了，又加了半碗饭。

"奶奶，这次我能住一年。"

钱淑以为这孩子青春期叛逆，跟父母闹别扭，声音立马拔高了两度："你不上学了？"

"上啊，我就是回来准备高考的。"

程遇舟一直在外面上学，突然要回小县城，老太太一听就觉得不对劲：大城市教育资源好，小县城哪能和大城市比？高三又是最关键的一年，换了环境又要多花时间和精力去适应新学校。

"是你爸妈的意思吗？他们忙得连照顾你的时间都没有了？仔仔，他们俩不会又在闹离婚吧？"

程遇舟笑着说："没有，这是国家规定的，考生要回原籍高考。"他的户口还在这里。

钱淑不太相信，担心程遇舟是自己跑回来的，便趁他刷牙的时候给他妈打电话确认。

"妈，舟舟没有骗您，这是六月份就定下来的事，这段时间我跟他爸都很忙，忘了提前跟您说。"

钱淑放下心来，但还是忍不住多说了两句："工作再重要也没有孩子重要，你们俩的心也太大了。"

"他在您身边待着，不可能学坏的，我们很放心。"

"那倒是，我带大的孩子，品格都不差，"钱淑叹了一口气，"反而是你们两个大人让人操心,夫妻有矛盾是常有的事,要互相理解,互相体谅。"

"妈,我们自己解决,您别操心了。"

为人父母,哪能不操心?

钱淑在厨房洗碗,程遇舟靠在门框上陪她聊天,讲他这一路上遇到了哪些有意思的事。

脚步声逐渐远去,巷子里只剩下空调外机嘈杂的声响。

周渔还靠在言辞的肩上。

她那紧紧抓住他手腕的双手垂下去的同时,他也往后退了半步,导致她的身体差点失去支撑。

旁边的窗户里亮起灯,灯光在言辞身后散开,碎发遮住了他的神情。

他应该是在看她。

周渔即使低着头,也能感受到他是在用什么样的眼神看她,直到他走出巷子,她那过于苍白的嘴唇都没能恢复血色。

等那阵头晕眼花的不适感缓解之后她才扶着墙慢慢站起身,弯腰捡起地上的背包,用手拍了拍上面的灰尘,拎着从巷子的另一头走出去。

刘芬每天都要等周渔回家才会去休息,十点的时候就在大门外面等着,而今天周渔到家比之前说好的时间晚了十分钟。

母女二人平时交流很少,大多数时候是沉默的,今晚谁都没有再提起饼摊被砸的事。

刘芬回房间后,周渔进屋洗澡,夏天的衣服领口太低,遮不住,她的皮肤不算敏感,但很白,那道掐痕过了两天才消下去。

今天轮到周渔上中班,她做好饭时间正好。

刘芬去买锅了,周渔把每样菜都留了一些,去外面叫老太太吃饭。

院子里有一棵杏树，杏子结得繁密，先成熟的那些刘芬已经卖了，邻居也来摘过，树上剩下的都长在比较高的地方，熟透了掉在地上，老太太一个一个捡起来装在兜里，嘴里念叨着要把杏子都留给阿渔吃。

"外婆，吃饭了。"

老太太看着周渔问："你是哪个？"

周渔说："我是您外孙女。"

这句话她每天都要重复很多遍。

老太太想了想，摇头道："认不得。"

"认不得就算了，进屋吃饭。"周渔接过那些烂杏子，发现已经不能吃了，就趁老太太不注意全扔进了垃圾桶。

老太太看见桌上的白米粥，有点儿不高兴："又是稀饭，我不喜欢吃稀饭，一点儿味道都没有。"

"放糖了，有味道。"

周渔提前把白粥凉凉了，老太太喝了两口，嫌甜味太淡。

"多放点嘛。"

周渔又给老太太加了一勺糖，可老太太还要加。

"好了好了，不能再多了。"

老太太嘴里已经没剩几颗牙齿，只能吃豆腐和茄子这种不用费力气嚼的菜。

周渔等老太太吃完才去超市。天气太热，下午客人不多，也不需要理货，她可以把书带去店里看。

但她忘记带水杯了，只好花三块钱买了瓶橘子味的汽水。

她喜欢玻璃瓶，但店里只剩最后一瓶易拉罐装的，放在冰箱里冰过，她付了钱之后没有立马打开，想放到常温再喝。

学习对她来说不是一件容易的事，和生活一样。

草稿纸被风扇吹到地上，她弯腰低下头去捡。

突然有人进来:"冰峰多少钱一罐?"

"三块,"周渔连忙回话,有顾客买当然要先卖给顾客,她起身时撞到了柜台,狼狈地捂着头站起来,"三块钱。"

"可以扫码支付吗?"

"不好意思,暂时……"

话还没说完,对方就已经单手抠开了易拉罐的拉环。他用的是左手,腕上戴着一条红绳。

周渔的目光顺着那条红绳往上,他正仰着脖子喝汽水,一滴汗从喉结上滑落,滚进白色T恤的领子里。

他回来过暑假了。

这一瞬,周渔心里的欢喜藏都藏不住,但她小心翼翼的,不敢让他看出来。

他好像很热,她递过去一张纸巾,然后悄悄把同样戴着一条红绳的左手背到身后。

"谢谢。"程遇舟没接她的纸巾,只捏着易拉罐降温,"怎么支付?"

他并不认识她。

周渔默默地把那张纸巾团在手里,努力让不太正常的心跳慢慢平静下来:"今天不能扫码支付,只能收现金。"

程遇舟拿着那罐已经喝了一半的汽水,脸上没有丝毫尴尬:"抱歉,我没带现金,要打电话让我妹给我送过来。"

周渔点头:"没关系,里面有椅子,你可以坐着休息一会儿。"

程遇舟走到离空调近的地方给程挽月打电话,程挽月怕晒,说到最后才不情不愿地答应了。

店里进来一个女生。程遇舟知道程挽月过来最少要半个小时,就去问那个女生能不能换三块钱现金,他用支付宝转账给她。

女生问:"能用微信转吗?我加你。"

他说:"我不用微信。"

"那好吧。"对方半信半疑,放弃加微信,但帮他付了钱。

程遇舟给她转了五块,周渔就把原本找零给那个女生的五块钱放回抽屉,给他找了两块的硬币。

那个女生离开超市后,周渔听到程遇舟给人发微信语音,说不用来了。

程遇舟喝完剩下的汽水,把易拉罐随手丢进门口的垃圾桶,余光无意间瞥到柜台上那个毛线织的橘子挂件,旁边放着一本习题册。

那天晚上巷子里很黑,空调水滴滴答答的,他坐了一天的车很累,也没兴趣看小情侣亲热,所以并没有去看两个人长什么样。

程遇舟在等周渔找钱的时候多看了她两眼,她皮肤很白,脖子上还有点儿红印,挺漂亮。

周渔抬头,正好对上程遇舟的目光,她长了双笑眼。

"找你的零钱。"

"谢谢。"程遇舟把硬币接过来塞进兜里,走出超市。

这家超市离程家不算太远。

程挽月在空调房里打游戏。她不是因为知道程遇舟回县城了才来奶奶家玩,是因为不想听父母啰唆——她的学习差得一塌糊涂,暑假作业也懒得写,在家里总会被批评,老太太这里最清净。

听见开门声,她换了条腿搁在椅子上:"你怎么不给我带根雪糕?"

程遇舟捡起掉在地上的垫子扔在她身上:"你换个地方玩。"

"你怎么不换个地方看比赛?"已经霸占的地方程挽月绝对不会让,翻过身顺便踹了他一脚,"你挡着空调了,让一边去。"

她突然问程遇舟:"叔叔和婶婶真的要离婚了吗?"

下一秒她就被抱起来扔到另一张沙发上,差点儿一头栽到地上,还碰翻了一盘杏子。

杏子是老太太在超市买的,很难吃,又酸又涩。

周渔下班的时候路过水果店买了半颗西瓜，家里只有三个人，半颗都吃不完。

夏天的雨来得急，周渔没打伞，也没用帽子挡雨，邻居看她走路步伐轻快，脸上还带着笑，就问了句："阿渔，今天有什么好事？"

周渔摇头："没有啊。"

"没有你笑得这么开心？"

她笑了吗？

周渔下意识地摸了摸自己的脸："没有什么好事。"

邻居笑着道："你快回去吧，别生病了。"

周渔拎着西瓜到家时，刘芬在厨房做饭，老太太坐在门口嘀嘀咕咕念叨着什么，周渔喊了她一声，放下西瓜去洗澡。

晚上周渔多吃了半碗饭。

这场暴雨下了不到四十分钟就停了，雨后天气凉爽，杏子落了一地，这次很多还能吃，周渔把好的捡起来用水洗干净。

树上那些太高了，她摘不到。

以前言辞能爬到树上全摘下来。

手机铃声响起，刘芬在屋里叫周渔："阿渔，有电话。"

"来了。"周渔擦擦手，进屋找手机。

电话接通后，周渔先听到程挽月的一声惨叫。

程挽月还了程遇舟一拳之后穿上拖鞋跑远："阿渔，我明天想去你家摘杏子，你家的杏子还有吗？"

"有啊，还有很多，但是太高了。"

"没事，有帮手。我带个篮子去，顺便抄一下你的作业。"

"可以在天黑之前来，没那么热。"

"行，那就这么说好啦。"

程挽月是县长的女儿,和程遇舟是堂兄妹,她还有个双胞胎哥哥叫程延清,程遇舟比他们大两个月。

她一般只有在有事求程遇舟的时候才会叫声哥。

"舟舟哥哥,一起去我同学家摘杏子吧。"

"不去。"

树太高了,她爬不上去,不拉上程遇舟根本摘不到几个好的。

"天天打球有什么意思,去呗。"她搬出钱淑,"奶奶喜欢吃,又不远,咱们走着去,就当饭后散步。"

程遇舟没兴趣去摘水果,更没兴趣和妹妹一起散步:"你叫程延清。"

"他忙着呢,没空理我。"

"他能忙什么?"

程挽月极为鄙夷地哼了一声:"忙着献殷勤,天天朝九晚五,比我爸妈上班都积极,也不知道他是在哪儿养成的一身奴性。"

"不许这么说你哥哥。"钱淑没好气地在她的脑袋上敲了一下:"仔仔去玩吧,别总闷在家里。"

程遇舟被拽出门时,太阳刚落山,但风还是热的。小县城有小县城的好,空气清新,青山绿水,他虽然不是在这里出生的,但也没少回来住,对这里不算陌生。

周渔家靠近火车站,程遇舟回来那天,下火车后打车从她家门前的马路经过,只是当时天色暗,加上他心情不算好,没注意到路边有棵杏树。

"就是前面那家。"

"看见了。你带钱了吗?"

"那是我同学,不用给钱,她自己家的,没打农药,随便摘随便吃。"

还有几个烧饼没卖完,周渔在看摊,程挽月远远地朝周渔挥了挥手:"阿渔,我来了。"

周渔抬起头,看到了程挽月身后的程遇舟,他边走边给谁回消息。

周渔没想到他会来,有些愣神,程挽月问周渔晚上吃的什么,周渔居然说吃的米饭,明明是面条。

"那是我哥,程遇舟,"程挽月下巴往后指了一下,等程遇舟走近后又给他介绍周渔:"这是我最好的朋友,周渔。"

程遇舟收起手机,对上那双笑眼时也有短暂的意外——一个星期能遇见三次。

"你好。"他先打招呼,就像第一次见面。

周渔笑了笑:"你好。"

程挽月已经开始研究是脱鞋上树还是穿鞋上树更安全——她肯定是不会爬树的,把程遇舟拽过来就是帮她干活的。

刘芬从对面邻居家出来,听她说的话,应该是邻居借走家里的东西之后把东西用坏了。程挽月叫了声阿姨,刘芬没理会,又骂了邻居两句直接进屋了,显得刻薄又没有礼貌。

一身大小姐脾气的程挽月像是习惯了,根本没有放在心上,也不生气:"阿渔,外婆呢?"

周渔说:"她在屋里看电视。"

程挽月从兜里掏出叠成方块的卷子,朝周渔眨眼:"外面好多蚊子,我去你房间。"

"嗯。"

"哥,多摘点儿啊,不用跟阿渔客气。"程挽月熟门熟路地去了周渔的房间,留下程遇舟摘杏子。

院子里就剩两个人,周渔问他:"你的鞋滑吗?"

程遇舟低头看了一眼脚上的球鞋:"还行。"

"那就穿着鞋吧,"周渔提醒他,"光脚容易被树枝划伤,而且树上有小虫子。"

程遇舟试了一下,双手抓着树枝借力,很轻松地爬上去了。

刚爬上去,他兜里的手机突然掉出来,周渔手忙脚乱地跑过去,差点儿没接住,屏幕蹭到树皮,有点儿刮花了。

"没事,你帮我拿一下。"

"好,那就先放在我这里。"周渔擦擦手机屏幕,再抬起头时,程遇舟已经爬到第二个树杈,小树枝戳到了他的脖子,"你小心点儿。"

上面的杏子大,程遇舟踩着手腕粗细的树枝试探承重量,觉得没问题,又往上爬了两米。

"站稳了吗?"

树叶繁密,他往下看,就见少女用亮晶晶的双眸盯着他。她大概是把他当成那种城里的公子哥儿,担心他会摔下去,时刻准备着像刚才接住他的手机一样接住他。

程挽月能交到这样的朋友,也算是一个优点了。

"我去拿件衣服在下面帮你接着,你摘了就往下扔。"用篮子接的话很多杏子会摔坏。

程遇舟点头:"行。"

程挽月正趴在书桌上写卷子,周渔进屋打开衣柜找了件外套。出去之前,她低头看着手腕上的红绳,想了想还是摘下来放进衣柜。

程遇舟尝了一颗杏子,甜得发腻,果香浓郁,果肉绵软,确实比超市里买的好吃多了。

"你站着别动,我往你那里扔。"

想到他能精准地把易拉罐抛进垃圾桶,周渔觉得他扔得肯定比她跑来跑去接更准。

程遇舟连续扔了三十多个,个个都稳稳地落在衣服里,周渔只需要站着不动。她一直仰着头,他抬起手去摘高处的杏子,T恤随着他的动作往上,风一吹,里面空荡荡的,此刻天色的亮度足够视力很好的周渔看到他的腹肌。

脸颊被夕阳的余晖烤得发烫,周渔慌忙移开眼,连树上的杏子掉下来都不知道躲,杏子正好砸在她的额头上。

"啊!"她疼得倒吸一口凉气,嘀咕,"我就看了一眼,又没多看。"

"什么?"程遇舟站得高,耳边全是风声,没听清她说的是什么,"砸到你了?刚才那个不是我扔的。"

那个杏子是从枝头自然脱落的。

周渔低着头不看他:"没什么。"

一片叶子从程遇舟的后颈掉进衣服里,他动了动肩膀,皮肤上生起的一阵痒意导致身体重心不稳,晃了一下。好在他反应快,及时抓住了一根粗一点儿的树枝,才没有从树上摔下去。

站稳后,他松了一口气,低头往下看,月光穿过茂密葱郁的枝叶落在侧过头偷笑的周渔脸上,她额头被杏子砸到的地方有点儿红。

"哥,"程挽月抽空从窗户朝外面喊了一句,"多摘点儿,不摘也是浪费!"

程遇舟回过神:"知道了。"

大部分杏子已经熟透了,不摘也是被鸟吃或者烂了掉在地上,程遇舟就把够得着的全摘了——下去后程挽月要多少就拿多少,剩下的留给周渔。

程遇舟踩着树干跳到地面上,周渔指着院子里的水池告诉他:"那边可以洗手。"

周渔想起那天在超市他没有接她的纸巾,就没再多此一举,他应该不习惯用陌生人的东西。

"你的头发上有片叶子。"

"谢谢。"程遇舟双手都是湿的,只随意动了动脖子,看到叶子掉在脚边,随后看向她,"你没事吧?"

周渔有些茫然:"嗯?"

程遇舟说:"额头红了。"

周渔这才摸了摸被杏子砸到的地方:"没事,不疼的。"

就是她有点儿丢脸。

程遇舟的视线慢慢往下,她正好站在橙红色的余晖里,整个人像是被一层光晕笼罩着,每一根发丝随风飘动的幅度都被清晰地勾勒出来。

她很漂亮。

这已经是他第二次这样想了。

这种想法很危险。

所以他很快转移注意力,将目光停留在她红通通的耳垂上:"耳朵也红了。"

周渔习惯性地摸摸耳垂,就像平时被烫到后那样。她不是反应迟钝的人,理由有很多:"天气好热,那些杏子很重。"

茂密的枝叶随风沙沙作响,程遇舟仰起头往上看:"这棵树有多少年了?"

"我六岁那年我爸种下的,差不多有十年了。"

"每年都结果子吗?"

"嗯,这几年是一年比一年多,可能再过几年就没有了,很多果树都这样。"周渔不知道他脸上那一滴是水还是汗,他好像很怕热,"你要喝水吗?"

他说:"不用麻烦,我们一会儿就回去了。"

喝水而已,其实一点儿都不麻烦。

程挽月把一张卷子搞定之后从屋里走出来,看到满满一篮杏子很满意,也没洗就吃了一个:"哇,好甜,比去年的还甜。"

周渔莫名地松了一口气,走过去帮她挑大的:"你可以多拿点儿。"

"嗯嗯,我带回去给奶奶吃。"程挽月从不跟周渔客气,"等你把英语作业写完,我再来摘西红柿。对了,18号我过生日,你一定要去，就在我奶奶家，不玩太久。"

周渔在超市收银只是兼职，有事可以调班："好，我会去的。"

"那我们走了啊。"程挽月把篮子递给程遇舟，朝屋里喊："阿姨再见，外婆再见。"

没人理她，她也不在意。

外婆耳朵不太好，很多时候是听不见，不是不搭理人。刘芬很喜欢程挽月，以前每次来玩，刘芬都会留程挽月吃饭。

程遇舟拎着篮子回头看，院子里已经没人了。

"谁会跑这么远来买烧饼，她们怎么不在城里租个门面？"

程挽月说："阿姨也不是为了赚钱，就是找点儿事情做吧，闲着容易多想。"

程遇舟只是随口问的，刘芬那古怪的脾气和待人处事的态度也不像是能把生意做好的样子："你同学是不是有情况？"

程挽月狐疑地看着他："你怎么知道？"

"猜的。"程遇舟总不能说自己回来的第一天晚上就看见周渔和一个男生在小巷子里拥抱。

程挽月无语地翻了个白眼："我不清楚。"

"你们不是朋友吗？"

"是朋友，但她不想告诉我的事，我也不会强迫她说。"

毕竟程挽月也不会把所有的事都告诉周渔，程挽月也有自己的秘密。

天黑了，街上人少。

程挽月打算晚上在老太太家睡，就和程遇舟一起回去，两个人在大门外遇到了言辞。

他从对面的家属楼出来，穿着黑色T恤，黑色裤子，连鞋都是黑色的，模样像是刚睡醒，但依然显得冷漠。

"言辞，你吃饭了吗？"程挽月朝他晃了晃手里的杏子，"刚从树上摘的，特别新鲜，又大又甜，你要不要？给你分一半？"

言辞甚至没有多看她一眼，直接从程遇舟身边走过去。

"唉。"程挽月看着言辞的背影叹气。

程遇舟觉得好笑，竟然还有人能让她热脸贴冷屁股，而且她被无视后不仅不生气，反而一脸慈母般怜爱的表情。

"他是谁啊？"

"我们学校的校草，言辞。他本来去年就应该毕业了，休学了一年。"程挽月盯着程遇舟那张渣男脸，一本正经地说，"估计是知道你要来跟他抢校草的名头，就等了你一年。"

程遇舟："……"

他虽然没说话，但程挽月从他的表情看出来他在骂她有病，追着他进了大红门。

老太太在院子里听戏，等两个孩子回来。

程挽月喜滋滋地把篮子里的杏子给钱淑看。她带回来的都是好的，个头儿也大，指腹稍稍用力就能捏开，轻松地将里面的核从果肉间剥离，咬一口就是满嘴香甜。

"奶奶，言辞又出去鬼混了，刚才我特别热情地和他说话，还准备把杏子给他分一半，他却跟聋了一样。"

钱淑跟着叹气："又出去了？"

程挽月往凉椅上一躺，脚尖一晃一晃的："是啊，一点儿都不听话，要么待在家里几天都不出来，要么就天天去外面鬼混。也不知道他开学还回不回学校，都已经耽误了一年，他那么聪明的脑袋，不用来读书真可惜。"

"唉，言辞以前是多好的孩子啊。"

钱淑心疼言辞，但又很无奈。

程遇舟洗完脸，摸了摸裤子两边的口袋："我的手机呢？"

程挽月是典型的过河拆桥型妹妹，闻言毫不在意地继续吃杏子：

"不在你兜里吗?是不是落在阿渔家了?"

他想起周渔好像帮他把手机放在洗手池旁边,但是他走的时候忘拿了。

"可能是。"

"热死了,你自己回去拿,别想让我打电话叫阿渔给你送,她妈妈不让她晚上出门。"

程遇舟嗤笑:"她几岁了,晚上还不能出门?"

"要你管?"程挽月不跟他说太多,"反正你别想让她给你送。"

她回来的时候吃了一路,现在躺着玩手机,一只手又往篮子里伸。

程遇舟跟她说过杏子不能吃太多:"还吃?明天胃不舒服敢使唤我去买药试试。"

"试试就试试。"程挽月躲在老太太身后朝程遇舟做鬼脸。

刚拿到一个,手还没缩回去,程遇舟就在她的手背上拍了一下,她吃痛,手一松,杏子就掉进篮子里,程遇舟走之前把篮子举高放到她够不着的地方。

他原路返回,也没有打车。

路灯稀少,离周渔家越近,周围就越清静,一轮弯月挂在夜空,在城市很少能看见这么多星星,而且近得仿佛伸手就能抓到。

程遇舟还没拐过弯就听见一阵咳嗽声,紧接着是摩托车发动机的轰鸣声,声音越来越近。

刺眼的灯光扫过来,程遇舟下意识地眯了下眼,停下脚步,过了几秒钟才看清坐在摩托车上是自己一个小时前在家门前遇到过的言辞。

四五辆摩托车从对面骑过来,掉头后和言辞的车并排停着,几个黄毛起哄说要去比赛,只有言辞没说话。

他的身体稍稍俯下去,双手握住车把,其他几个人也拧动车把加油门，发动机的轰鸣声吵得周渔家对面的邻居关上窗户后又关了灯。

程遇舟对这些叛逆少年的事没什么兴趣，只想拿回自己的手机，但那些车就停在周家院子的外面。

然后程遇舟看到周渔从家里出来，走到马路中间，沉默地看着言辞。

"喂，前面的，让一让啊。"穿拖鞋的黄毛吹了声口哨，然后喊着言辞，说看看他的速度。

周渔跟没听见似的，一动不动。

言辞一样无视她，起步车速就很快，程遇舟远远地看着。她没有躲，只在摩托车即将撞上她的那一刻闭上了眼，垂在身侧紧握的双手暴露出她并不是不畏惧死亡。

刺耳的刹车声荡起回声。

摩托车停在距离她两米远的地方。

短短几秒钟，她手心满是冷汗，尽管言辞已经踩了刹车，她的睫毛还是在颤抖。

其他几个人本来还想看热闹，但被黄毛催着去比赛，几辆摩托车从两个人身边绕过，骑远后周围才安静下来。

言辞很不耐烦："让开。"

周渔平静地看着他："不要玩这些危险的东西。"

言辞冷笑："你少多管闲事。"

"你来我家门口不就是想让我看见吗？"周渔走过去，直接拔了他的车钥匙，"不想让我管就别让我看见，我看见了就一定会管。"

她抬起手，要把车钥匙往马路外面扔，但被言辞攥住手腕。她疼得松开手，钥匙就掉在了地上。

他耐心不足："捡起来！"

下一秒，钥匙被周渔一脚踢进了排水沟："要捡你就自己捡。"

言辞的目光今晚第一次落在周渔的脸上,她也没有回避,视线直直地迎上去,他眼里的不知道是恨意还是厌恶,又或者是其他的情绪,总之,浓烈的情绪褪去之后,又冷得毫无温度。

"我玩车关你什么事?在这条路上玩就是想让你看见?你哪儿来的自信?"

周渔侧过头:"反正我不会让,除非你从我身上轧过去。"

僵持许久,被紧攥的那只手因为血液不流通都麻木了,以至言辞松开后,她的手还僵硬地保持着那个姿势。

言辞索性不要车了,人往前走,周渔拦着不让。

言辞跟那几个人一起玩,不是进看守所就是进医院,她既然看见了,就做不到视若无睹。

力气比不过言辞,她摔在地上又站起来,手心擦破了皮也不在意,他走到哪里,她就挡在哪里,一直到言辞失去耐心转身往回走才作罢。

摩托车还停在马路中间,周渔很吃力地把车推到院子里,低头吹了吹手心。

她从头到尾都没有注意到拐角处的程遇舟,不知道他是什么时候来的,更不知道他是什么时候走的。

水池边的手机屏幕亮着,但一直是静音状态,所以她现在才看见,也才想起来手机的主人是程遇舟。

周渔把手机拿起来,只能看到有很多条微信消息,但是看不到消息的内容。

她回屋给程挽月打电话,程挽月没接,过了十几分钟才回过来。

"阿渔,我刚才去洗澡了,什么事?"

"你哥的手机落在我家了。"

程挽月很纳闷儿:"他不是回去拿了吗?没拿吗?"

周渔愣了一下,才说:"我没有看见他。"

"你等会儿啊,我叫他来跟你说。"程挽月懒得换鞋,就在房间里喊:"程遇舟!程遇舟!听见了就过来!"

她喊到第六声,程遇舟才推开房门进来。

"奶奶睡了,你小声点儿。"

"又没睡着。"程挽月举着手机问他,"你没去找我朋友拿手机吗?"

程遇舟靠在门口,没说话。

她又问:"那你干什么去了?只是在街上溜达了一圈?"

程遇舟忽然看着沙发角落:"有老鼠。"

"啊啊啊啊在哪里?"程挽月吓得立马扔了手机跳起来。

程遇舟接住飞过来的手机,关上房门,一只手握着门把,一只手把电话拿到耳边:"喂?"

程挽月这才反应过来自己被骗了,跑到门口,却怎么都打不开门。

周渔隐约还能听见电话那边程挽月充满战斗力的叫声。她没问程遇舟刚才有没有来过,只是说:"你好,你的手机在我这里。"

"你明天还去超市兼职吗?"

"去。"

房间里的程挽月铆足了劲要出来报仇,程遇舟单手握着门把,用了点儿力气,手背上的青筋很明显,但说话的语气很平淡:"那你带去超市,我去找你拿。"

"可是我下午五点多才去。"

"没事,我不急着用。"

"如果有电话怎么办?好像有很多条消息。"

"不用管,如果你嫌烦,关机也行。"

"好吧。"周渔看着隔一会儿就有消息进来的手机,走到床边,把手机倒扣在桌上,"没别的事,我就挂了。"

"嗯。"

挂断电话后，程遇舟轻轻松开手，房门打开，把手机扔给程挽月。

程挽月狐疑地看着他："你刚才到底去哪儿了？"

程遇舟说："随便逛逛。"

"不会是没找到路吧？"

"那倒不是。"

程挽月双手叉腰："程遇舟你有点儿奇怪，明明是要去拿手机的，结果空着手回来了。"

"我去了，但不太方便，"程遇舟解释道，"我跟你朋友又不熟。"

程挽月笑出声："哎呀，你扭捏个什么劲？阿渔是我最好的朋友，你们俩以后会经常见面的，我的朋友就是你的朋友，你的钱……"

"还是我的钱。"程遇舟关上房门，转身回到自己的房间。

此时奶奶已经休息了。

程家是独院，而且周围全是居民楼，所以晚上很清静。

电脑还在行李箱里，又没有手机，程遇舟躺在床上毫无睡意。

他不认床，只是心里怪怪的，想起那两个人之间剑拔弩张的气氛，又想起前两天她还在巷子里跟人谈笑风生。

程挽月说那个男生叫言辞，言辞对她的态度那么差，她竟然能忍。

难道言辞就是那天在巷子里的人？周渔怎么会和这种叛逆少年扯上关系？

算了，关他什么事？

程遇舟翻来覆去睡不着，某一瞬才突然意识到，这一整晚，他的脑子里全是她。

这个念头出现在脑海里的时候，他猛地睁开眼，从床上坐起来，仿佛还能闻到杏子的清香，整个人顿时清醒了。

他完了。

第二章

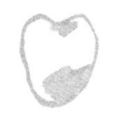

仙女棒

晚上天黑看不清,周渔第二天早上才去马路边的排水沟里找车钥匙,找到后洗干净,等到下午才有人来把车骑走。

言辞虽然成年了,但摩托车不是他的。

这一年,他认识了很多乱七八糟的人,他们都是年纪轻轻就辍学了,也没有工作,每天就那样无所事事地混着。

五点吃完饭,周渔把水杯和程遇舟的手机装进背包,拿着去超市。

这个时间来买东西的顾客多,用现金的也多,如果算错了账或者收到假币只能自己往里垫,所以她得很仔细,一直到七点才能坐下来歇一歇。

他什么时候来呢?会不会是忘记了?

不过手机是很私人化的东西,他应该不会那么粗心。

手心出了汗,擦破皮的地方有些疼,周渔看到伤口处的颜色变深了,又恍惚地想他今天会穿什么颜色的衣服。

"有创可贴吗?"一道好听的声音在头顶响起。

周渔抬起头,怔怔地看着站在收银台前面的程遇舟,好一会儿才回过神:"有,稍等。"

这种常卖的小商品都在柜台里放着,她拿出一盒创可贴:"要多少?"

"先给我一个。"

其实这种整盒的创可贴不能拆开卖,但周渔还是拆下来一枚,递了过去。

程遇舟拿起创可贴,把两边的塑料纸撕开一点儿:"手伸出来。"

"嗯？"

"我说，把手伸出来。"

周渔讷讷地把手伸到他面前，是没有擦伤的右手。

程遇舟看她的表情就知道，她应该是还没有反应过来他要创可贴的目的，有些想笑："另一只。"

周渔回过神，意识到自己刚才的举动有多愚蠢之后，放在柜台上的左手悄悄往后缩。

"别动，我没什么东西能吓你。"程遇舟握住她的手腕往自己面前带。

周渔试图通过回想初中时某个男同学也这样让她把手伸出来，然后从身后拎出了一条蜈蚣的事，让自己产生恐惧的心理，进而阻止自己伸手。但没用，四肢和神经完全不服从大脑支配，她不仅不害怕，反而隐隐生出了一种期待感。

他刚洗过头发，没完全吹干，她能闻到空气里夹杂着的淡淡的香味。

他今天穿的还是纯白色的T恤，看起来和昨天没什么区别，但她看出了哪里不一样——左侧袖口处有一朵很小很小的花，是粉色的，她知道的花的种类不多，不知道那是什么花。

除了握住她手腕的那短暂一瞬，他没有直接触碰她的皮肤，只是把那枚创可贴撕开贴在她手心的伤口处，但她能感受到他指腹的温度。

她好像听到了自己的心跳声。

"手机呢？"

"在这里，"周渔别开眼，从背包里拿出他的手机，"你检查一下。"

创可贴是整盒卖的，盒子上标了价格，柜台上贴着新的付款码。手机电量不多了，程遇舟没看那些微信消息，把剩下的创可贴顺势塞进周渔打开的背包里,然后扫码付款。

周渔看着背包里的那盒创可贴,神色和刚才程遇舟让她把手伸出来的时候一样。

程遇舟觉得她下一秒就要把创可贴拿出来还给他,还会把手上贴的那枚也撕掉,所以解释道:"只是用来谢谢你把手机带给我,我没有别的意思。"

这有什么好谢的?

周渔觉得这就是顺手的事:"你是挽月的哥哥,一点儿小事,不用谢的。"

他说:"她帮我递双筷子都要我重金感谢。"

周渔没忍住笑:"那我请你喝汽水。"

程遇舟也没有拒绝:"好啊。"

超市老板上午刚进了货,周渔付完钱去后面拿上次他喝的那种汽水:"冰的还是常温的?"

程遇舟用余光扫过她背包上的橘子挂件:"冰的吧。"

"挽月呢?"

"不在家,出去了,可能是去找她同学了。"

周渔点点头:"哦。"

她不知道说什么,幸好有顾客进来买东西。

程遇舟拿起那罐汽水:"你忙吧,我走了。"

周渔朝他挥手:"再见。"

程遇舟掀开帘子走出去。客人要买电池,说不清楚型号,周渔连忙收回视线,把不同型号的电池各拿出一对给客人看。

九点半,周渔下班回家,到家时,外婆还没睡,在院子里绕圈,嘴里念叨着:"树上的杏子怎么没了?"

周渔进屋先检查药盒里的药,确定晚上的药刘芬吃过了才去洗澡。

创可贴沾了水，她擦干水渍后换了个新的，剩下的还有很多。她看着那些创可贴，不自觉地想起程遇舟帮她贴创可贴的那几秒钟。

这样，他们算是认识了吧？

下次见面，她可以自然地跟他打声招呼。

程挽月在生日前半个月就约好了同学，在自己家有父母约束着，玩着不自在，便打算把同学们都叫到老太太这里，于是提前一天去超市买了很多零食和水果，程遇舟和程延清两个人跑了三趟才搬完。

程挽月朋友多，而且过生日的人还有程延清，下午四点开始就陆陆续续有人来家里。

老太太带着一壶花茶去邻居家下棋，刚出门，程挽月就回房间换上了新买的吊带裙，这样的年纪不需要任何化妆品就已经足够耀眼了。

程延清和程遇舟小时候经常打架，那时候老爷子还在，谁都不偏袒，两个人在地上滚成泥人，爬起来拍拍身上的土，过一会儿又和好了。程遇舟虽然大部分时间不在县城，但这对双胞胎兄妹上高中之前也会在寒假或暑假去找程遇舟，他们的关系一直很好。

他们的朋友，程遇舟也认识一些，有两个还一起玩过游戏。

桌上的饮料很多，不知道是谁偏偏拿了冰箱里的那罐汽水，等程遇舟看见的时候，对方已经打开喝了两口。

程挽月正好下楼，飘逸的裙摆随着她下楼的动作在空中荡出漂亮的弧度，她让那个男生赶紧把饮料放下，但已经晚了："谁让你动这罐汽水的？"

男生愣住了，下意识地问道："不能喝吗？你刚才还让我们随便吃随便喝。"

"桌上那么多你不喝，偏要拿这一罐，你倒是会挑。"这罐汽水一直放在冰箱里，程挽月几次口渴想打开喝都没得逞，这时看了一眼程遇舟的脸色，就知道他不太高兴，"这是我哥的，我问他要他都不给，居然被你喝了。"

一瓶饮料而已，又不是什么稀罕的东西。

"实在不好意思，我不知道不能喝。"男生不以为意，出于礼貌才跟程遇舟道了声歉，说改天买一箱送过来。

程遇舟没说话。他要一箱有什么用？

他转身往外走，程挽月喊他，他也没有理会。

那个男生看着程遇舟的背影小声说："一个大男人，还挺小气的，不就是一罐普通的饮料？"

"你少在我面前说我哥的坏话，别让我听见第二句。"程挽月向来很护短，"在他心里有特别的意义，那就不是一罐普通的饮料。"

男生被她说得有些不好意思，神色讪讪地道："我都道歉了。"

"你道歉了，他就得原谅你吗？自己做错了事，反过来怪别人，真有你的。"程挽月没打算让他难堪，不然当场就让他走了。

这种朋友，多一个不多，少一个也不少，但她过生日，不想因为这点儿事弄得大家都不高兴，就没多说。她里里外外都找了一遍，还是没有看到言辞，就抓住程延清问："你没叫言辞？"

程延清理所当然地看着她："我以为你叫了。"

"当然是你叫他啊！"

"算了，没叫就没叫，反正周渔一会儿要来，他不在更好。"

程挽月把他从人群里拽出来："好什么好？咱们家这么热闹，他肯定能听见，你没叫他，我也没叫他，这样会让他觉得自己被最好的兄弟遗忘了，奶奶都跟你说过好几次，让你多关心他，你就是这样关心的？"

她太了解程延清了。

坐在沙发上玩斗地主的秦允与程延清关系要好，但秦允更喜和言辞一起玩耍。

"他现在心灵很脆弱，需要呵护。"

程延清嫌她烦："我现在去叫总行了吧？"

言辞就住在对面的家属楼，程延清上楼敲门，在门外等了将近十分钟，言辞才顶着一头乱糟糟的短发打开门，看向程延清的眼神里明显有一丝烦躁，应该是被吵醒了。

"你在睡觉？"

"嗯。"

"别睡了，去我奶奶家玩。"

言辞准备关门："不去。"

程延清眼明手快，伸进去一只脚抵着门："我今天过生日，你过去吃块蛋糕是应该的吧，反正已经被我吵醒了，晚上再回来睡。"

"我不爱吃甜的，你们自己吃。"

"谁爱吃甜的，就是意思意思，重要的也不是那块蛋糕。"程延清把言辞拉出门，见鞋柜上放着钥匙，便顺手拿了。

言辞还穿着拖鞋，睡眼惺忪地揉了揉头发。

秦允看到言辞和程延清一起进来，跟言辞打招呼，问言辞要不要玩牌，言辞没有理会，从零食堆里翻出一罐汽水后就去人少的地方睡觉。虽然开着空调，但一直有人进进出出，门总开着，屋里不算很凉快，他睡了一会儿就热出汗了。秦允拿了把扇子坐在旁边帮他扇风。他的皮肤很白，秦允在女生里算是白的了，但和他比还是黑了一个色号。

周渔交完班才能离开超市。下午五六点的时候，外面还很热，她选择走那条阴凉的小巷子。

她今天没带手机，本来担心晚了，但看见还在院子里帮忙整理废品的卿杭时就知道自己不算太晚。

程挽月没等到卿杭是不可能许愿吹蜡烛的。

卿杭是县长资助的学生，从四年级开始，到他从村里考到县一中，还会一直资助到他上大学。

院子不大，堆满了收来的废品，看起来很乱。

卿爷爷的个子其实很高，但因为年纪大了，驼背越来越严重，手脚也不像以前那么利索，做什么都很慢。卿杭在帮忙把拆开的纸箱捆在一起，这样堆放起来比较节省空间，看起来整齐，到时候也好装车。

他们在忙，周渔打了声招呼之后从巷子里穿过去，踩着一级台阶往下跳的时候差点儿撞到一个人。

周渔往后退了两步站稳，余光瞥见对方手腕上的红绳。

她站在台阶上还比他矮一点儿。

程遇舟不是那种温和的长相，单眼皮，眼眸乌黑，左侧眼睑下有一颗颜色很浅的泪痣，脸也显得棱角分明。那天在超市，那个女生在学校里其实有一帮姐妹，想加微信，被程遇舟委婉拒绝之后没有过多纠缠，也是因为觉得他不是那种好说话的类型。

他好像不太高兴。

"你去哪儿？"

"去给程挽月拿蛋糕。"程遇舟捡起掉在地上的那个橘子毛线挂件递给她，"一起？"

周渔点头："好。"

程挽月不爱吃甜食，只要蛋糕好看，所以从网上找了图片发给蛋糕师，上午做好的那个她不满意，蛋糕师重新做了一个，十分钟前刚打电话说可以去拿了。

周渔边走边把毛线橘子挂在背包的拉链上，程遇舟放慢脚步，绕到她的另一边，让她走在阴凉处。

"包里装了什么，这么鼓？"

"装了给挽月和程延清的礼物。"

"你是不是还没吃饭？"

她抬起头看过去："去你们家过生日没有饭吃吗？"

阳光刺眼，但她的目光很柔和，程遇舟不禁失笑："有。"

家里那些人应该没有谁是专门来吃饭的，倒也不能说非要和那兄妹俩关系多要好，但和他们处好关系总没什么坏处。

"管够。"

"我吃得不多。"

"你不用减肥，"她已经属于偏瘦的体形了，程遇舟开玩笑般道，"好好吃饭，说不定还能再长高几厘米。"

她矮吗？

周渔下意识地侧过头，用余光瞟了一眼他蓬松的发顶。他应该和言辞差不多高，言辞有一米八六，她站在言辞身边也是刚刚到对方下巴的位置。她以前从来没有觉得自己矮，上初中时还比班里大部分男生高，不过有些男生身高发育期在高中，到了高中个子长得很快。

县城里有好几家蛋糕店，周渔不知道程挽月是在哪一家订的，就跟着程遇舟走。

走出巷子，阳光从身后照过来，两个人的影子落在地面上，被拉得细长。

两个影子靠得很近。

十分钟后，周渔看着程遇舟从这条路上的最后一家蛋糕店门前走过，没有多停留一秒钟，开始怀疑他不知道路，走错了。

"是哪家店？"

程遇舟朝旁边的蛋糕店看了一眼："就这家，先去买点儿别的东西，回来再取。"

"买什么？"

"程挽月要仙女棒，就是那种小烟花。"

周渔想到邻居家妹妹过年的时候玩过:"小学门口的玩具店应该有,我带你去吧。"

"行啊,"程遇舟停下脚步等她,"那你在前面带路。"

她背着包往前走,头发扎成低马尾,不像程挽月那样总喜欢在头发上弄些小花样。她半边脸晒着太阳,耳垂透出一层浅浅的红晕,程遇舟想起那天去她家摘杏子,天快黑了都能看出她的耳朵很红。

她敢在没人的巷子里和一个男生抱得那么紧,怎么又这么容易脸红?

玩具店门口有几个小学生蹲在地上看乌龟,周渔进去问老板有没有仙女棒。

除了过年,平时很少有人买这种小烟花。

老板从货架最上面一层翻出来十几盒,盒子上落了一层灰,应该是过年没卖完剩下的,程遇舟全要了。老板拿毛巾把每一盒都擦干净才装进袋子里,还送了个打火机。

取完蛋糕,周渔带他走了条近路回去。

还没到程家大门口,两个人就听见了里面吵闹的声音。外面太热,大家都在屋里玩。

周渔没吃晚饭,想先找点儿东西吃。周渔不是第一次来程家,以前在这里睡过很多晚,从不跟程挽月假客气。

程延清刚好来厨房,看见她在弄吃的,就直接说:"言辞今天一天都没吃饭,你也给他煮一碗,他在三楼睡觉。"

周渔低着头:"我端上去,他不会吃的。"

程延清说:"他到底会不会吃,你自己心里清楚。"

周渔没吭声,过了一会儿还是把锅里的面盛出来分成两碗,先端了一碗上楼。

大部分人在一楼和二楼，三楼只有秦允以及和她关系好的两个朋友在看电影，言辞靠在最里侧的沙发上睡着了，周渔把碗放在桌上，伸手轻轻推了他一下。

言辞刚被叫醒的时候不像平时那样冷漠，只是不说话，看她的眼神里有几分恍惚和茫然。

周渔确定他刚才是真的睡着了。

秦允帮周渔说话："周渔专门给你做的，吃点儿吧，凉了就不好吃了。"

言辞没有看那碗面，也没有看周渔，重新闭上了眼睛，像是根本没有听到秦允说的话。

周渔不会叫第二次："我去楼下。"

"我们也去。"秦允和朋友关上门下楼，三楼只剩下言辞一个人。

程挽月叫大家到二楼客厅玩真心话大冒险，过了十几分钟，大家才都坐下来。她先发现程遇舟不在，又想起言辞还在睡觉。

"我无比帅气的舟舟哥哥呢？谁去叫一下他？还有言辞。"

程延清起身："我去叫。"

"让他们快点儿啊，别磨磨蹭蹭的。"程挽月本来就想使唤他，何况别人也叫不动言辞。

这会儿周渔从洗手间出来了，程挽月朝周渔招手："阿渔，你坐我旁边。"

"马上就来。"周渔下楼去了趟厨房，发现碗已经被洗干净了。

言辞如果没吃，碗应该还在三楼，现在洗干净放在架子上，他应该是吃了，周渔放心地回到二楼，坐在程挽月留给自己的位置上。本来周渔旁边是有人的，但那个女生嫌热，换到了离空调近的地方，周渔旁边就空出了两个位置。

程延清先下楼，自然而然地坐到秦允身边。

"哥，来这里。"程挽月刚叫完程遇舟，就看到言辞一脸不耐烦地从楼梯间走下来,起床气还挺严重,根本不拿正眼看人,"言辞,这才几点啊,你就困成这样?别告诉我,你准备回去。"

言辞从程延清身后经过,用膝盖碰了程延清的后背一下:"我走了。"

"不行,不准走,你给我过来!"程挽月第一个不同意,"你走了我就告诉奶奶,让她去叫你。"

"好了好了,公主今天过生日,她最大,你迁就她一次,"程延清把言辞推过去,顿了半秒,把他和周渔隔开了,"反正你回去了也睡不好,她肯定还要再骚扰你的。"

其他人也帮忙活跃气氛:"就是啊言辞,时间还这么早,多玩一会儿。"

言辞没有起身,程挽月这才满意,指着周渔和言辞中间的空位置:"程遇舟,你坐那里。"

还没到十二点,生日还没过完,程遇舟就让她先高兴着。

程遇舟和言辞都是身高腿长的人,挤在一起伸展不开,周渔无声无息地往旁边挪了一点儿。

程挽月站起来拍手:"那咱们就开始了,今天一个都别想跑。"

"谁如果玩不起,提前认输。"

"玩什么啊?还能玩不起?"

有人起哄,屋里闹哄哄的。游戏其实很简单,按人数发扑克牌,每轮都只有一张牌和程挽月拿到的牌是一样的,谁抽到谁倒霉。真心话大冒险的游戏很俗套,但同龄人聚在一起,就适合玩这个。

周渔就坐在程挽月旁边,程挽月玩到激动的时候总会不小心露出自己的牌,周渔能看见。

对面的程延清在往杯子里倒醋。

周渔拿起自己的牌看了一眼,又看到程延清挤了芥末,还加了半杯汽水。

无论是选真心话还是大冒险，都逃不过这一杯，周渔深深地吸了一口气，准备提前找一瓶矿泉水放在手边的时候，胳膊被轻轻地碰了一下。

坐在她身边的程遇舟用只有她能听到的声音说："换给我。"

他的声音很轻。

不知道是谁踢翻了空饮料瓶，瓶子滚到周渔的脚边。周渔很想知道他是用什么洗衣服的，味道真好闻，有一种很淡的柑橘清香。

程挽月以前提起程遇舟时，就说他对朋友很好。但是他们只见过几次，他对朋友的界定应该不会这么随意，大概只是觉得她和他妹妹是朋友，又看透了她不擅长这种游戏，所以才会照顾她。

这样想着，周渔才稍稍松了口气，但还是不知道应该怎么回应。

她很不喜欢自己这个样子。

桌上堆满了零食和饮料，周渔就把牌放在桌边，程挽月站起来的时候碰到了，那张牌掉在地上，但程挽月没看见。

其他人的注意力也都在程延清面前那杯特制的黑暗饮品上，有人还喊着"再加一勺辣椒"。

"要来就来局大的，多加点儿。"

"哇，你这个人好毒。"

"我刚才吃了酱油泡奥利奥，现在还反胃想吐。"

"是不是玩不起啊？倒满！"

周渔弯下腰，但程遇舟动作比她快，先捡起那张牌，自然地放在了他面前，而他自己的牌不知道什么时候已经换给她了。

她侧过头，他却根本没有看她。

程挽月正玩得高兴："谁来翻惩罚牌？"

"我来。"离那张惩罚牌最近的男生将牌翻开，"大冒险。"

"还是老规矩，不要提太龌龊的要求，前几轮做过的也不要重复了。"

"那就让抽中的人从自己左手边或者右手边选一个倒霉蛋；一起在房间看半个小时《电锯惊魂》的精彩片段，不能开灯，不准闭眼睛，两个人都没有叫出声就算过了。"

"你这不是坑人吗？被选到的倒霉蛋肯定会报复，电影开始一分钟就叫。"

"所以啊，选谁很重要。"

"我觉得可以，比什么公主抱和对视三十秒有意思多了。"程挽月自己是不敢看鬼片的，连悬疑片都不太敢看，"好了，现在你们都可以看牌了，这局有人要押宝吗？"

所有人都可以押，猜中了能得到一次免除惩罚的机会，猜错了就得喝半杯。

秦允举起手，在身边扫视了一圈，很确定地将视线落在周渔的脸上："我猜是周渔，她这局一直没说话，而且坐在挽月旁边，很有可能提前看见了底牌。"

因为秦允的分析，其他人也都朝周渔看过来。

有人摇头："我觉得不像，周渔本来就话很少。"

程延清让秦允大胆猜："没事，猜错了我帮你喝。"

"行啊，那就先看阿渔的牌。"程挽月坐下来："阿渔，给她看，是你的话我陪你去看鬼片。"

旁边的人哄笑："你陪？那估计还没进屋就叫上了吧。"

"呸，别小看姐妹情的力量。"程挽月拿起周渔面前的牌翻开，程挽月的是红桃 3，周渔的是黑桃 6。程挽月心里一喜，随即挑衅地看向秦允，故作遗憾地叹了口气："哎呀，猜错了呢。"

秦允抻着脖子看，确实猜错了。

"程延清，你的报应来了。"

程延清无所谓地耸耸肩："不怕。"

秦允是学声乐的，要保护嗓子，平时连冰水都不喝，课桌上常年放着保温杯，抱歉地看着程延清。程延清本来打算帅气地喝完，结果只拿到鼻子前闻了闻就差点儿吐了。他硬着头皮两口喝下去，但刚喝完，起身就往厕所跑。秦允担心地跟了进去，毕竟是因为她。

然而程挽月这个亲妹妹只关心到底是谁抽中了。

除了从头到尾都没什么参与感的言辞，大家一一把牌翻开，最后才知道原来是程遇舟。

"啧啧，哥俩好啊，"程挽月给他出主意，"选言辞，他绝对不会出声，这把你稳赢。"

但言辞不给面子，冷漠地开口："我不参与。"

有人怕冷场，帮言辞说话的同时带着几分起哄的心思："两个男的一起看多没劲！选周渔。"

"就是啊，男女搭配，干活不累。挽月，你要一视同仁，不能偏袒你哥，必须选最经典的片段。"

程挽月对程遇舟露出一副"帮不了你"的表情。

只有周渔知道，是程遇舟换走了她的牌，本来那杯"特制"饮料应该是她喝。

既然言辞不参与，那她帮程遇舟解围应该不会让人多想。

"选我吧。"

程遇舟侧首，两个人对视。

他点了点头："行，那就我和你一起看。"

他的房间里有电脑，大家一起选好片段，计时开始后关灯关门，有人故意时不时在外面弄出点儿奇怪的声音。

程遇舟淡定地坐在沙发上。他虽然漱口了，但嘴里还有辣味，嗓子也不太舒服。

一瓶矿泉水被递到面前，他接住，拧开瓶盖喝了半瓶。

周渔很遵守游戏规则，眼睛一眨不眨地看着电脑屏幕。

"你平时看这种类型的电影吗？"

"不看。"她连电影都看得少。

程遇舟随意地问道:"害怕?"

"不知道,没看过,但我会尽量忍住不出声的。"她说完就用手捂住了嘴巴。

很明显,她不是放松的状态。随着电影画面越来越血腥,她整个人绷得越来越紧。

她的手指无意识地攥住了程遇舟的衣摆,他低头看过去,电脑屏幕的光亮照出她微微蜷缩起来的手指,以及他那被攥出了褶皱的T恤。

如果继续,她也许会抓住他的胳膊,整个人都躲到他身后。

程遇舟起身关了电脑。

才过去五分钟而已,贴着门听声音的程挽月有点儿怀疑自己的耳朵——程遇舟早就看过这个系列了。

"谁叫了?"

"你的舟舟哥哥吧。"

程遇舟先走出来,面不改色地说:"好恐怖,看不了,我认输。"

"很好,这才像我哥。"程挽月是偏向周渔的,周渔住得远,搞不好晚上回去的路上会害怕,"好了好了,这局结束,不能赖皮,记得给我买五次冰棍。"

程遇舟好脾气地答应了:"嗯。"

一群人又开始下一局。

所有人的牌都和程挽月的不同,只剩下言辞,旁边的人帮他翻开,果然是他。

言辞还是那个态度:不参与。

他不能吃辣,而杯子里漂着一层红油,程延清刚想说"算了",周渔就拿起杯子喝了下去,不到两分钟,她的脸颊和脖子就全红了,眼睛也红了,额头上一层细汗。

言辞像个局外人，不领情，也根本不用领这个情。没人让周渔帮他喝，但大家又觉得她这样做是应该的。

程遇舟从洗手间回来就看到她张着嘴哈气。

还有半个小时到十二点，刚才这是最后一局，又抽中了言辞，就把真心话大冒险这一项去掉了，只需要给卿杭打通电话。言辞不可能打，周渔接过程挽月的手机，拨通了卿杭家里座机的号码。

天气热，白天干不了太多活，所以卿爷爷晚上会整理废品到很晚。

电话接通，周渔礼貌地打招呼："爷爷好，我找卿杭，他睡了吗？"

"没睡，你等一会儿，我去叫他来。"

程挽月让周渔开扩音，等了三分钟左右，电话那边才传来男生清冷的声音："喂？"

程挽月觉得他是故意的："卿杭，你今天是不是忘记了什么？"

他顿了几秒钟才说："家里有事，去不了。"

程挽月讽刺地笑出声："你骗我。"

果然，他很快就松口了："二十分钟后到。"

程挽月满意地挂了电话。等程延清把他的那个蛋糕分给大家吃完，她看了一眼时间，觉得差不多了。

"今天特别开心，谢谢你们。很晚了，都回家吧，路上注意安全。"

"挽月，生日快乐。"

"谢谢，拜拜！"

大家结伴离开，周渔也准备回家，肚子有点儿痛，应该是喝了那杯加了辣椒油的饮料的原因。刘芬来接周渔，已经在路口等着了。

送走最后一个朋友，程挽月进屋把她的蛋糕从冰箱里拿出来，还有那十来盒仙女棒，一起拿到院子里。

卿杭在二十三点五十分准时出现在大红门外，程挽月把他叫进来，问他这半天都在家忙什么。

老太太下完棋就去亲戚家睡了。程延清懒得回家，帮程遇舟把家里收拾干净后准备去洗澡。

院子里的灯关了，仙女棒的火光在黑夜里很耀眼。

程遇舟从二楼窗户往外瞥了一眼，火光映在程挽月的脸上，那股高傲的劲让她看起来像个山大王，拿着仙女棒给她唱《生日歌》的少年虽然背对着程遇舟，但明显能看出是被迫的。

"你不下去看着？"

程延清一副莫名其妙的表情："看着谁？"

程遇舟不认识卿杭，更不清楚对方是什么样的人："她深更半夜和一个男的独处，你不担心出事？"

"呵，她不欺负别人就谢天谢地了，别人想欺负她？看下辈子有没有机会吧。"程延清掀起T恤脱下来，没有半点儿要下楼的意思，"咱俩如果在旁边，她不仅不会收敛，还会命令我们帮她摁住人家。这种事我可干不了，你要是能干你就去，我反正不去。"

听他这么说，程遇舟考虑了两秒钟后，选择拉上窗帘。

楼上楼下都有洗漱间，程延清没带睡衣，就穿了程遇舟的，另一个空房间里的空调坏了，还没有找人来修，两个人就睡一个屋。

程延清靠在床头回消息，手机的振动声就没停过，有很多人给他发生日祝福，他心不在焉地挑着回复，直到看见置顶的头像有消息进来，脸上才多了点儿笑意。

程延清正心满意足地准备关灯睡觉，看到旁边的程遇舟还醒着："还不睡，有心事啊？"

房间里有空调的声响，程遇舟双手交叠枕在脑后，毫无睡意。他看着窗外的月亮，脑海里闪过周渔和言辞互相远离，但在旁边的人注意不到的时候默契地看向对方的画面。

这两个人明明处处都很奇怪，但奇怪的是没有人觉得他们奇怪。

"我能有什么心事？"他语气很平淡。

程延清试探着问："二叔不会是在外面有人了吧？"

程遇舟给了程延清一脚："你会不会说话？"

"我就是猜测，二叔和二婶这么多年感情一直都很好，怎么突然就要离婚？太不正常了。"程延清不会安慰人，总是专挑痛处戳，"你也别太操心了。"

"我不操心，他们离不了。"

程延清想了想，接了一句："也是，婚后财产不好分，离了还得打官司。"

程遇舟："……"

当年一到法定年龄第二天就去领证结婚的夫妻，吵归吵，闹归闹，最后还是舍不得和对方分开。

他回来高考和父母的事没什么直接关系，一是政策原因；二是老太太独居，在老爷子离世后身体一天比一天差，他回来能分散她的注意力，她的情况也许能好一些。

"晚上坐我旁边的两个人是什么关系？"

话题跳跃得太快，程延清反应了一会儿才开口："哦，言辞和周渔啊，你怎么突然注意到他们俩了？"

程遇舟说："就坐在我旁边，很难不注意。"

程延清心想，确实，言辞现在太不合群了，挺欠揍的。

"唉，他们俩之间一句两句说不清楚，别看地方小，事情可不少，你就回来住一年，高考完就走了，能不掺和就别掺和。"

"就是随便问问。"

"挺复杂的，以后有空再跟你说吧，困死了，我先睡了。"

程延清是能一秒入睡的人，翻个身就睡着了。程遇舟听着耳边浅浅的呼吸声，毫无睡意，胃被火烧过似的，隐隐作痛。

他今天似乎做了件挺愚蠢的事。

周渔和刘芬一起回家，好在那部恐怖片只看了五分钟，加上胃被辣得不太舒服，回去的路上没往电影上想。

程遇舟喝的那半杯加料更多，不知道他有没有不舒服。

他帮了她，她好像忘了说声谢谢。

他在南京长大，南京的饮食习惯和白城不一样，偏甜，他应该也不太能吃辣。

周渔一晚上都没睡着，索性早早地起了床。房间里闷热，可能是要下雨了，院子里还晾着昨天洗好的衣服，她倒了杯水去院子，准备收衣服的时候往前走了两步又退回去，站在垃圾桶旁边看了十分钟。

刘芬在做饭，周渔把收回来的衣服叠好放进衣柜，去厨房帮忙。

早饭很简单，刘芬说煮粥。

周渔绑起头发，接水洗了几棵青菜："妈，外婆昨天吃药了吗？"

"吃了，我看着她吃的。"

"你呢？"

刘芬和老太太吃的药都是那种白色小药丸，外观几乎一模一样。

"我也吃了。"

刘芬情绪不稳定，不吃药会出问题，周渔想了又想，还是问出口："那垃圾桶里的药是怎么回事？我刚才收衣服，看见垃圾桶里有几颗药丸。"

刘芬低着头往锅里添水："拿的时候不小心掉在地上，就扔了。"

"哦。"周渔没再说这件事，"王医生的儿子过几天结婚，我们送多少礼金合适？"

"你看着送吧。"

"那我问问赵伯,跟他家送一样的。"

周渔喝了碗粥就去店里了。上午有很多人来超市买菜,她经常能遇到认识的老师和同学。

每次有穿白色T恤的男生走进超市,她都会下意识地以为是程遇舟。

但其实都不是。

她甚至不需要看清对方的脸,站在冰箱前挑饮料的背影,从货架间的缝隙里露出来的一截脖颈,抬高伸到货架最上面拿泡面的手,或者是刚踏进超市的一只脚,多看一眼就能判断出那个男生不是程遇舟。

他这次会在白城待多久呢?他会在这里过完暑假吗?

白城一中校园里有一棵特别大的合欢树,已经开花了,不知道他会不会去看。不过大部分男生对花花草草没什么兴趣,他见过那么多新奇的东西,可能也不会对一棵树感兴趣。

有男生抱着篮球走进超市,问有没有汽水,周渔下意识地抬头看过去——也不是他。

幸好心里那点儿失望的情绪很快就被忙碌的生活覆盖,家里明明只有三个人,却总是有很多事情要做,而且她开学就高三了,学习也不能落下。

第三章

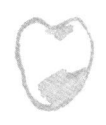

白日梦

快递员送来两大箱包裹，是程妈妈把程遇舟的衣服和鞋子整理好寄回来了，其中一箱是全新的。他回白城的时候只带了一个行李箱。

程挽月躺在凉椅上，嘴馋了就要求他兑现第一根冰棍，他当没听见，进屋换了身衣服。

他下楼的时候，程挽月把他从头到脚打量了一遍："你穿成这样会让别人怀疑我爸是个大贪官，我妈也会有嫌疑。"

这已经是他衣柜里最便宜的一套了。

"我又不是你爸的儿子。"

"但你是他侄子。"

"你年年考倒数，也没人怀疑大伯的智商和工作能力，"程遇舟说完又补了一句，"你是他的亲女儿。"

程挽月使唤他跑腿不成，反被嘲笑，虽然她是个实打实的"学渣"，但被这样赤裸裸地鄙视，心里还是很不爽："程遇舟你这几天吃炮仗了吗？"

即使这样，程遇舟也比程延清看着顺眼很多，如果换成程延清，半个小时前她不小心踢到他膝盖的时候，两个人就能吵起来。

"舟舟哥哥，"她笑嘻嘻地问，"你不会是被无视了吧？"

程遇舟停下脚步，站在楼梯上俯视着她："我被无视？"

"对呀，姗姗前年国庆节回来看奶奶，说去你们学校开家长会的时候有同学怂恿一个女生跟她'认亲'，人家还是个小童星，演过什么来着？哎呀，想不起来了，反正就是有这么一件事，我可没瞎编，不信你去问奶奶。"

"那为什么说我被无视了?"

程挽月"有理有据"地分析道:"可能你是个贱骨头,人家关注你的时候你装高冷不理会,等她放弃了你又后悔,所以故意玩消失这一套想博取关注,结果人家压根儿就不在乎。嘻嘻,被我猜中了吧?现在去给我买根冰棍,我就考虑给你出点儿主意挽回人家。还是女生最了解女生,我出马保准事半功倍。对了,去周渔兼职的超市买,她知道我爱吃哪种。"

程遇舟不以为意。

程挽月喊了一声。

王医生的儿子是她爸单位里的一个科员,今天结婚,她爸妈都出差了,老太太去祝贺。

钱淑是个很精致的老太太,不管去哪里,都会把半白的头发梳得整整齐齐:"仔仔也一起去,你还没见过咱们这儿接亲吧?"

程遇舟帮奶奶拎包:"没见过。"

"去看个新鲜,接亲很有意思的。"钱淑正要跟他讲讲白城那些有趣的习俗,听到程挽月叫言辞,转过身就看见言辞站在大门口。

钱淑笑着让言辞进来:"言辞,有什么事吗?进来说。"

程遇舟看过去,算是简单地打了个招呼。

言辞拿出一个红包,双手递给老太太:"钱奶奶,我想请您帮忙带份礼金给王医生。"

王医生当时抢救过言辞的父母。

钱淑接过红包:"可以啊,我帮你带。"

程挽月在旁边说:"言辞,一起去吃酒席吧,程遇舟也去。"

言辞淡淡地道:"我不去了。"

程挽月刚想问他是不是又要去鬼混,老太太抬手不轻不重地拍了她一下:"去把我早上蒸的包子装一盘,让言辞带回去尝尝。"

言辞习惯性地拒绝:"不用。"

"又不是什么好东西,自己家做的,拿回去冻在冰箱里,早上热两个当早饭吃。"钱淑说:"月月,你多装几个。"

"知道啦。"

老太太拉着言辞的手,等程挽月把包子拿出来才放他走。

言辞低头看着手里的一大盘包子,好半晌才低声说了句谢谢。

"别跟奶奶客气,以后多来家里吃饭。"

"好。"

言辞离开后,程遇舟看着言辞的背影,觉得这人挺奇怪的:混在一群社会青年里玩摩托车的不良少年,在长辈面前却很懂礼貌,双手接东西;虽然不想要那盘包子,但还是端了回去;明明不打算来程家吃饭,但也点头答应了。

钱淑说:"言辞的爸爸以前教过月月。仔仔,你们都差不多大,没事多在一起玩玩,他来吃饭也就是添双筷子的事。"

程遇舟应了一声。

程挽月摇头:"他们俩气场不合,说不定哪天就打起来了。"

"你又知道了。"

"一山不容二虎,一校不容二草,除非你们俩其中一个愿意当老二。"

"……"

周渔一家人住在这里,最基础的人情往来总要维持。

周父丧礼那年天气不好,连续三天都是大雪,很多人来家里帮过忙,最后连包烟都没收。放在抽屉里的一本礼簿记满了当时来吊唁的人送的帛金。地方有习俗:不管帛金送多少,回礼都会另加一元零钱;喜事的礼金一般送整数,除非亲属和关系好的朋友想图个吉利,取"一生一世"或"长长久久"的含义。

周渔问了邻居,准备送和邻居家一样数目的礼金。她把钱装进红包，在红包上写上刘芬的名字。

礼房设在酒店里，周渔去的时候，程挽月正在指挥程遇舟帮她和新娘拍照，程遇舟仿佛就是个手机支架。

他今天戴了顶鸭舌帽，从周渔的视角只能看到他好看的侧脸轮廓。他不笑的样子有点儿疏离的感觉，看起来不太好亲近。

钱淑把言辞请她帮忙带来的红包递出去，负责记录礼金的人是王医生的亲戚，一听是言辞送的，就要退给老太太。

"他还是个孩子，怎么能收孩子的礼钱？"

老太太说："这是言辞的一份心意，收下吧。"

"行，那我就替老王做主收下了，不过一定要叫言辞过来吃顿饭。"

客人很多，某个人来没来其实大家也注意不到。

周渔知道言辞肯定会送这份礼。她来得晚，酒席马上就要开始了。

不管谁来，礼簿上一般都是写一家之主的名字，周渔看着礼房的人点好金额，用笔写上言辞的名字，才把红包递过去。

程挽月朝周渔挥手："阿渔，过来坐这里。"

程挽月在自己旁边留了位置，周渔就过去了，这种场合，身边如果没有熟悉的人会很不自在。

"阿渔，你看我今天有什么不一样。"

周渔认真地看了一会儿，笑着说："眼影和口红。"

程挽月把脸凑得更近，眨巴着眼睛："好看吗？"

"好看。"

"我哥就看不出来，跟瞎了一样。"她悄悄告诉周渔，"程遇舟这两天奇奇怪怪的，好像失恋了一样。"

星星挂在天上，无论是在乡野还是在城市都很耀眼，谁会不喜欢呢？

周渔看着程遇舟从人群里穿过来，等他走到这桌才意识到自己坐了他的位置。

"没关系，你坐吧。"程遇舟在她起身之前就在旁边坐下了。

这桌加了椅子，有些拥挤，他坐下的时候膝盖碰到了周渔的腿，周渔感觉到了他身上热腾腾的气息，不动声色地并拢双腿，和他拉开距离。

周围很热闹，周渔和他打完招呼就不知道说什么了，他们也不算很熟。

每桌都是一样的菜品，他从头到尾没怎么动筷子，只是偶尔弄一下桌上铺着的塑料膜。

周渔低声问："你吃不习惯吗？"

程遇舟只是说："还行。"

很少有男生跟着大人来吃酒席，程延清就不来，程遇舟应该是被程挽月拽来的，会觉得很无聊吧。

没有多余的干净筷子，周渔就只用手指了一下面前的一盘凉菜："这个是腌木瓜丝，酸甜口的，很开胃，你如果不喜欢太油腻的菜，可以试试。"

程遇舟看着周渔，有些想笑。

本来，他犯了一次蠢之后就打算跟周渔保持距离，只当周渔是程挽月的朋友，周渔却又跟他示好。

"酒席就是这样，图个热闹，"周渔想着刚才程挽月说他心情不好，胃口应该也不好，"我觉得这个挺好吃的。"

程遇舟拿起筷子夹了几根。木瓜不是水分多的水果，嚼到最后有点儿淡淡的涩味，但能缓解嘴里的油腻感，他又夹了一筷子。

周渔侧过头，唇角偷偷翘起。

程挽月在修图，准备发朋友圈，钱老太太和老闺密在说话，后面一桌都是女客，她们坐在一起聊孩子、聊家庭。

"我女儿的成绩下降了,之前一直都稳定在年级前五十名,但是上学期的期末考试掉到了第八十九名。"

白城一中三年不分班,没有特殊情况,主科基本不换老师。

"考八十九名已经很厉害了,你还不知足。不过说起来,还是言老师夫妻俩教得好,可能换了老师,菲菲不适应吧。"

"唉。"

"言辞以前是多好的孩子啊,今年连高考都没参加,算是毁了。"

……………

周渔不可避免地听到了,一句不落,好心情也慢慢消散。

程挽月晚饭吃得很少,纯属来凑个热闹,酒席刚开始没多久就坐不住了。

"哥,咱们先回去吧,奶奶一会儿要去听戏,不用我们陪。"程挽月挽着周渔往外走:"阿渔,去我奶奶家看电影,程遇舟新买了投影仪。"

周渔说:"我得回家。"

"才七点,还早着呢,天都没黑。"

程挽月不是个乖孩子,肆意张扬,整个学校的师生都知道程挽月的名字,但在周渔这里,程挽月是很好很好的朋友。

程挽月刚刚就坐在周渔旁边,周渔能听见的话,程挽月当然也能听见。

三个人一起去程家,钥匙在程遇舟身上,他在前面开门,程挽月等不及他把路让开就推了他一下,跑进屋去冰箱里拿喝的。

这是周渔第二次进程遇舟的房间。

被子叠得整整齐齐,书架上的书本分类明确,窗台上还摆了一盆金钱草。

程遇舟准备去洗漱间换衣服,但周渔说想去一下厕所,他就让她先去，然而她进去不到半分钟就出来了。

"怎么了？"

周渔低着头没看他："马桶盖上有东西。"

"有蟑螂还是老鼠？"

"不是。"

"那是什么？"

她说不出口："你自己去看吧。"

投影仪还没有调试好，程遇舟听她这么说，就先把电脑放到一边，进了洗漱间才知道她说不出口的东西是什么。

他早上换下来的内裤忘了洗。

程遇舟低声骂了句脏话，一只手抓了抓头发，连忙把那条内裤收进脏衣篮，出去之前又检查了一遍。

他忘了开空调，窗户开着，傍晚燥热的风扑面而来。

程遇舟在桌上找遥控器。周渔看似很镇定，其实有些不好意思，从程遇舟身边经过的时候下意识地避开了他的视线。

幸好程挽月很快就抱着几罐饮料进来了，有她在，怎么都不会冷场。

程挽月负责找电影，其间扔了一罐饮料给周渔。周渔接住后，拿着罐子贴在脸颊上冰了一下，余光看到程遇舟从衣柜里找了两件衣服，随意地往肩上一搭。

在他转身之前，她不动声色地侧过头看向电脑屏幕，被饮料罐冰过的皮肤隐隐发烫。

程遇舟去三楼换衣服，顺便洗了个澡，下来的时候顺手关了房间里的灯，这样投影仪的效果更好。

电影播到一半，程挽月接到一通电话就出去了，周渔盘着腿坐在垫子上，仰头看得很认真。

程遇舟把薯片碎屑弄干净，叫她坐到沙发上去。

刚才程挽月趴在沙发上吃薯片,沙发有多大,她就能祸害多大的地方。

周渔这才发现房间里只剩下她和程遇舟两个人:"挽月呢?"

程遇舟说:"走了。"

"我也该回家了。"在垫子上坐了半个多小时,腿有点儿麻,周渔一时没站起来。

"不看完?"程遇舟看了她一眼,"后面没有恐怖情节。"

程挽月喜欢看爱情片。

周渔又慢慢坐回去,缓了缓腿脚酸麻的不适感之后,说:"我还是先回家了。"

今天是阴天,周渔起床洗漱完毕,端了盆水出去浇花。

周渔站在树下发呆,外婆走近,盯着周渔看了好久。

"你是哪个?"外婆小声问。

周渔从花盆里摘了一朵红色的太阳花,别在老太太的耳朵上:"我是您的外孙女。"

老太太又认真地看了一会儿,摇头说:"认不得。"

"认不得就算了。今天有送亲的人去车站,很多人,你不要跟着他们走,走丢了就找不到家了。"

"我知道,我不走,我哪里都不去。"

外面不太热,周渔就把作业拿到院子里写。邻居过来借醋,看着她直笑。

周渔以为自己的脸上沾了墨水,但对着镜子照了一下,没有。

她被看得面露窘色:"姨,你笑什么呢?"

邻居怀孕六个月了,之前没少吃这棵树上的青杏子。虽然刘芬对谁都一样刻薄,两家也经常因为一点儿小事闹不愉快,但邻居阿姨对周渔没什么偏见,还总让周渔帮忙教大女儿写作业。

"阿渔,昨天晚上送你回来的小帅哥是你同学吧?"

周渔觉得莫名其妙:"送我回来的小帅哥?我是自己回来的啊。"

昨晚闷热,邻居在院子里乘凉,睡得晚,周渔回来的时候邻居正好看见了。

"呦,阿渔还害羞了,明明是个小帅哥送你回来的。"

邻居和婆婆一起看着周渔回来。弯道容易发生交通事故,于是政府多装了一盏路灯,周渔昨晚和平时不太一样,提着背包蹦蹦跳跳地回来,还在路灯下转圈,邻居都担心周渔突然松手把背包扔出马路。

"你昨天高兴得像小时候拿了奖状放学回来找妈妈要奖励。送你回来的小帅哥就隔着几米远跟在你后面,一直看着你进屋了才走。"

原来昨晚她说回家时,程遇舟虽然嘴上没说什么,但还是担心她一个人走夜路不安全,就远远地护送着她回家了。

"他不是我同学,是我同学的哥哥,我昨天在我同学家看电影。"

"你们应该差不多大吧。"

"我只知道他开学也高三了。"

周渔对程遇舟的了解仅限于表面,程挽月偶尔会提起,但说个三两句就没有下文了。目前,她拼凑出来的程遇舟只有一个模糊的轮廓。

每次见到,他都和上一次她见过的他不一样。

男生会在某一段时间内个子长得很快。周渔记得初二那年的元宵节,晚上程挽月带他去广场看烟花,自己在街上遇到了他们,程挽月隔着马路朝周渔挥手,正在打电话没有往她这边多看一眼的他和程挽月的身高差并不是很大,结果暑假的时候,差距就明显拉开了。程挽月过生日那天,周渔在巷子里和他迎面碰到,周渔站在台阶上,视线才刚刚能和他平齐。

"他也在一中上学吗?"

"不是的,他和他父母定居南京了,只会回来过个寒暑假。"

"南京?大城市啊。"邻居惊讶之后又感慨般地叹了一口气,眼神里透着一种向往,"听说南京特别漂亮,我年轻的时候差点儿就去了。"

周渔还是第一次听邻居说这些:"那你怎么没去呢?"

"学习不好,没考上呗。本来想着出去打工,到大城市见见世面,"邻居接过半杯醋,苦笑着道,"结果我妈收了人家的彩礼,硬让我嫁人。"

邻居虽然怀了二胎,但隔三岔五就和丈夫吵架,幸好家里有个好婆婆。

"阿渔,你学习成绩好,一定能走出去的。女孩子在外面闯一闯,眼界都不一样。"

周渔点点头:"嗯。"

南京很漂亮吗?应该是的,书上描写的南京和影视作品里的南京总有一种独特的历史韵味,满城的梧桐树、悠长的秦淮河都是南京的特色。

他在南京长大,很多人向往的东西对他来说大概已经稀松平常了吧。

今天超市客人多,周渔是下午的班,交班时对账发现出错了,她少收了十几块钱。

这是她第一次出错。

她心里清楚自己今天确实不像平常那么专注认真,做事的时候总是走神,确实是她的问题,补钱也不冤枉。

老板人很好,没有说什么。

周渔收拾完准备下班,余光注意到一个清瘦高挑的男生走进超市。她下意识地收紧手指,看清对方不是程遇舟之后才悄悄松了口气。

"程延清,有事吗?"

"肯定是有事,没事我也不会来这儿找你。"程延清把周渔叫到超市外面说话,"三班一个同学说言辞在台球厅睡了一天一夜,现在还在那里。我奶奶刚才去言辞家敲门,家里确实没人。"

周渔知道言辞为什么总是在台球厅睡觉。

他家里太安静了,一点儿声音都没有,他睡不着。

程延清说:"我一个人叫不动他,你跟我一起去。"

"你自己去吧,我要回家。"

"周渔,你不能对言辞太狠心,"程延清正色道,挡在周渔面前,没让她就这样走了,"在台球厅里玩的都是些什么人你也知道,他万一有个好歹,到时候你再后悔也没用,这世上没有后悔药。"

程延清说完,周渔没有任何反应,脸上的表情甚至都没有变,直接从他旁边绕过去了。

这次程延清没有再拦她,只是在原地等着。五分钟后,她又折了回来,朝着台球厅的方向走。

这五分钟是周渔试图自我说服和自我说服失败的过程,程延清说得对,她没办法不管言辞。

程延清跟在她后面。他身高腿长,步子大走得快,没一会儿周渔就落后了。

这个时间烧烤店里已经有很多客人了,程延清在外面等周渔到了才和她一起上楼。

三楼烟味浓,还混着一些奇怪的味道,很难闻。

程延清推开门走在前面,绕过几个叼着烟的混混儿,在沙发上找到了言辞。

言辞是趴着睡的,看不清脸,身上穿的那件黑色T恤有些皱,露出了腰上的一个字母——Y。

不是文身，更像是用一种特殊颜料的笔写上去的。

程延清叫了言辞两声，但言辞睡得很沉，没什么反应。

周渔站在旁边看了一会儿，从包里拿出水杯，拧开盖子，把大半杯水直接浇在言辞头上。

程延清看蒙了，旁边那几个一直看着这边的混混儿对着周渔吹口哨起哄。

半分钟后，躺在沙发上像是睡死过去的言辞慢慢坐起来。他的头发在滴水，水珠一滴一滴顺着眼睛流到下巴上，他没说话，只是冷漠地盯着周渔。

"叫醒了，"周渔没看言辞，转过头对程延清说，"我回家了，你看着办。"

程延清点头："行……"

他话音未落，言辞突然拽住准备离开的周渔，周渔没设防，摔在了沙发上。

"言辞你干什么啊？"程延清大叫，"周渔是我叫来的，她也是好心，你别弄伤她！"

老式沙发一点儿都不柔软，周渔倒下去的时候后脑勺儿撞在了扶手上，程延清反应不慢，但也没拉住她。旁边几个人在起哄，但他依然听到了周渔膝盖磕在地板上发出的闷响声。

言辞并没有因为程延清的话松开周渔，她狼狈地跪坐在地上，几次试图甩开言辞的手都没成功，更没能站起来，疼得忍不了才拎起背包扔在言辞身上。

包里的水杯飞出来恰好砸在他的脸上，他侧过头，手背擦过鼻翼后沾上了鲜红的血液。

他还在用另一只手紧紧地攥着周渔的手腕。

看戏的人鼓掌起哄，期待着更激烈的场面。

"周渔你下手也太狠了吧，他都流血了！"程延清连忙去找纸巾帮言辞擦鼻血，摸到言辞额头不正常的温度后就把准备骂言辞的话咽进了肚子里，又气又担心："怎么这么烫？言辞，你是不是发烧了？"

"没有，"言辞避开程延清的手，漠然地道，"你先走。"

"我就是专门来找你的！"程延清的脾气立刻就被激了起来，他道，"你松开周渔，让她起来，然后咱们去医院看看，打针也好，吃药也好，总之你不能就这样病着。"

程延清如果能劝动言辞，就不会找周渔过来。

周渔也没说话，一口咬在言辞的手上，但是发热导致痛感迟钝，他半分力道都没松。

"都行了啊，别太过分。"程延清只能强行分开他们，见言辞这个状态不像是会乖乖去医院的样子，就改走"曲线救国"道路："言辞，你家的猫一天都没喂了吧？它本来就营养不良，还饱一顿饿一顿的。就算你不吃东西，猫也要吃东西的。"

言辞嫌程延清烦，起身下楼了。

程延清看了周渔一眼之后跟了上去。周渔揉了揉发麻的手腕，站起来把散落在地上的东西一件件捡起装进背包，又把沙发整理好，没有理会那几个混混儿兴味满满的目光，绕过台球桌往外走。

街上人来人往，她下楼时已经看不到言辞和程延清的身影了。

路过药店的时候，她进去买了退烧药。

巷子里很清静。程家大门对面的这栋家属楼有好多年了，刚开始城中大部分老师住在这里，后来慢慢地有些人换了新房子搬到其他地方住，就把旧房子卖出去了。言父言母也买了新房子，去年五月份新房子装修好，言家挑了个好日子准备搬家，亲朋好友都接到邀请，说到时候也正好庆祝言辞高考结束，结果夫妻俩出了意外，只剩下言辞一个人和言父收养的那只橘毛流浪猫。

他没有搬家，也没有参加高考，一直住在这里。

言家的房子在顶层，以前言母在楼顶种满了花，远远地就能看见，后来没人管，那些花就全都枯死在花盆里了。

再也没有人会在经过巷子时问起："那是谁家养的花？养得真好。"

周渔上楼，程延清给她留了门。

橘猫在门口吃猫粮，饿久了就不挑食了。猫粮应该是程延清倒的，饭盆旁边洒得到处都是。周渔蹲下去捡猫粮，橘猫一直用脑袋蹭她的手，想要她摸摸它。

客厅和以前一模一样，连一个花瓶的位置都没变，桌上干干净净，一尘不染。

有段时间城里流行十字绣，言母因新鲜，但她的针线活很一般，就只买了一个小的回来，绣好后装上钟表器械，挂在客厅当时钟用。

电池用了太久，已经没电了，言辞没有换新的，时间就一直停着。

程延清从言辞房间出来，问周渔有没有伤着，周渔摇头。其实后背和手腕都还在隐隐作痛，但她觉得不碍事。

"那你先让他把药吃了，冰箱里什么都没有，我去我奶奶家弄碗面给他送过来。"

"你快去吧。"

程延清还是有点儿不放心，刚才那么多人，他们都差点儿打起来："你有事叫我，声音大点儿，我听得见。"

"嗯。"

程延清走后，周渔先把背包放在沙发上，又去厨房烧水，倒了一杯开水兑凉后推开房门，言辞还是和在台球厅一样趴着睡。

空调温度开得很低，周渔拿起遥控器把空调关了。

"你喝酒了吗？"

他没睡着，听得见。

"你怕害死我？"

周渔低声说："当然怕，所以要提前问好，有种药不能酒后吃。"

少年将埋在被子里的脸露出来，长时间高烧导致他的眼眶都是红的，眼角也泛着湿气，声音很沙哑："如果我说没有喝，那么明天死了就不关你的事了，是不是？"

周渔僵了一瞬，但很快恢复自然："言辞，你这样吓不到我的。"

他闭上眼："你从我家滚出去。"

"你吃了药我自然会走。"周渔把一次吃的药按剂量给他准备好，放在杯子旁边，"要洗澡吗？你衣服上的烟味很难闻，这样睡也不舒服。"

"我想怎么样就怎么样，不用你管。"

"我是不想管，我连自己的生活都过不好，哪儿还有精力去管别人是好还是坏？但是……我不能不管你。"知道他烧得很厉害，周渔苦口婆心地劝道，"言辞，吃药吧。我知道你不想看到我，你吃完药，我就不烦你了。"

下一秒，杯子就被他打翻了。

程延清不会做饭，顶多能煮碗方便面。

钱淑听说言辞在发烧，就没让程延清把方便面端给言辞，重新煮了一碗手工小馄饨，放了虾米和紫菜，又滴上几滴香油，才让程延清给言辞送过去。

他刚走出大门，就和程遇舟面对面碰上："你去打球了？"

"嗯。"

"天气这么热，你的精力可真旺盛。"程延清也喜欢打球，但天气实在太热，球场又总被阿姨们占着跳广场舞，所以有一段时间没打球了。

程遇舟看程延清端着一碗馄饨："你怎么不在这儿吃？"

"不是我吃，给我哥们儿言辞的，就是我生日那天坐在你旁边的那个，他住对面七楼。"程延清解释道，"那个蠢货发烧不去医院，在台球厅睡了一天一夜，我和周渔刚把他弄回来。行了不说了，我先把馄饨送过去。"

程遇舟侧过身，让程延清先从院子里出来。

他进屋洗澡换衣服。程挽月不在，家里清静了很多。

老太太喜欢听收音机，好在程家是独院，影响不到别人。程挽月上次拿回来的那一篮杏子短时间内吃不完，老太太就用剩下的熬了两罐果酱，喝水的时候加一勺，不算太甜，但果香味很好闻。

程遇舟陪老太太听戏，抬头就能看到对面家属楼里的灯光。

老太太在讲以前的事，年纪大了，总是喜欢回忆过去。程遇舟每隔一会儿就拿手机看时间，显得有些心不在焉。

老太太今天起得早，就准备早点儿睡。

程延清离开言家之后，站在程家院子门口喊了程遇舟一声，问他要不要去唱歌，说都是上次见过面的朋友。程遇舟说不去，程延清就走了。

过了一会儿，有人从家属楼出来，脚步声很轻。程遇舟看了看时间，从程延清端着那碗馄饨去言辞家到现在，已经将近半个小时了，她之前又待了多久？

周渔低着头看路，走出家属楼大门才看到对面门口站了个人。

他们算是认识了，不是陌生人，那么出于礼貌她应该打声招呼。

她应该说什么？"嘿，你好"？

"有老鼠！"周渔突然抬起一只手指向墙角。

她在程遇舟低头的瞬间拔腿就跑，却被他拽住背包的肩带，身体因为惯性往后仰，后脑勺儿就撞在他的胸口上。

"好疼。"周渔忍不住轻呼出声。

程遇舟并没有用太大的力气，是周渔跑得太急，惯性导致她往后仰的时候撞在了程遇舟的身上,又正好是在台球厅撞到沙发扶手的位置,那里刚才就有点儿肿了。

在周渔叫出声的下一秒,程遇舟就连忙松开背包肩带扶着她站稳,手掌托住她的后脑勺儿,摸到一块很明显鼓起来的地方。

"起包了。"

"不是你的原因,是之前不小心撞到的。"周渔往后退了两步,自己试着摸了摸,"不会流血了吧?"

程遇舟闷笑:"没你这样讹人的啊。"

她侧过头嘀咕:"谁让你拽我的?"

"我道歉,对不起,我不应该拽你。"程遇舟也后悔了,可是她如果不跑,他也不会那样,"家里应该有消肿祛瘀的药,你等一会儿,或者到院子里坐。"

"不用不用。"

"你这么着急干什么,回家?"

周渔脱口而出:"我不回家。"

"不回家?"程遇舟看着她,慢条斯理地重复了一遍。

周渔嗯了一声,然后看见程遇舟拿出手机,翻到程挽月的微信号,点开最新的一条语音:

"我爸明天早上要检查作业,我今天不能去奶奶那里,周渔说她准备回去了,八点之前到家,给我打电话念答案。比程延清那个傻帽儿聪明帅气一百倍的舟舟哥哥记得给我留一份冻在冰箱里,我明天去吃。"

这个时间巷子里很安静,只有路灯静静地亮着。

程挽月清脆的声音从手机里传出来,每一个字都格外清晰,周渔很难形容自己此刻的心情,反正比刚从家属楼出来看见程遇舟的时候还要尴尬。

程遇舟收起手机:"进来等吧。"

他先进去，周渔看着他的背影，把踩在脚下的石子踢远，深吸一口气，才跟着走进院子。

老太太去楼上洗漱了，收音机还在矮桌上放着。

程遇舟的房间里有消肿药——打球扭伤是很平常的事，他拿着药瓶下楼，周渔坐在凉椅上，听到他走路的声响后下意识地挺直腰背，莫名地有些紧张。

茶还剩半壶，空气里飘着一股很好闻的果香味。

"尝尝？"

周渔点头："谢谢。"

程遇舟倒好一杯递过去，拎了把椅子坐在她身后。药是气雾剂，她扎着马尾，他一时间不知道该怎么下手。

周渔捧着茶杯："这茶好特别，是加了杏子吗？"

"嗯，上次从你家带回来的那些没吃完，奶奶全熬成果酱了。"他手里还拿着药瓶，"这样不方便，我先帮你把头绳拆下来。"

"好。"

她看不见，但能感觉到他犹豫了几秒钟才碰她的头发，而且特意避开了鼓包的位置，取下头绳的过程中有几根头发拉扯到头皮，但这点儿轻微的痛感不足以转移她的注意力。

程遇舟把头发从中间分开，拨到两侧，指腹贴着头皮摸了摸，确定鼓包的位置后拿起药瓶对准，喷了两下。

等他起身，周渔才意识到自己一直吸着一口气没有呼出来。她也没有看他，装作若无其事地重新扎了个低马尾。

程遇舟去厨房拿了一罐杏子果酱："奶奶做了两罐，这罐你拿回去喝。"

"怎么做的？"

"给我个电话号码，我问好了把过程发给你。"

周渔是真的不用微信。

喷了药之后,皮肤开始微微发热,果酱是刚从冰箱里拿出来的,玻璃罐很凉,她悄悄抱紧了些:"你问挽月吧,她知道。"

程遇舟说:"你就在我面前,我为什么要绕弯路找程挽月?"

她念出号码,程遇舟存备注,输入一个"周"字后停顿了一会儿,问:"是哪个字?周瑜打黄盖的'瑜'还是河里游的'鱼'?"

"三点水的渔。"

"好了。"程遇舟在她拉开背包拉链的时候顺手把药也塞了进去,"带回去用吧,早中晚各一次,不用谢。"

周渔就没再客气:"离开学还有一段时间,你会无聊吗?"

他在这里应该没什么能玩到一起的朋友。

"我们这里很多人晚上喜欢去江边散步,那条路上的路灯是灯笼,晚上很漂亮,你有空可以去看看。"

程遇舟送她出门:"在哪里?我不知道路。"

白城有很多小路,弯弯绕绕:"很多条路都可以到,你随便问问就知道了。"

两个人站在门外,程遇舟还能闻到她身上的药味:"我想了想,你还是谢一下吧。"

周渔没听明白:"啊?"

程遇舟说:"我听不太懂这里的方言,你有空的时候带我去江边转转,就当是谢谢那瓶药。"

哪有这样的道理,自己主动说了不用谢又临时反悔让人道谢?

但她还是答应了——她本来就应该谢:"好。"

第四章

不能说的秘密

程挽月答应周渔第二天去看言辞，可直到第二天下午才想起来，路上顺便打包了一份麻辣烫。

她敲了半天门，对面的邻居都探出头来看，以为发生了什么事。她笑着解释说言辞发烧了，可能睡得太死，听不见敲门声。

敲门没用，她又大声喊言辞的名字，言辞才不耐烦地开了门。

因为生病，他身上那种颓废感更明显了，脖颈的皮肤泛着一层不正常的红色，眼睛也是湿漉漉的。

程挽月在他开门的瞬间从他的眼里看到了一丝失落。月满则亏，水满则溢，他越想藏得隐蔽就越藏不住。桌上的退烧药只吃了一次的剂量，他一直在等谁来，开门看到是程挽月后的那点儿失落感就是因谁而起。

电视开着，正播放着一档综艺节目，家里不算太冷清。言辞坐在沙发上，目光平静地落在电视屏幕上。程挽月能容忍他恶劣态度的很大一部分原因是怜爱，尤其是他现在这种脆弱的状态，更容易激起她的恻隐之心。

"言辞，你不会是从昨天晚上睡到了现在吧？"

"没有，中午睡的。"

"那还行。你吃点儿东西，我在学校旁边那家店买的，清汤的，没给你加辣。"

言辞吃不了太辣的东西，程挽月等他吃完，又陪他待了一会儿，问他要不要去医院看看，他没理她。程挽月又问他写在后腰上的字母 Y 到底有什么含义，他也没回应。

她早就看见过，这也不是她第一次好奇："不是'言'吧？你告诉我,我就帮你。"

言辞甩给她一个冷眼:"你少多管闲事。"

"啧啧,这就是我欣赏你的地方,记得保持啊。"程挽月一点儿都不介意,甚至更加怜爱这个美强惨少年,于是拿起温度计插在热水杯里,在温度飙升得差不多的时候拿出来放在桌上,用手机拍了张照片,"放心,我一定会拿给阿渔看的。"

"你记得吃药,我走了啊。"程挽月打开门,差点儿撞上正准备敲门的卿杭。

麻辣烫的味道蔓延性很强,卿杭随即皱了下眉:"有刺激性的食物不适合病人吃。"

"麻辣烫怎么了?我发烧的时候就想吃这一口,"程挽月一听就不高兴了,"嘴里淡得不行,谁爱吃你这白米粥?"

她不耐烦地瞥了卿杭一眼,推开他后往楼下走。

飘逸的发尾从肩头拂过,卿杭仿佛能从浓烈的食物味道里嗅到一丝属于她的香气。她步伐轻盈,他却能听到回声,也能从楼梯缝隙里窥到那抹红色的身影。她很喜欢穿红色的衣服,她的性格张扬又热烈。

程挽月和周渔约好了傍晚去周渔家,想着程遇舟一个人很无聊,就把他也叫上了。

程遇舟得知她刚从言辞家出来,觉得她是想乘人之危,只不过没得逞而已:"你为什么这么关心他?"

"言辞挺帅的啊。"程挽月放大手机里的照片,"哎呀,四十摄氏度是不是太假了?这样骗不到阿渔,得修一下。"

"什么照片?给我看看。"

"我拍的温度计,阿渔特别容易心软,苦肉计这招最好使了。"程挽月知道言辞希望周渔去看看他。

程遇舟接过她递来的手机,明白她嘴里的"这招"是哪招之后毫不犹豫地点了删除键,连回收站里的也删了。

"你怎么删掉了?"程挽月大叫。

"不是故意的。"他"抱歉"地说,"一会儿我干活,你坐着享受。"

于是程挽月就不计较了:"你这个态度很好,我很满意。"

周渔家在火车站附近,这里有条隧道,从隧道里经过的火车少,很多初中生喜欢成群结伴去玩,程家兄妹俩在来的路上就遇到了好几拨人。但是这非常危险,隧道边的警视牌已经提醒行人不要在附近玩耍了。

刘芬在菜园里种了些蔬菜,其中西红柿太多,吃不完,周渔就叫程挽月过来摘。

程挽月穿了一双新鞋,菜地里都是泥,不想弄脏新鞋,就选择坐在树下玩,让周渔带程遇舟去。

程遇舟先摘了两个。周渔本来想说自己家种的没打农药可以直接吃,但想了想,还是决定带他去水池边洗洗。

水龙头坏了,周渔没来得及提醒,他就拧开了,一股水猛地冲出来,T恤湿了一大片。

"要擦擦吗?"

"不用,一会儿就干了。"程遇舟抬手抹了一把脸上的水渍,先洗干净一个西红柿递给周渔,"你好点儿了?"

周渔愣了几秒,伸手接过那个带着水珠的西红柿,另一只手摸了摸后脑勺儿:"没有昨天那么疼了,就是睡觉的时候还得侧着。"

"再喷几次药。"程遇舟又洗了一个,朝程挽月扔过去:"程挽月,接着。"

程挽月接住,咬了一口。

周渔过去和程挽月坐在一起:"言辞退烧了吗?"

程挽月故意长长地叹了一口气，话里满是担忧："没有，还烧着呢。我好心去看他，他一点儿都不领情就算了，还让我滚。明天我不想去了，还是你去吧。"

"程延清不在家吗？"

"昨天半夜才回来，今天一大早就没影了，不知道他最近在忙什么。"

两个人正好面对着菜园，程遇舟穿着白色T恤，在绿油油的菜地里很显眼。

周渔原本还在担心言辞，但是程挽月说的话让周渔将注意力转移到了程遇舟身上。

"我哥的手是不是很好看？"

他的手修长有力，骨节分明，是很好看。

"腰上好像没有肉肉。"

白色T恤被水浸湿后有些透明，风一吹就贴在身上，隐约透出腹肌的轮廓。

"屁股挺翘的。"

周渔没看。

"腿也长。"

他一米八六的身高，腿当然长。

"家里有矿，脸和身材都很棒，品行也不差。肥水不流外人田。"

程挽月有很多朋友，其中不乏漂亮的女生。周渔收回视线，低头看着手里的西红柿："你的意思不是他现在状态不好吗？"

"我瞎说的，根本没这回事。"

"现在还是学习更重要吧。"

"他脑子聪明着呢，多认识几个朋友影响不了学习。"程挽月心里很快就有了第一个人选，"你觉得高锐怎么样？"

周渔也认识高锐，美术班的班花："挺好的。"

程遇舟提着一小筐西红柿过来："什么挺好的？"

"我一个同学。"程挽月朝他眨眼,"人家是学画画的,既有才华,又很漂亮,介绍你们认识一下?"

周渔没说话,能感觉到程遇舟的视线停在了她身上。

"有多漂亮?如果比你差就算了。"

"那当然还是我更漂亮啦。"程挽月并没有注意到他这句话是看着周渔说的,也没听出他口中的"你"不是指自己,"你怎么只关心人家的长相?肤浅!我唾弃你!"

"阿渔你听见没有?"程挽月的态度立马发生一百八十度的转变,她道,"以后千万不要被这种肤浅的人骗了。"

周渔只是笑笑,没接话。

程遇舟把篮子放到旁边,也在树下的长椅上坐了下来。

程遇舟好像比程延清还要高一些。

周渔低声问:"你比挽月大多少?"

"大两个月。"他说,"我爸妈是早恋,因为家里人不同意,偷偷领证的,没多久就有了我。"

比起来,程挽月的父母结婚算是晚的。

"我二叔真的超级帅!"程挽月一不注意,西红柿的汁水就滴到衣服上了,立马跳起来去水池边洗。

程遇舟问周渔:"你们上学期的期末考试卷子可以借我看看吗?程挽月根本没有这个东西,程延清更是指望不上。"

这兄妹俩都是废柴学渣,成绩一个比一个差。

"为什么要借试卷?你不是只回来过暑假吗?"

"既回来过暑假,也回来准备高考,"程遇舟笑着看她,"再过半个月,咱们也是同学了。"

周渔一直以为和以前一样,他这次回来也只是待一两个月,就连程挽月开玩笑说要介绍美术班的班花给他认识的时候,周渔也没多想。

他说他要在这里读高三。

县城只有一所高中,也就是说,这一年里她都可以见到他。

"我帮你找。"她很开心,但没有表现出来,"还要不要别的?"

程遇舟只是想看一下试题的难度:"暑假作业也可以,把你写完的借给我。"

"好。"周渔起身走进房间。

毕竟是女生的房间,程遇舟就没进去,只在房间外面等,无意间看见墙上贴着周杰伦的海报。

外婆在客厅看电视,这时看完了,就走了出来,正好碰到程遇舟。老太太头发白了一半,和周渔一样,也是一双笑眼,正慈爱地看着程遇舟笑。

程遇舟刚来时打过招呼,不过老太太应该忘记了。

"外婆好。"

"你是哪个?"

"我是周渔的朋友。"

"周渔?周渔是我外孙女。"外婆握住他的手,打量了一下,"我想起来了,你是言辞吧。"

程遇舟心想:言辞已经和周渔熟悉到连患有痴呆症的老太太都能记住名字的程度了?

"不是,"他耐心地说,"我叫程遇舟。"

老太太茫然地摇头:"不认得。"

"没关系,下次我再告诉您。"

周渔从房间出来,接了一句。她的试卷和作业都整齐地放在文件夹里,程遇舟接过去,随意地翻了两页,令他意外的是,她的字迹特别潇洒。

院子里的夕阳很漂亮,天边的晚霞是一种梦幻的紫色。

周渔把放在水池里冰过的西红柿挑出两个切块装在盘子里,撒了一包跳跳糖，周渔和程挽月小时候都喜欢这样吃。

程挽月从小包里拿出一支唇蜜，叫周渔过去。

"阿渔，你也试试。"

"不要了吧。"

"试试嘛。你坐下来，我帮你涂。"程挽月拉着周渔坐到自己面前，拧开唇蜜，一点点涂在周渔的唇上，学校不让涂，程挽月调皮的性子就放假时偷偷涂。"过两天就是七夕了，你去我家玩，咱们一起看电影。"

对周渔来说，任何节日都没什么特别的，和平常一样。

关系好的女孩子闹在一起很容易动手，程挽月突然停下来，目光从周渔白净的小脸慢慢往下移。

"阿渔，我刚才好像摸到你了。"

夏天衣服薄，这很正常。

程挽月笑着挑眉。

周渔要还手，程挽月尖叫着躲到程遇舟身后，周渔就一脑袋扎进程遇舟的怀里，他下意识地伸手扶了一下。

周渔站稳后，程遇舟很快回过神。

那只手的温热触感只在她的腰上停留了两三秒，他的白色T恤上印上了淡粉色的唇印，就在胸口的位置。

挑起战争的程挽月已经跑远，在用晚霞当背景自拍了。周渔看着那个唇印，用手背从嘴唇上擦过，就看到手背也沾了一点儿浅浅的粉色。

她怎么总在他面前干一些蠢事？

"要不然……你脱下来，我帮你洗干净？"

"没事，我回去洗，你这里……"程遇舟用手指点了点嘴角，"这里还有一点儿。"

周渔有些窘迫。

晚霞似火，程遇舟看着她的脸一点点透出红晕。他拿出手机，打开相机，放到她的眼睛前让她当镜子，自己稍稍侧过头。

她擦掉了嘴角的唇膏印，但印在程遇舟衣服上的痕迹是擦不干净的。

他能感觉到她的尴尬和不自在，也无法忽视藏在唇印下的皮肤被夕阳余温炙烤出的灼烫感。

程挽月手机里的照片基本是自拍照，在同一个地点她都能拍几十张。回去的路上，她拼了张九宫格发到朋友圈，强迫程遇舟给她点赞。

程遇舟本来没当回事，但发现其中某一张照片的背景里有他和周渔，他放大看了一会儿之后，勉勉强强点了个赞，并且把照片保存了下来。

晚上，程挽月没在老太太家睡，回自己家了。

程遇舟洗漱完躺在床上，以前学校的同学秦一铭发微信叫程遇舟一起打游戏，但程遇舟现在没有打游戏的心情。

钱淑把果酱的详细制作过程写在了纸上，程遇舟拿到之后编辑成一条短信发给了周渔。等她回复的时候，他又想起她屋里贴着周杰伦的海报，她应该是喜欢周杰伦的。

程遇舟之前去看过两次周杰伦的演唱会，都是前几排的内场票。

他录过几段视频，想着找出来一起发给周渔，打开相册的时候发现，傍晚帮她拿着手机当镜子的时候不小心录了一条视频——

她对着屏幕一点点擦掉嘴唇上的唇蜜，露出嘴唇原本的颜色，她的手上还沾着水，有一些唇蜜晕染到周围的皮肤上，微风吹起耳边的碎发，有几缕贴在唇边。

程遇舟顿了一瞬。他从程挽月的朋友圈里保存的那张照片很模糊，连人脸都看不清楚，远不如他手机里的这段视频清晰。

按理来说，他应该删掉这段视频，但他没有。

空调开了太久,房间里很闷,程遇舟突然从床上坐起来,推开窗户,靠在阳台的栏杆上,拿出手机,点开秦一铭的微信,直接忽略上面的几条消息和一条游戏邀请。

"问你个问题。"

"速曰。"

"你怎么看待一份感情里的第三者?"

"小三啊,不管男的女的,直接乱棍打死。"

秦一铭算是程遇舟的发小,两个人从小一起长大,小学、初中和高中都在一个学校,父母也都互相认识。

程遇舟又一次打开了那段视频,在重复看第六遍的时候收到了周渔的回复,短信里只有四个字:收到,谢谢。

语气生疏又客套。

她就像是在他的脖子上绑了一根绳子,太松了就在他没有防备的时候收紧,太紧了就在他刚生出点儿期待的时候松一松。

程遇舟低头看了看短信里的四个字,又抬头看了看天上的月亮,突然笑了。

周渔存好程遇舟的号码后,把果酱制作教程抄在本子上,抄完,又收到了几段视频,每段十几秒。

她点开看。

是周杰伦演唱会的视频:现场观众挥舞着荧光棒,离舞台很近,周杰伦在台上唱《不能说的秘密》,像是看了镜头一眼。

有人举着"南京"的灯牌,这场演唱会应该是在南京。

周渔生在白城,长在白城,这十几年里只出过一次远门——把父亲的遗体接回来。

对她来说,南京很遥远。

他为什么会给她发这些视频呢?还是她喜欢的周杰伦。

他大概是为了感谢她下午送的那篮西红柿吧，或者是她借给他的那些试卷和习题册，应该没有什么特殊的意义。至于周杰伦，喜欢周杰伦的人很多，男女老少全年龄覆盖，更没什么特殊的。

这几段视频，周渔反复看了很多遍，又给程遇舟发了一条短信：和看电视不一样。

睡前看到了他的回复"你家西红柿的味道也和超市里卖的不一样"，周渔又失眠了。

上一次失眠是程家双胞胎过生日的那天晚上，那天最主要的原因是她喝了辣椒油，胃不舒服。今天她没有吃刺激性的食物，脸上却也隐隐有种火辣辣的感觉。

她弄到他衣服上的那个唇印洗干净了吗？

程挽月说过，他的衣服都不便宜，有的还是限量版，过了售卖时间有钱都买不到了。

她要不要问一下？

周渔从桌子上拿过手机看时间，已经很晚了。

他可能已经睡着了。

周渔想了想，最后还是没有问。周渔不是一个擅长聊天的人，和程挽月在一起的时候，大部分时间是程挽月在说，周渔听着。

但凡她健谈一点儿，就能有很多机会跟程遇舟说很多话，可她在这方面十分笨拙。

他要在白城一中读高三了，就算他们没有被分到一个班，她也可以说他们是同学，同学比普通朋友听起来更亲厚一些。

周渔闭上眼，轻轻叹了一口气。

如果她能再优秀一点儿就好了。

第五章

木瓜糖

天气越来越热，程遇舟还是天天往球场跑。钱淑总担心他中暑，但又想着他这个年纪确实在家闲不住，而且马上就要开学了，开学后假期少，觉都不够睡，就没在他抱着篮球出门的时候拦他。

每次他去打球，钱淑也一起出门散步，累了就坐在球场边听戏，等他休息的时候递上一大瓶凉白开，时间过得也快。

今天下午家里来了客人，钱淑就没陪程遇舟去球场。

程遇舟打完球回家，换衣服的时候发现那件白色T恤不见了。

他那天从周渔家摘了一篮西红柿回来之后，家里就每天西红柿炒鸡蛋和西红柿鸡蛋汤早晚各一样。钱淑自己平时晚上吃得简单又清淡，孩子们回来了才会多做一些他们爱吃的菜。她正准备去厨房，程延清风风火火地跑来了，说要叫上程遇舟一起去言辞家涮火锅。

"仔仔还在洗澡，你等他一会儿。"钱淑还记着言辞前几天发烧的事，"言辞的病好了吧？天气热，你们别吃坏了肚子。"

"好了。"程延清懒散地坐在凉椅上，拉长声音，"他就是脑子有问题，生病了还不吃药，不然早就好了。"

钱淑嗔怪地拍了程延清一巴掌，让程延清不要这样说言辞。

程遇舟洗完澡下楼："奶奶，我放在椅子上的衣服您帮我洗了吗？"

钱淑说："洗了啊，刚洗好，在楼顶晾着呢。"

他的衣服都是自己洗，但是那件T恤放了不止一个星期，老太太今天看见了，就顺手扔进了洗衣机："脏衣服一直放着不洗可不行，这天气容易有味道。怎么了，那件不能机洗？"

程遇舟抬手揉了揉头发："没怎么，能机洗。"

程延清跑过去钩住程遇舟的脖子，推着程遇舟出门："晚上吃火锅，去言辞家，还有卿杭，咱们俩负责买食材。"

男生之间没那么拘谨，见两次面就熟了。

程遇舟被动地往外走："咱们去外面吃呗，在家弄多麻烦。"

"叫不动他，就去他家。"

两个人去的这家超市有现成的火锅食材，他们挑的几乎全是肉，只象征性地加了娃娃菜和两样菌菇。言辞不能吃辣，火锅底料他俩就买了鸳鸯双拼。

卿杭先到，把锅碗洗干净，水也烧上了。

程遇舟是第一次来言辞家，发现家里出乎意料地干净。那只橘猫趴在沙发上打哈欠，爪子在脸上抹来抹去，听到动静后立刻站了起来，轻盈地跳下地，顺着墙根跑进了卧室。

言辞关上房门："不叫程挽月？"

"叫了，她和周渔等会儿一起过来，咱们先吃。"程延清对言辞和卿杭说："你们两个吃不了辣的坐一边，番茄锅是你们的。"

程延清和程遇舟坐一边，把牛肉卷和羊肉卷这些直接往锅里倒。

"言辞，你开学必须返校，我问清楚了，咱们都在一个班。"

言辞鄙夷地看着程延清："你凭什么和卿杭分到一个班？"

程遇舟一副见怪不怪的表情："凭他那张脸啊，还能凭什么？总不能是凭他那张满分一百五只能考四十六分的英语卷子。"

"哎！你是不是欠揍？"程延清仰起下巴，"言辞你听见没有？我认真跟你说，开学那天你如果不去报到，我就算打晕你也要把你抬到学校。"

言辞没说话。他吃得也少。

休学这一年，每一天他都过得很恍惚，有的时候觉得时间过得太快，有时候又觉得很难熬，闭眼时是天黑，睁开眼还是天黑，等啊等，等啊等，总是看不到一丝亮光。

外面不知道什么时候下起了小雨，客厅里有些闷热，程遇舟起身去开窗通风，晚风带着些许潮湿的雨水吹进来，吹散了屋里的辛辣和燥热。

桌上一片狼藉，到处都是从锅里溅出来的油渍，程延清吃饱了才想起给程挽月打电话："妹妹，我们在言辞这里，你带个西瓜过来。"

程挽月开口就骂他："呸，你想得美！"

"给你的两个哥哥送份温暖怎么了？"程延清靠着椅背，打开扩音后把手机放在桌上，"我们留了很多菜，你快点儿来。"

少女清脆的声音从手机里传出来："谁要吃你们剩下的？我要去看帅哥。"

"从哪儿冒出来的？我们这里四个都比不过？"

"这个你就别管了，反正我不去吃剩饭。"

卿杭刚搛起来的丸子掉进锅里，短发投在脸上的阴影遮住了他的神色，没有人注意到他眼里隐秘的情绪。

程延清挂断电话："她们不来了。这些先放着吧，等肚子里的消化了再吃一轮，一片肉卷都不能浪费。"

卿杭把能收拾的先收拾干净："我先走了。"

言辞坐起来看他："家里有事？"

"嗯。"

"拿把伞，鞋柜下面的抽屉里应该有，你找找。"

"不用，雨不大。"卿杭打开门，声控灯坏了，楼道被夜色覆盖，他的耳边只剩下滴滴答答的雨声。

卿杭走后，突然有人按响了门铃。

程遇舟起身去开门，他的目光先落向站在程挽月身后的周渔。她来的时候没打伞，眼睛里一层湿气，睫毛上还沾着细小的水珠。

"你刚才还说不来，怎么又来了？"

"来给我亲爱的哥哥送温暖啊。"程挽月熟练地换鞋进屋，言辞虽然每次都会说嫌弃的话，但鞋柜上还是摆着她们的拖鞋："言辞，你今天又帅了一点儿。"

程遇舟接过周渔手里拎着的西瓜，侧身让她进屋。

言辞本来就话少。程延清也没怎么说话。程遇舟给周渔和程挽月拿了干净的碗筷，然后去切西瓜了。

各种菜都留了，几个人吃了一会儿就吃饱了。

程挽月和程延清兄妹俩再次因为拌嘴扭打在一起，周渔笑道："我吃好了，收拾一下吧。"

程延清顺势喊道："程挽月，你赶紧去帮周渔洗盘子！"

"我都没吃几口，要洗也是你去洗。"程挽月抓着唯一有可能帮她干活的程遇舟："哥，咱俩石头剪刀布，谁输了谁去帮阿渔，我出石头。"

程遇舟配合地出了剪刀。

客厅里打闹的声音只暂停了两分钟又开始了，原本冷清的家显得十分热闹，周渔忍着笑起身去接水，准备先洗筷子。

"我来洗。"程遇舟拿起洗碗的海绵。

老式家属楼面积并不算大，厨房的水池旁边能并排站下两个人，但很明显有些拥挤，空气里飘着绵绵细雨，晚风吹动她的发丝，从他的肩头拂过。

周渔往后退了一步，余光看见他纯白的T恤上溅了一滴油，发黄的油渍晕开后依然很显眼。

他应该很少做这些，动作明显不太熟练。

"还是我来吧，你的衣服弄脏了不好洗。"

"没事。下雨天，女孩子少碰凉水。"程遇舟两只手都沾满了泡沫，"你帮我找一条围裙。"

"我找找。"

言辞家里的东西都还维持着原样,以前言家主要是言爸爸下厨,围裙挂在厨房里,颜色也不奇怪。

周渔拿着围裙,程遇舟靠在水池边看她。

这样被他看着,她莫名有点儿紧张。明明是一件很简单的事,她却不知道是应该先踮脚还是应该先做其他的什么。

"你头低一点儿。"

程遇舟稍稍低下头:"这样?"

"嗯。"

高度差不多了,周渔把围裙挂在他的脖子上,发现他还看着她:"转过去啊。"

围裙的腰部位置还有两根绳子,不绑好会很碍事。

程遇舟面对着水池开始洗碗,周渔牵起那两根绳子在他的后腰系了个很好解开的蝴蝶结。

"紧吗?"

"不紧,正好。"

"是不是有点儿小了?"

"还行,能用。"

程遇舟走神了几秒钟,用来调酱料的小碟子就从他沾满泡沫的手里滑落,碎在地板上。

"小心,"周渔捏住他的衣摆,拦住他后很快就放开了,"不要用手碰,我去拿扫把。"

为了避免割伤环卫工人的手,她把碎碴扫干净单独装起来。

程遇舟确实很少洗碗,以前在家一直有阿姨,回来住之后老太太也不让他做这些,但也不至于完全不会洗,刚才是走神了,就和现在一样。

兄妹俩还在客厅打闹,打闹声却像是被厨房的帘子隔绝在外。

程遇舟安慰自己:没关系,一个人不可能长时间处于心跳过快的状态，大脑会调控激素分泌，使这种过激反应慢慢地恢复正常，他只需要耐心地等待。

夜色沉沉，应该看不清什么，程遇舟却还是在周渔抬起头的前一秒转过身面对着水池。

周渔看他往盆里倒冷水，忍不住出声提醒他旁边有一壶刚烧好的热水："油太多了，热水好洗。"

"嗯。"程遇舟应了一声。

周渔以为他是因为刚才打碎了一个碟子心情不好才没说话。她不是很会聊天的人，就安静地站在旁边，帮他把洗干净的碗筷再用清水过一遍。

程遇舟摘下围裙就先走了，连声招呼都没打，其他三个人都没注意，只有周渔心里有点儿怪怪的。

她是不是说错话了？

男生总会在某些奇怪的事情上有很强的自尊心，他是不是不高兴了？

"这个U盘好眼熟，不会是我的吧？"程挽月在程延清的衣服兜里发现了她的U盘——她喜欢漂亮的东西，连用的U盘都有自己的特色。

"是你的吗？我不知道，随便在家拿的。"程延清解释道，"就是用一下，给程遇舟拷贝几份学习资料，言辞的电脑里有很多。"

程挽月才不相信："你接着编！"

"不信你就问言辞，他总不能骗你吧？"

言辞顶多不理她，骗她倒是不至于。程延清给了言辞一个眼神后就趁机溜了，程挽月追出去，只留下周渔。

家里突然就安静了，言辞脸上那点儿笑意也随之沉了下去。他回到客厅的时候发现周渔还在。她在往饭盆里倒猫粮，还换了一碗干净的水，橘猫一点儿都不怕她，她叫两声它就乖乖地过去吃，还一直拿脑袋蹭她，希望她能摸摸自己。

连猫都有记忆，更何况是人。

她确实很无辜，可他又有什么错？

周渔一只手顺了顺橘猫的毛，回头就撞上一道冰冷的目光，每次没有第三个人在场，言辞眼里那些浓烈又痛苦的恨意就让她有一种他要过来掐死她的错觉。

"你怕我？"

他们认识对方比认识其他人都早。

周渔抿了抿唇，在她开口之前，言辞唇角勾起嘲讽的笑："你是应该怕我，所以以后不要再来我家，更不要单独留在我家。我不是精神病人，很清楚成年后该负的法律责任一样都不会少，但总有脑子不清楚的时候。"

周渔低下头，看橘猫舔水喝："你开学后去学校吗？"

言辞极不耐烦："这你也要管？"

她沉默了一会儿，开口道："因为如果你不参加高考，我就要永远背负着'害了言辞一辈子'的恶名。就算你明年正常发挥考上了名校，未来前途光明，县城里的人提起你的时候还是会把'如果没有那个谁谁谁，言辞一定会过得更好'这样的话挂在嘴上……言辞，我是真心希望你好，你和街上那些自甘堕落的混混儿不一样，你不会变成他们的，永远都不会。"

言辞忽然笑出声："怎么才算变成他们那样？"

小县城里有太多整天无所事事的街溜子，周渔不是没见过他们欺负人的样子。

"你演得一点儿都不像。"

"是吗？那你过来，我现在就让你看看到底是不是演的。"

周渔失手碰翻了饭盆，水也洒了一地，猫从她的身边跑开，几步就蹿到了言辞的脚边,绕着他的脚转圈。

程延清和程挽月从自家院门经过的时候叫了老太太两声,程遇舟听着外面打闹的声音——只有他们俩。

天已经黑了,他能很清楚地看到言辞家还亮着灯。程遇舟看了一会儿时间,最后还是决定上去敲门。

周渔就在门口,但反应了一会儿才把门打开。

程遇舟站在门外,敏锐地感觉到客厅里有种不同寻常的气氛,是他的出现打破了这种只存在于周渔和言辞之间的低气压。

他自然地说:"我的手机落下了。"

"哦……等一下。"

周渔去帮他找手机,把客厅、厨房和洗手间都找了一遍。

"没有?那可能还是在家里,我再回去找找。"他准备关门前看向周渔,像是很随意地问了句,"你不走吗?"

"走。"周渔拿上背包,到门口换鞋。

老旧家属楼的物业没那么敬业,楼道里的灯坏了很久都没人来修。

下楼后,两个人并排往外走,周渔在细雨里闻到了淡淡的青柠味:他已经洗完澡了吗?她低头闻了闻自己身上的衣服,还是一股火锅的味道,在外面就更明显了。

周渔下意识地和程遇舟拉开距离。屋檐上的雨水滴滴答答地落下来,程遇舟看她越走越慢,越走越往一边靠,再往旁边一点儿,从屋檐上落下的雨水就要滴在她身上了,两步过去把她拉到宽敞的地方。

周渔条件反射般地把手抽出来,因为这个动作,下一秒,两人之间气氛变得有些尴尬。

程遇舟的手在空气里僵了一瞬他才慢慢收回去。周渔突然很后悔，想说点儿什么缓和一下，可又发现自己想到的语言太苍白。

"里面在滴水。"他先开口，缓解了周渔心里的紧张。

"谢谢。你准备睡了？"

"没有。"

"这么早就洗澡。"她记得他用的沐浴液的味道。

"出汗了，洗完舒服点儿。"程遇舟不太自然地别开眼，"你在这里等我一会儿。"

他说完就跑进对面的大红门，周渔懊恼地叹了一口气。她等了大约两分钟，他出来了，手里拿着一把雨伞。

周渔没接："雨很小，不用啦，我回家也不远。"

"女孩子淋雨对身体不好。"程遇舟撑开雨伞，把伞柄塞在她手里，"你自己还，不要让程挽月代还。"

周渔只好拿着。他站在伞外，路灯的光线在他的身后散开，细雨落在他的身上，被灯光照着，像是在跳舞。

"为什么？挽月喜欢你这把伞？"周渔经常和程挽月见面，程挽月帮忙把雨伞带给他更方便。

"嗯，我只有这一把，不能给她。"

程遇舟对程挽月很好，不可能舍不得一把伞，周渔就想，这把雨伞应该很贵重，或者说，对他有很特别的意义。

"好吧，那我明天带过来还给你。"

"不着急，你记得还就行了。"程遇舟在意的不是这把雨伞。他拿出试卷递给周渔，"这三套卷子我看完了，有几道错题，我用铅笔把正确的解题过程写在了旁边，有看不明白的地方，你可以直接打电话问我，我最近睡得晚。"

周渔这些天也有失眠的困扰："是因为想家吗？"

程遇舟笑了笑："白城也是我的家。"

周渔听程挽月说过，程家没有分家，所有人都在一个户口本上。

"快回去吧。剩下的那本习题册,我看完再还你。"

"嗯,我走了。"周渔走到巷子口悄悄回头的时候,程遇舟还站在程家门外,不过路灯的光线太暗,他其实看不清什么。

他借雨伞给她,说话也不像是在生气,还对她笑了一下。

程遇舟如果没有生她的气,为什么在言辞家洗完碗说走就走了?

周渔一路上都在想这些,不知不觉就到家了。她先用毛巾把雨伞上的水渍擦干净,再把雨伞放在房间里晾着。

立秋后一直在下雨,早晚已经有些凉,她明天要去跟超市老板商量——她下个星期就不能再去兼职了。

忙完家里的事情,周渔才能坐下来把试卷拿出来看。她是从哪一步开始出错的,程遇舟都用铅笔细心地标出来了。

她试着模仿他的字迹,但怎么写都不像。

蚊帐上面有什么东西在动,可能是老鼠。周渔翻身侧躺,看着地上的雨伞,伴随着耳边淅淅沥沥的雨声,也不知道是什么时候睡着的。

外婆早上要吃药,虽然她自己记不住,但平时都是天不亮就起了。今天周渔洗漱完都没听到动静。

周渔又等了一会儿,外婆还是没起,就敲门想进去看看,结果刚打开房门就闻到了一股尿臊味。

老太太尿在床上了。

医生很早就告诉过周渔,老人的认知能力可能会慢慢下降,不只是会忘记家人,也会忘记自己有没有吃饭、有没有上厕所这种最基本的生活小事。

老太太应该是晚上就把被子尿湿了,雨天潮湿,导致房间里的气味更不好闻。外婆紧紧地抓着被子不让周渔换,抬起头的时候泪水在眼眶里打转,像个做错事的孩子一样躲在被子里默默流眼泪。

"没关系的外婆,我小时候尿床也是你和妈妈帮我洗裤子啊,"周渔扭头擦掉眼泪,笑着说话的声音里还有几分哽咽,"没关系,不脏的,洗干净就好了。"

老太太哭得更伤心了,有些手足无措:"囡囡,我不是故意尿在床上的。"

"我知道,外婆一直都很爱干净。洗一洗晒一晒就没有味道了。"周渔轻轻拉开被子,床单上一圈黄色的尿痕,"不会有人笑话您的,他们不知道。"

"我怕。"

"外婆,没事的,不要害怕,"周渔轻声安抚,"一点儿都不丢人,这没什么。"

周渔把外婆扶到自己屋里,先去接了盆热水,帮外婆擦洗身体,又从衣柜里拿出一套干净的衣裤给外婆换上,陪外婆吃药,等外婆睡着了才去收拾房间。

床上垫了好几层褥子,加上床单、被罩和几件衣服,周渔几乎洗了一上午。

外面还在下雨,衣物只能先晾在客厅。

屋里还有一股不太好闻的气味。刘芬情绪也很低落,出去一趟摘了几个青木瓜回来,周渔看时间还早,就把青木瓜拿到了厨房。

"妈,我想再带外婆去一次市里的医院看看。"

市里的医疗条件更好,当然,医药费也会更贵。

刘芬说:"她现在连房门都不愿意出,等雨停了再商量吧。"

周渔点点头:"嗯,到时候我跟外婆说。"

她做了一小罐腌木瓜丝,和那把雨伞一起装在背包里带去超市。

下午五点半,周渔交完班准备去还伞。她习惯走近路,从小到大,这条窄窄的巷子她走过无数遍。

转过拐角,周渔突然停了下来。

天地间雾蒙蒙的,雨声完全盖住了她的脚步声,周渔茫然地看着不远处的程挽月和卿杭。

程挽月和很多男生的关系都很好,在学校里玩闹起来互相勾肩搭背也很正常,周渔知道程挽月对卿杭不太一样,但又说不出哪里不一样。

她认识卿杭的时间不算很久,高一时两个人同班。那时候同学们就知道了他是被县长特别资助的学生,因为他以第一名的成绩考进白城一中后学校领导就安排他在开学典礼上演讲。那篇演讲稿很短,不到两百个字就交代了从他出生到父母相继病逝再到山洪冲垮家里唯一的房屋,以及农村到县城的距离不算很远,他却走了很久很久……

学校里有人看不惯他的性格,觉得他是仗着成绩好故作清高,也有人瞧不起他贫穷的家庭,知道他爷爷是靠收废品维持生活后,说话更是难听,但就算是当着他的面挑衅他、贬低他,他也从来没有反驳过半句。

周渔从大路走,绕了一大圈才从路口拐进另一条巷子。

屋檐上的水滴在身上,她以为是腌木瓜丝的罐子漏了,边走边拉开背包拉链检查。

十几分钟前还和卿杭在一起的程挽月突然从前面过来,周渔注意到程挽月心情很好。

"阿渔你去哪儿啊?"程挽月走近,见周渔两只手都没闲着,胳肢窝里还夹着一把雨伞,便帮忙拿过雨伞,随便看了一眼,"这是谁的破伞?"

破伞?

"我昨天晚上借了你哥的伞,正准备去还给他。"周渔笑着问,

"你觉得不好看吗?"

程挽月又看了那把纯黑色的雨伞一眼,嫌弃地道:"什么审美,丑死了。"

"也还好吧,不难看。"

"程遇舟在奶奶那里,我要回家,就不和你一起去啦。"

"好。"

程挽月急着回去,没多聊。周渔往程家大院走,拐过弯就看见大红门那里有一道白色的身影。

程遇舟靠着门,低头在看手机。

周渔早上给他发了一条短信,说大概五点四十的时候来还伞。

她迟到了十分钟。

程遇舟听到脚步声,抬头瞟了一眼,在她慢慢走近后站直身体:"你忙完了?"

"嗯,谢谢你的伞。"周渔把伞递过去,摸着包里的玻璃罐,犹豫了几秒钟还是拿了出来,"这是腌木瓜丝,就是上次王医生家喜宴上的那种,味道差不多。"

上次他说太酸,她就减少了醋的用量。

程遇舟接过玻璃罐:"你做的?"

她低着头,碎发散落,遮住了泛红的耳朵。

"嗯,腌了好几个小时,晚上就可以吃了。"

她的背包像是机器猫的口袋,她又从里面拿出了一罐汽水:"天气凉就卖得少,老板说卖完这批今年就不进货了。"

这种汽水算是本土饮料,其他城市很少见。

"那我就不客气了。"程遇舟唇角上扬,"你进来坐会儿吧。"

他两只手拿不下这些东西,周渔就先帮他拿着雨伞:"我刚才遇到挽月,她说她不喜欢这把伞。"

程遇舟:"……"

怎么回事？

怎么就刚好两个人遇到了？

"她口是心非，明明喜欢得不得了，知道我不会给她，所以才说不喜欢。"程遇舟转移话题，"你吃饭了吗？"

"不太饿。"周渔把伞放在椅子上，"我不进去了。"

"你回家还有别的事？"

"没什么事，我就是想去趟图书馆。"

图书馆营业到晚上八点，那里人少，她偶尔也需要一个可以放松的空间。早上外婆尿床，不只是外婆自己难过，周渔也难过。

程遇舟放好东西就从屋里出来："我还没去过，正好跟着你去看看。"

"图书馆不大，书其实很少的，而且大部分是旧书。"

"就随便看看，这种天气也不能打球，闷在家里有点儿无聊。"

还下着毛毛细雨，周渔举高雨伞遮住他，但她站得远，其实两个人谁都没有完全被雨伞遮住："雨可能会下大，你还是把伞带上吧。"

程遇舟说："算了，懒得再回去了，男的淋点儿雨没什么。"

虽然他这么说了，但周渔还是不好意思自己打伞让他淋雨，就朝他的身边走了半步。程遇舟自然地从周渔手里接过伞柄，她稍稍侧过头，就能看见他手背上青色的血管，目光稍稍往下，就无法避免地直接触到那根红绳。

还没开学，图书馆里有小朋友在看绘本。管理员是学校退休的老师，家里人把晚饭送了过来，他戴着一副老花镜，边看非洲纪录片边吃面，眼镜上总是起水雾。

周渔上个月来借过一本书，归还的时候也要登记。

图书馆里很安静，进去要脱鞋，面积确实不大，大概只有二十平方米，书架上写明了分类。三个看绘本的小朋友在最外面。程遇舟不是来看书的，就随便拿了一本小说坐在垫子上。

周渔去儿童读物那边拿了本漫画，和程遇舟坐在一起，两个人背靠着墙边的书架，中间隔了一个人的位置。

那边的小朋友时不时就发出一阵笑声，周渔翻得慢，看了几页就没什么兴趣了。

"你心情不好吗？"

周渔摇头，程遇舟没再多问。

她指着外面的路口："从这条路就可以去江边，江边最近在修桥。"

程遇舟想起她上次说过江边的风景很漂亮："开学之前去一次吧。"

他拿出耳机，递给周渔一只，周渔愣了一会儿才接过来慢慢放进耳朵里，从耳机里飘出的是周杰伦的歌。

图书馆里开着灯，光线很柔和。

周渔看着程遇舟手腕上的红绳，在他察觉她的视线侧首看过来的时候，为了掩饰自己的失态，随口问道："你这根红绳是哪里来的？"

程遇舟抬了下手腕："有一年春节，我回来过年，遇到一个老奶奶卖这个，说是可以保平安，我就买了一根。"

他一直戴着，连洗澡都没摘过。

"过年那段时间，街上到处都是卖这些小玩意儿的。"

"别的小摊老板都很会吆喝，那个老奶奶不会说话，但她最干净，编的绳子也最好看。"

周渔装作不在意地问："我听说红绳是成双成对卖的，你只买了一根吗？"

程遇舟说："两根。"

她的心像是被一根细线提了起来，她问："那……另外一根呢？"

那已经是四年前的事了。程遇舟那时候在疯狂长个子，放假都闲不住，天气再冷也抱着球去球场。他记得那天是晚上，球场旁边摆满了各种摊位，那个老奶奶只有一张小矮桌，桌上整齐地摆放着自己一针一线缝出来的棉鞋和帽子，那些都是小孩儿用的东西，程遇舟第一次经过的时候是什么样，打完球准备回去的时候还是什么样，几个小时都没人买。老奶奶年纪大，又不会说话、写字，只能用手比画，他看着心酸，就想去随便买点儿什么。

他走过去的时候，有个女生蹲在小矮桌前面，老奶奶双手比画着什么，他看不懂，那个女生就告诉他，老人编的红绳可以保平安。她的脸肉嘟嘟的，不知道是肿的还是胖的，说话也不太清楚。

"送给当时也想买红绳的另一个人了。老奶奶找不开零钱，我只想要一根，她也只要一根，正好。"

周渔摊开书本盖在脸上，轻轻闭上眼："哦，这样啊……"

原来他还记得。

雨下大了，雨水滴在台阶上溅起水花。

两个人在图书馆关门前离开，只有一把伞，程遇舟说他淋点儿雨没关系，周渔看着他的背影，最后还是叫住了他。

"要不……等我到家了，你用我的伞？"

"好。"程遇舟再一次从她手里接过伞柄。

雨比来的时候大，但两个人之间始终隔着一点儿距离，周渔的肩膀淋湿了，程遇舟举着雨伞不露痕迹地往她那边倾斜。

路过一家小卖铺，周渔停下脚步："我想去买糖，外婆喜欢吃。"

程遇舟陪周渔进去。小卖铺里有个五六岁大的小女孩儿，正坐在电视机前吃辣条。周渔买的是那种很硬的棒棒糖，程遇舟记得老太太好像不剩几颗牙齿了。

"外婆咬得动吗?"

"她慢慢吃。"

周渔付钱之前又想起家里还缺别的东西,但是程遇舟就站在旁边,她不好意思说。

一分钟后,程遇舟感觉到了她的为难,撑开雨伞去外面等,隐隐约约听见她跟老板说再拿两包卫生巾。

程遇舟感觉迎面吹来的风有些燥热。

程遇舟先送周渔回家,等她进屋后再打她的伞回家。

周渔打开门缝,探出脑袋往外看,他已经走远了。刘芬喊周渔,说锅里留了饭,周渔收回视线,关好门回屋。

外婆在看电视,周渔吃完饭把碗筷收拾干净,从背包里拿了一根棒棒糖,剥开外面那层塑料纸,递到外婆手边。

"外婆,睡觉前要去厕所。"

老太太已经不记得早上尿床的事了:"我去过了吧?"

"再去一次嘛,"周渔哄道,"看完这一集就去。"

外婆笑笑:"好。"

周渔等外婆睡了才去洗漱,头发擦到半干后坐在书桌前翻开试卷。抽屉里有一本相册,相册里面的照片其实不多,大部分是她小时候的,她已经不记得当时的情景了,越长大照片越少。

初二那年她长了两颗智齿,总是发炎,疼得吃不了东西,周父带她去医院,拍了片子之后医生说要拔掉智齿。虽然医生给她打了麻药,但她拔完还是很疼,而且当天脸就肿了,第二天肿得更厉害,谁见了都忍不住笑。

她不好意思见人,但还是惦记着每年一次的灯谜会,晚上就戴了顶帽子去了广场。她赢了两大袋洗衣粉,邻居还给她拍了一张照片。

照片里,她的脸肿得连自己家人都要多看几次才能认出来,她还举着洗衣粉。

这是周渔和周父的最后一张照片。

程遇舟把从周渔那里借来的试卷都看了一遍,发现难度比他原来学校的考试题目稍低。

临近开学,秦一铭说要来玩两天,问有没有地方睡。天晴了,气温回升后还是有点儿热,程遇舟让秦一铭国庆节的时候再来。

有程遇舟在,程挽月来奶奶家的频率高了很多——这里没人总催她去学习。

早上程挽月还没起床,程国安就来了,和钱淑在房间里谈了半个小时才把所有人叫到一起。

程延清昨晚熬了一夜,坐在沙发上眼睛都睁不开:"爸,什么事啊,这么隆重?不会是二叔和二婶真离了吧?"

程遇舟无奈地啧了一声。

"别说话。"程挽月一巴掌拍在程延清的脑袋上。

"行了,你们俩别闹了,我是有一件正事要宣布。"程国安正色道,"卿杭这孩子很争气,学习成绩一直名列前茅,他家里的情况你们也都知道,确实不容易,老人上个月检查出来胃癌晚期……"

"什么?!"程延清一下子清醒了。

"是真的。老人不想让卿杭知道,你们几个也一定记住了,千万不要在卿杭面前说漏嘴。挽月,延清,我和你们的妈妈商量过,奶奶也同意了,我们想收养卿杭。"

"我不同意。"程挽月第一个反对。

程国安摸摸女儿的头发,她的脸上还挂着因得知卿爷爷胃癌晚期而掉出来的眼泪:"他不会分走爸妈对你的爱,家里也不会因为多了他就降低你的生活水平,你又多了一个哥哥,多好啊。"

"不好!我并不想当他的妹妹,谁爱当谁当,反正我不同意,你们如果坚持要收养卿杭，就没有我这个女儿了。"

老太太连忙开口缓和气氛："月月，不许这么跟你爸说话。"

"我就是不同意，不同意不同意！"程挽月边喊边往楼下跑。

卿杭正好走进院子，正在气头上的程挽月站在台阶上瞪着他，钱淑从屋里追出来，也不好当着卿杭的面说什么。

"卿杭来了，外面晒，快进屋。月月，你别闹脾气了，奶奶给你做了早饭。"

"哼！我不吃！"程挽月冷着脸跑了出去。

卿杭低着头，脸上没有任何明显的情绪。

程遇舟从屋里出来，卿杭问："叫我来有什么事吗？"

"你先进去吧，大伯在二楼。"程遇舟在这件事上算是一个局外人，于是主动走出院子："奶奶，我去看看挽月。"

"让月月别哭了，这孩子的脾气真是越来越大。"

"嗯。"

程挽月还穿着拖鞋，又没洗脸没刷牙，肯定是回家了。程遇舟知道她的脾气——越是生气的时候越不听人劝，确定她在家待着就先走了。

经过周渔兼职的超市，他进去买饮料，收银员不是周渔，他在路上发短信问她今天几点的班。

早上空气好，程遇舟把喝完的易拉罐捏扁，单手举过头顶，易拉罐从他的手里脱离，在空中画出一道漂亮的抛物线，被精准地投进了垃圾桶。

手机响起短信提示音，他收到周渔的回复：我已经不在超市兼职了。

程遇舟站在阴凉处打字：天气好，咱们晚上去江边逛逛？

周渔看着手机，想起自己之前答应过程遇舟会带他去一次江边。

她回复：好，六点以后我有时间。

程遇舟收起手机往回走，在巷子口遇到了卿杭，两个人点点头就算是打了招呼。

程遇舟觉得，程挽月的抵触心理那么强烈，程国安应该还没有把收养的事告诉卿杭。

程国安是最疼程挽月的人，她不同意，收养卿杭就不是一件简单的事。

原本以为几个孩子早就认识，关系也一直不错，一双儿女应该很容易接受，没想到程挽月反对的态度这么强硬，连一丝商量的余地都没有，程国安考虑她的感受，把卿杭叫进屋后也没提收养的事。

言辞去还盘子的时候，家里只有老太太和程遇舟。

"小言，进来一起吃午饭。"钱淑接过盘子，拉着言辞进屋，让他坐在程遇舟旁边，"你们俩也认识了吧？"

程遇舟点头："挽月和延清过生日那天见过。"

但对言辞来说，他其实早就认识程遇舟了。

那时候他和周渔之间还很简单，周渔经常去他家，两个人一起在家属楼的楼顶写作业，站在楼顶可以很清楚地看见程家院子。程遇舟拉着行李箱从巷子口往家里走，轮子和地面摩擦的声音会远远地传来，言辞和周渔会用一件很小的事做赌注，猜程遇舟进屋的时候先迈哪只脚。

两个人一共猜过三次，他输了三次。

"吃多少？"程遇舟去拿碗筷，回头看了言辞一眼，"你自己盛？"

言辞说："我吃过了。"

钱淑压着他的肩膀没让他起身："头发还是湿的，刚起床吧？我们家碗小，还在长身体的男孩子最起码得吃两碗。"

程遇舟直接把煮面的锅端上桌。连菜都吃得干干净净，钱淑才放言辞走。

客厅开着风扇,门帘时不时就被风吹得飘起来。程遇舟没有睡午觉的习惯,就陪着老太太看电视,从卿杭的爷爷聊到自己之前问过程延清但没有得到答案的一个问题。

"奶奶,言辞的父母是病逝的还是意外去世的?"

"算是意外吧,唉,其实也不能说是意外。"钱淑叹气,"这事啊,还得从周渔家说起。周渔的外婆是外地人,你听过她说话吧,还有点儿口音,二十岁出头就远嫁到咱们这里,也没什么亲戚。那时候农村在修公路,周渔的外公去工地干活,被炸药炸死了,周渔的外婆没有再嫁,一个人把刘芬拉扯大。

"周立文家里也穷,娶了刘芬之后,一家人过得紧巴巴的,岳母身体又不好,家里的顶梁柱得养家啊,但是他文化水平不高,只能做些体力活。言辞的舅舅是大家口中的'煤老板',承包煤矿赚了大钱,周立文就跟着去了。他能吃苦,前几年确实赚到钱了,还给家里盖了新房子。去年一月份,都快过年了吧,煤矿突然出了事故,井下坍塌,周立文被砸死了。

"另外还死了好几个人,还有重伤。几个合伙承包煤矿的老板都跑了,刘芬找不到言辞的舅舅,就找言辞的父母,一直闹到去年五月份,刘芬冲到马路上拦言家夫妻的车,夫妻俩为了避开她,跟一辆大货车迎面撞上了。

"以前两家关系挺好的,两个孩子也总在一起。言辞父母的事,按理说刘芬是有责任的,但医生诊断出她患有精神类疾病,法院没判。"

程遇舟的心情也有些沉重,难怪程延清会说一两句话讲不清楚。

他想起第一天回来的那个晚上,在屋后的巷子里,周渔和言辞像是被一条无形的绳索捆在一起,又像火星子落在一堆干柴上,随时都能烧起来。

下午四点十分,周渔问程遇舟要不要现在去江边。

程遇舟和她约在图书馆门口见。

他先到,在原地看着周渔慢慢走近。乌云散开后太阳又出来了,她穿着白色的衣服,被阳光照得像在发光,一双笑眼里仿佛落入了细碎的星星。

周渔在家耽误了一会儿。周渔习惯把头发扎起来,但出门的时候头发还没干透,邻居阿姨说周渔穿这套衣服披着头发更好看,但周渔照完镜子觉得奇怪,还是用头绳扎了个马尾。

"你等很久了吗?"

"没有,我也是刚来。"程遇舟用下巴朝路口那边示意了一下,"从这里走?"

"嗯。"周渔往他身后看,"挽月呢?"

"她可能还在生气吧,没心情去。"

"怎么了?"

程遇舟无奈地耸耸肩:"大伯想给她添个哥哥,她不乐意。"

周渔被逗笑了:"都是添个弟弟或者妹妹,哪有随便添哥哥的?"

"就是啊,这件事估计成不了。"程遇舟一点儿都不担心程挽月。

从城里去江边大概二十分钟,有好几条路可以去,这条路最清静,周渔边走边给程遇舟介绍周围的老建筑。

还没开学,有小学生在江边玩,这个时间太阳还没落山,再晚一点儿人会更多。

这条江里每年都有人淹死,但小孩儿不听劝,就爱在水边玩,周渔父亲那边一个亲戚的儿子正被怂恿着往水里跳,但是隔得远,周渔喊再大声他也听不到。

男孩儿跳进水里后扑腾出很大的水花,在岸上围观的小孩儿以为他是闹着玩,还在鼓掌。

周渔看出不对劲,连忙往岸边跑,程遇舟比她快,只脱了外面的衬衫就一头扎进水里。

程遇舟一口气游到男孩儿旁边，托住男孩儿的身体，周渔会游泳，也跳下水帮忙把男孩儿推上岸。

旁边的几个小孩儿吓坏了。程遇舟单膝跪着，男孩儿趴在程遇舟的腿上，周渔帮忙按着男孩儿的背，男孩儿把脏水吐出来后哇的一声大哭起来。

男孩儿妈妈拿着棍子赶过来，拎着男孩儿的耳朵把他带回家。

程遇舟抹了一把脸上的水，放松身体坐在地上。阳光被水面反射后很刺眼，他侧过头喘气。旁边的周渔不比他好多少，甚至更狼狈。

她穿了一件白色的T恤，T恤被水打湿后贴在身上。刚才把小胖子从水里弄上岸耗光了她的力气，她双手撑着地面，闭着眼喘气。

程遇舟迅速别开眼，起身捡起被他随便扔在岸上的衬衫。

一件衣服突然从头顶盖下来，遮住了太阳，周渔闻到衬衣上淡淡的味道，茫然地睁开眼。

她抬头，衬衣从她的脸上滑落。

程遇舟咳了两下，哑声开口："你先穿着，遮一遮，奶奶家有程挽月的衣服，回去了再换下来。"

周渔缓了好一会儿才反应过来，掀开盖在身上的那件衬衣，低头看了一眼。

转过去的程遇舟投在地上的影子刚好把周渔罩在阴影里，他掀起衣服拧水，露出线条漂亮的腰背，周渔抬头正好看到，顿时一阵脸红，连忙把衬衣穿好，连扣子都扣到了最上面一颗。

渔船没看成，夕阳也没看成。

天色变暗，晚霞散出橙红色的光线，被窗帘过滤之后有种朦胧的美感。周渔耳朵里进的水还没全流出来，一晃就有声音。她站在程遇舟的房间里，过了一会儿，程遇舟敲门，递进来一套衣服。

衣服是程挽月的，颜色很鲜艳，下面还有一条新毛巾。

老太太不在家，程遇舟用楼下的洗漱间洗了个澡，换好衣服后把吹风机拿上楼。周渔的头发里有泥沙，不太好洗，加上把贴身衣裤简单搓洗了一下，所以她洗了将近二十分钟。

周渔拿着湿漉漉的内衣裤犯愁——不穿肯定不行，但穿上又会把程挽月的衣服弄湿。

外面传来敲门声，周渔也觉得自己磨蹭得太久了，想着赶紧穿上算了。

但是程遇舟没有催她，只是说："吹风机放在门口了。"

"谢谢。"周渔应了一声。

程遇舟离开后，周渔打开门把吹风机拿进屋，先吹干贴身的两件，穿好衣服后，又把湿衣服拿到外面挂在衣架上吹。

程遇舟在楼下，抬头看见周渔在阳台后才上楼。

刚打开门，他就闻到了一股清香。她用的是他的洗发水和沐浴露，气味他早就闻习惯了，但此时里面好像多了一种特别的气息，独属于女孩子的甜甜的香气。

吹风机呼呼的风声盖住了其他声响，天色越来越暗，晚霞显得更加明亮。

一束光照在床边，手伸过去，皮肤都会染上红晕。

程遇舟在抽屉里找创可贴。他的脖子上有两道抓痕，皮被抓破了，见血了——男孩儿在水里抓住他之后就紧紧地缠在他身上，当时他没觉得疼，洗澡的时候才感觉到。

吹风机的声音停了，程遇舟抬起头，周渔正看着他。

浴室里的水分蒸发后融进了空气，潮湿又燥热。

"贴歪了，"她指了指脖子，"再往后面贴一点儿。"

他随便一扯，又随便一贴："这样？"

房间里没有镜子，周渔放下吹风机，走过去帮他重新贴。

程遇舟坐在椅子上，周渔站在后面，从她的发梢落到他后颈的水顺着皮肤滑到了尾椎骨，凉凉的。

"是不是应该先消毒？江里的水不干净，防止感染。"

"抽屉里有瓶医用酒精。"

周渔找出来，拿棉签蘸了一下，伤口碰到酒精后传来一阵火辣辣的痛感，程遇舟发出一声沙哑的闷哼声。

"很疼吗？你忍一忍。"

"嗯。"程遇舟在持续的刺痛感中清醒了很多，不然总有一种她的手会顺着后背那条水痕摸下去的错觉，"这救命之恩，你得谢谢我吧。"

周渔笑着说："他妈妈明天会提着牛奶和水果来感谢你的。"

程遇舟："……"

贴好创可贴，周渔又拿起吹风机去阳台吹衣服，热风偶尔吹到程遇舟的身上，带起一股隐隐的燥热感。

周渔摸了摸衣服，感觉差不多干了，就从衣架上取下来。天边最后的余晖落进黑暗，房间里没开灯，她转过身，程遇舟还靠在窗边，她看向他的时候，他也在看她。

周渔有些不自在——她很少穿裙子，因为不太方便，而程挽月这条裙子的长度还不到膝盖。

程遇舟知道她是要换衣服，也知道自己应该回避，然而后颈伤口处那股火辣辣的灼烧感让他静不下心来，被风吹动的裙摆像是一下一下撞在他的心上。这是激素的作用，比如肾上腺素，它是一种抢救濒临死亡的人的激素，大脑也会在感知到它分泌过多后做出应答，向身体各个器官传递信号让心跳恢复正常，看似复杂的机理其实很简单——大脑发挥着调控作用，那么用来思考其他事情的能力在此期间就被弱化了。

"你要不要考虑换一个？"话在经过大脑之前就被他说出了口。

她神色茫然："换什么？"

"换个值得关注的人。"

过了许久，周渔突然反应过来他是什么意思，他已经说得很委婉了。

她以为心事藏得很好，还是被发现了吗？

程遇舟还没看清在这寂静的几分钟里她到底有没有脸红，就已经被皮肤上发烧似的灼热感催促着朝她走近。

周渔在他迈出第一步的时候就往后退，后腰贴在阳台的栏杆上才停下来。

外面的空气并没有比屋里好多少，被晒了一整天，这股闷热感还要持续两三个小时。程遇舟又问了一遍："周渔，你要不要考虑换一个？"

他看见她摇了摇头。

"我是说……先考虑，不是让你现在就换。"

周渔转身："我考虑过了，不想换。"

程遇舟耐心地劝道："你再考虑考虑，一个月，哪怕一个星期也行，哪有人考虑事情像你这么草率，还不到一分钟？"

"我早就考虑过很多很多个一分钟了，"周渔还是那三个字，"不想换。"

院子里的灯突然被打开，是钱淑回来了。

气氛变得很奇怪，程遇舟一言不发地下楼，周渔进房间换衣服，隔着门还能隐约听到钱淑问他晚上想吃点什么，他说气饱了。

老太太笑着在他的背上拍了一下，进屋去厨房洗菜。

周渔换回自己的衣服下楼，跟老太太打了声招呼，余光里，程遇舟站在院子里，有一下没一下地踢着球，球弹到墙上的声音越来越大。

钱淑在屋里喊他："仔仔，外面的路灯还没亮，你送送周渔。"

周渔小声说："不用了。"

程遇舟也没看她，先走出院子。

言辞冷眼看着两个人一前一后从大红门里走出来。周渔在暗处，走近了才发现站在路口的人是言辞。

他又在咳嗽。

程遇舟停下脚步，对周渔说："快回去吧。"

周渔点点头："嗯。"

直到那抹身影从转角消失，言辞才将视线落在程遇舟的脸上："你跟她很熟吗？"

程遇舟想了想，回了一句："比跟你熟一点儿。"

这话听着似乎没什么不对。

周渔和程挽月的关系最好，程挽月又总跟程遇舟在一起，所以周渔和程遇舟认识并且互相熟悉也正常。

程遇舟问言辞要不要进去吃饭，两个人短暂地对视，言辞摇头，自己回家了，程遇舟也转身进屋。

厨房里饭菜的香味飘上楼，覆盖了房间里原本的香气。

程遇舟看着天花板，虽然心情不好，但考虑之后还是打了个电话。

"哇！儿子，你终于想起来还有个妈妈要关心了。"

"我这不是不想破坏你和我爸的二人世界吗？"程遇舟太了解自己的父母了，"妈，有个案子你应该会很感兴趣。"

电话那边的程太太故作失望："哎哟，原来是关心我的工作，行吧，你说说。"

"去年有个煤矿井下坍塌导致三死六伤，几个合伙的煤老板跑了……"

其实去年事故发生之后有媒体报道过，但没有后续，该煤矿是否属于违法开采，是否在开工前就存在安全隐患，以及对遇难者家属如何赔偿，都需要有人站出来回应。

程太太就是干这一行的，程遇舟请她帮忙于公是合情合理，于私纯粹是在给他爸添麻烦——夫妻俩这次闹矛盾的主要原因就是她的工作。

第六章

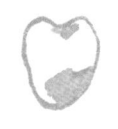

校服外套

开学之前的这几天，程挽月就没消停过，程国安被她闹得头都大了，收养卿杭的事就只好暂时搁置。

白城一中每年的分班表都贴在操场的公示栏上，程延清已经提前问好了，就不用太早到校，到时间了直接去教室。

"你们都在一个班也就算了，程延清为什么也能混进去？"程挽月倒不是非要和他们一个班，她的朋友多，在哪个班都不会寂寞，只是对程延清的名字也出现在一班十分不解，毕竟程延清和她半斤八两，他的分数比她高不了几分："你是不是背着我偷偷努力了？"

程延清吹了声口哨："怎么可能，你哥是那种人吗？"

程延清一把钩住程遇舟的脖子，正要说什么，周渔和卿杭一起走进校门，卿杭先看向这边，周渔随后也注意到了他们。

隔着人群，对视了一秒钟，周渔和程遇舟就错开了视线。

程遇舟原本准备把程延清放倒的，看到周渔，就把动作收了起来，推开程延清，往旁边站，周渔过来和程挽月说话，和平时没什么两样。

卿杭先去教室，程挽月在他走远之后才对着他的背影哼了一声。

两个男生都以为程挽月还在为收养卿杭的事耿耿于怀，只有周渔知道没那么简单，但周渔的注意力不在他们身上，所以没有注意到卿杭从程挽月身边走过的时候往程挽月手里塞了张字条，因为周渔在想怎么跟程遇舟打招呼。

程延清和程挽月在两边，周渔和程遇舟自然就走在了中间，兄妹俩打闹的时候，周渔的手臂会和程遇舟的碰在一起。

他还没有校服，穿着那天的衬衫，将扣子解开了，像穿外套一样穿着，里面是一件T恤。那天她穿这件衬衫的时候，衣摆垂到了大腿，幸好从江边回去的路上没有什么人。

昨晚下过雨，早晨的空气有些凉，周渔再次被程挽月推着往程遇舟那边靠，碰到他时能感受到他的体温。

她无意识地攥紧背包的肩带，手指都攥得有些发麻，以至有人走到面前了她都没有回过神。

程挽月到教室了，美术班也在这一层。

"这是我哥，上次给你看过照片的。"程挽月介绍完程遇舟，又介绍自己的朋友："这是高锐，美术班的，你们认识一下吧。"

高锐大大方方地盯着面前的男生，笑着说："本人比照片上更帅。"

"你好。"程遇舟打了声招呼，手插在兜里，用手肘轻轻碰了一下周渔的胳膊："走了。"

"哦。"周渔跟着上楼。

程挽月解释道："他对不熟悉的人就是这样，熟了就好了。"

高锐其实没在意："普通帅哥都多多少少有点儿个性，更何况这么帅的。"

"哈哈哈，很懂嘛！"

班主任还是去年带过一班的李老师，他连续带了七年高考班，经验很丰富。一班还没有排座位，他让大家先随便坐。

程延清很自觉地去了最后一排，程遇舟在卿杭旁边的空位坐下了。

周渔和认识的女生坐在一起，位置在程遇舟的斜后方。第一天，各科老师都没有正式上课，先把复习资料发下来。

程遇舟好像没睡好，趴在桌上睡觉，手背都被压红了。

周渔帮忙发习题册从他旁边经过的时候也没多看。

那天后，他们生疏了很多。

言辞一直没有来学校报到，晚自习前，周渔被叫出教室。

李老师打过六次电话，言辞都没有接。言辞如果过了报名日期再插班进来，其他学生会有意见。李老师惜才，不忍心看着自己曾经的学生这样堕落下去，只是他要开班会，班会结束还要一个个收学费，所以只能请周渔去言辞家看看，下晚自习之前能把人劝来最好，最迟明天早上也一定要到校。

就算李老师不开口，周渔也会去的。

言辞不在家，周渔又去台球厅找，还是没找到。

台球厅的人告诉她，言辞应该在0719。

0719是一家酒吧，周渔还穿着校服，就算只是进去找人也显得格格不入。

周渔问前台的工作人员："请问，言辞在这里吗？"

"在啊，在包厢。"

"能不能把包厢号告诉我？我是他的朋友，找他有急事。"

前台的工作人员直接带她过去："就是这间。"

"谢谢。"周渔刚道完谢，包厢门就开了。

一个矮胖的男人裸着上半身从里面走出来，站在走廊上左看右看。他脸上有道刀疤，嘴里骂骂咧咧的："姓言的小子跑哪儿去了，这么久还不回来？"

他身后还有一个女人，是一家店老板的女儿，前两年辍学了，周渔之前在台球厅见过她。

她也在找言辞，说明言辞不在包厢里。

周渔没过去，转身准备离开时，听见有个服务生找领班，说厕所被人反锁了，里面的人待了很久，一直不出声，也不开门。

不知道怎么回事，周渔心里有些不安。

她在领班找人的时候先去厕所敲门："言辞，你在里面吗？我是周渔。"

过了好一会儿，里面才传出一道不确定的声音："周渔？"

声音低低的，很沙哑，有些模糊，像是溺水的人濒临绝望时抓到一根救命稻草，周渔甚至没有听出那是言辞的声音，直到他又自我否认："不会是周渔的，她不会来的……"

"是我是我，言辞，我是周渔，你把门打开。"

锁扣转动的声响很大，周渔把门推开，看见言辞满脸潮红地靠在墙角，他像是喝酒了，但又不像单纯地喝醉了。

周渔过去扶住他，他身上的热度不太正常。

"言辞，你是不是不舒服？"

言辞求救般在她的耳边说了句："我要回家。"

他几乎把身体的重量全压在周渔的身上，而且在周渔来之前，他用冷水洗过脸，水龙头还开着，从水槽里溢出来的水滴在地板上，脚底很滑。周渔跟跄着往后退了两步，后背靠住墙壁才勉强站稳："好，咱们现在就回家。"

周渔捡起言辞的黑色鸭舌帽戴在他的头上，又把帽檐稍稍压低，遮住他泛红的脸。

短短几分钟周渔就已经满头汗。她能感觉到言辞总是想往她身后躲，走廊前面有两个人在窗边抽烟，正说着话，听见身后有动静，回头看了一眼。

言辞太好认了，即使被帽子遮着半张脸，熟悉他的人也能立刻认出来，周渔的校服也很显眼。

用打火机点烟的男人说了一句："你们从后门走吧，后门没人。"

周渔感激地点点头，扶着言辞从走廊拐出去。

到家后，言辞就把自己锁进了洗手间。

洗手间里传出混乱的东西破碎的声音。周渔来过，知道架子上整齐地摆放着大大小小的玻璃瓶，那些护肤品是言母的遗物，每一样都保留着。

里面的动静好像不只是那些玻璃瓶摔碎在地上的声音,还有镜子被砸碎的声音和其他的声音。

"言辞,"周渔很担心,迟疑了一下还是过去轻声敲门,"你是不是很难受?还是去医院吧……

"言辞?

"你小心点儿,不要弄伤自己。"

隔着一扇门,不管她说什么,里面的人都没有任何回应,只有在她说去找王医生的时候着急地吼了一声,让她不要去。

不知道过了多久,淋浴的水流声传出来,周渔松了一口气,连忙去厨房烧水。

她了解言辞,知道他不希望被别人看见自己狼狈的样子。所以即使他洗漱完回到房间,她也只是把烧好的热水放在客厅凉着。

把满地的玻璃碴收拾干净后,周渔才想起来看时间,已经九点了,连忙给李老师回了条消息。

看到垃圾桶里有一团沾了血的纸巾,周渔才开口问:"言辞,你的手是不是被玻璃扎到了?伤口深吗?还流不流血?"

他依然不理会。

周渔不能待太久:"我把创可贴放在茶几上,你记得用。"

言辞整个人都闷在被子里,听见周渔还在说话:"明天早上一定要去学校,李老师很关心你,如果你不返校,他会很失望的。还有,我不会告诉李老师你今晚的事,如果他知道你这样堕落,不听老师们的劝诫,他会很伤心的。"然后是关门声。

最后一节自习课的下课铃声响起,同学们各自回宿舍或者回家,李震提醒程遇舟,让程遇舟这周去领两套校服。

李老师教数学,今年三十八岁,不仅发量正常,身材也没有变形,是公认的年级最帅的男老师。他是本地人,考到白城一中任教之后就留在了这里。

"卿杭,你找时间带新同学去领校服。"

"好。"

卿杭把晚上要用的书装好,发现程遇舟又一次扭头看着斜后方的空位。那是周渔的位置,周渔上课前出去了就没再回教室。

"我先走了,明天课间带你去找老师。"

"不着急,等几天也行。"程遇舟随意地点了点头,起身让卿杭出去。

刚下晚自习,楼道里人很多,程延清懒得去挤,在教室里待了十分钟才跟程遇舟一起下楼。

程挽月比他们还晚。她拽着程遇舟让他别急着走:"再等一会儿,高锐也住在人民路,你们一起走吧。"

程遇舟甩开程挽月,头也不回地走了。

程挽月不解地看着他的背影:"他怎么了?在生什么气?"

"他这两天心情不好。"程延清踩在石头上系鞋带,"我去看看言辞,你去不去?"

"不去。"

他眯着眼问:"那你去哪儿?"

程挽月才不会告诉程延清卿杭在等她:"要你管?!"

"你如果比我还晚到家,就等着挨揍吧。"

程延清说完,跑了几步追上程遇舟。两个人没走几步,就遇到了同路的高锐。程延清也认识高锐,程遇舟对不熟的人向来很冷淡,一路上没怎么说话,不过高锐不是那种会让人讨厌的性格,她和程延清聊着聊着就到了路口。

周渔突然从巷子里走出来,看见他们时愣了一下。

巷子里隔很远才有一盏灯,周渔站在拐角处,周围的光线很暗,连影子都极为模糊,程遇舟站在路口的路灯下,在听到程延清叫周渔名字的时候朝她看了过去。

程延清说:"我们去看言辞。"

程延清往前走了几步,身后就只剩高锐和程遇舟两个人并排站着,在奇妙的光影效果下有一种说不出的和谐感。

周渔别开眼:"我刚从他家出来,你不用去了。"

不等程延清说话,程遇舟先开口:"你翘了三节晚自习,一直跟他在一起?"

是李老师让周渔来找言辞的,她不算逃课,但也没多解释:"嗯,他不太舒服。"

"不舒服就去医院,你又不是医生,你陪着他有什么用?"

周渔心想,她至少比别人先找到言辞:"那肯定还是有一点点用处的。"

程延清突然被踹了一脚,从台阶上跳了下去。程延清从小就和程遇舟这样打来打去,早就习惯了,刚准备还手,突然发现程遇舟的脸色不太好:"你踹我干吗?"

"你不是来送温暖的吗?赶紧去看看他到底哪里不舒服,趁早送医院,"程遇舟看着周渔,一字一顿地说,"千万别耽误了病情。"

"是啊。"程延清想起正事。

程延清和程挽月一样,如果去了,就一定要把言辞家的门敲开,否则是不会走的。

"言辞已经好多了,你明天早上再来叫他一起去学校吧,"周渔拦住程延清,"今天晚上先不要去,他应该已经睡着了。"

就连高锐都能看出周渔拦住程延清时的急切样子,更何况是一直盯着周渔的程遇舟。

"也行,你去看过就行了。"程延清倒也没坚持,周渔比他心细,她都说没事了,那肯定没什么大问题。

他突然指了一下周渔的脖子:"哎,你的脖子怎么红红的?言辞不会又发神经了吧?"

周渔刚才几步跨到了光线明亮的地方，皮肤上的红印就暴露在灯光下："没有，可能是蚊子咬的。"

程遇舟看着她把校服拉链拉到最上面，又把衣领往上翻，典型的此地无银三百两。

他气笑了："什么品种的蚊子这么毒？"

"不知道。"周渔没看他，低着头从他的身边绕过去，"我回家了。"

程延清钩住程遇舟的肩膀，趁机把书包挂在程遇舟的脖子上："算了，我今天不回去了，去奶奶家跟你挤挤，省得明天早上来回折腾。暑假睡到自然醒习惯了，生物钟还没调回来，早起真烦人，我今天早上就差点儿迟到。"

高锐见状，就没有选择在这个时候问程遇舟要联系方式。高锐其实可以找程挽月要，但他们已经算是认识了，直接找他本人要也没什么不合适的，只是需要个好时机，反正时间还长。

高锐挽住周渔的胳膊，笑着朝程遇舟挥手："那我和周渔一起走，拜拜，明天见。"

周渔和高锐其实不熟，只是认识。高锐和程挽月一样，在学校也是很出名的人，家境好，人也漂亮。

程遇舟回来后，程延清只要来奶奶家，都和程遇舟睡一个屋。

程延清是秒睡型选手，刚刚还在说话，翻个身就睡着了。程遇舟也算是入睡很快的人，今天却莫名其妙地失眠了。

"莫名其妙"不太准确，失眠的原因其实有迹可循。

他闭上眼睛，大脑就控制不住地去想周渔脖子上的那片红痕：不像掐的，不像抓的，更不像什么蚊子咬的，所以到底是怎么弄的？

谁弄的？

还有，刚在巷子口遇到的时候，他这么大一个人站在那里，她跟没看见一样，和那个女生打完招呼后就只跟程延清说话，程延清明明说的是他们要一起去看言辞，她却只说"你别去了"，甚至连只多一个字的"你们"都不说，完完全全忽视他。

他本来平静地躺在床上，结果越想越气，后半夜才勉强有了点儿睡意。

早上，程延清记着要去叫言辞，提前十分钟起床。程遇舟晚了点儿，就没有一起去，只在大门口等。

程延清急急忙忙地跑上楼，刚准备敲门，防盗门就从里面打开了，言辞提着书包出来，看见门外的程延清后，脸上没有任何意外的表情。

肩膀被撞了一下，程延清往旁边站，让出下楼的路，言辞先下楼，程延清跟在后面。

言辞本来就是皮肤很白的人，气色不好时看起来就更明显，嘴唇都没什么血色。

程延清边打哈欠边问："你的脸色怎么这么差？"

言辞只是说："没睡好。"

下着雨，言辞戴了顶鸭舌帽，从程遇舟面前经过的时候也没有打招呼。

程遇舟的雨伞大，程延清就想让程遇舟和言辞用一把伞，又突然想起来，程遇舟早上收拾课本时多往书包里塞了一把伞。

"把你书包里的伞给言辞用吧，他家没伞了。"

程遇舟拒绝得很干脆："那是别人的，我要带去学校还，弄湿了不好拿。"

有很多农村的学生考到白城一中后只能住校，有的学生虽然家在县城，但图方便，也会住校，走读的学生大概占了三分之一，这个时间，路上都是去学校的学生。

程挽月看见言辞，很是欣慰——他那么聪明，如果放弃高考就太可惜了，见他气色不好，又觉得心疼，没有妈妈的孩子像根草，下雨都没人提醒他出门带伞。

周渔住得最远，但最早到校。

程挽月喜欢吃刘芬做的烧饼，周渔就带了两个给程挽月当早饭。昨天晚上她俩就约好在校门口见。

烧饼还是热的，程挽月拿了一个，顺手往周渔的书包里塞了一盒牛奶。

周渔穿了一件圆领的短袖，外面套着校服。校服的拉链松了，周渔被程挽月挽着胳膊往学校里走时，原本被拉到校服领子最上面的拉链慢慢滑到了胸口的位置。

程挽月想把剩下的一盒牛奶给言辞，就挽着周渔转了个圈。

言辞停下脚步，稍稍抬起头，和周渔对视。

程挽月刚把牛奶递过去，言辞突然从程遇舟的雨伞下走出来，绕过她之后加快步伐，混在人群里越走越远。

整个过程只有几秒钟的时间，程挽月对言辞耳朵上那抹可疑的红晕感到很茫然："他刚才是……害羞了吗？"

程遇舟脸色一沉。

言辞为什么害羞？那么冷漠的人大清早的害什么羞？

只是对视了一眼，他有什么好害羞的？

耳朵突然那么红，他是不是想到了什么不为人知的事？

这两个人昨天晚上到底干什么了？

程挽月并没有注意到程遇舟的情绪变化，只怜爱地看着言辞走远的背影，想着明天要把她妈妈做的饼干带给言辞。

程遇舟一言不发，周渔第一次知道原来目光是有实感的。

他为什么瞪她？

她没有借着给程挽月带早饭的机会也给他一个烧饼，连"早上好"都没说，只是和大家一起去教室而已，这样也会让他觉得困扰吗？

周渔悄悄把雨伞放低了一些,用伞沿挡住那道攻击性很强的视线,跟程挽月说了一声,先走了。

两个人一前一后走进教学楼,就像是提前约好了,但更像是有种无言的默契,要在上课之前避开其他人做点儿什么。

程挽月的班主任是出了名的严厉,还有五分钟上课,程挽月回过神,边跑边回头叮嘱后面的兄弟俩:"好好照顾言辞,不要让我知道你们欺负他!"

程延清懒得理她,只是看了看程遇舟,说道:"言辞虽然脾气差,但没有坏心,相处一段时间你就知道了。"

他们从小一起长大,彼此知根知底。

"嗯。"程遇舟心不在焉地回答。

早自习是英语课,英语老师感冒了,嗓子哑,说话声音很小,加上英语早自习主要就是练习听力和背单词,所以催眠效果极佳。

下课铃声响起的时候,学生们一个接着一个趴在了课桌上,坐在最后一排靠墙的位置的言辞就是其中一个。

早餐时间为半个小时,学生们可以去食堂吃,也可以去外面。程延清一直都是去外面买,叫程遇舟一起去,程遇舟说没胃口。

周渔在家吃过早饭了,趁着课间去小卖铺买了几支笔。

和别的女生一样,她也喜欢挑好看的。

她刚挑完,准备去付钱,一只手从后面伸过来,在装着纯黑色笔壳的盒子里拿了两支。

周渔以为自己挡住别人了,就往旁边让了半步。

那只手往回收的时候,袖口露出一截红绳,是他。

她即使不看对方的脸,也知道是程遇舟。

想起早上在操场上被瞪的那一眼,她连打招呼的想法都忍住了,拿好要买的东西从他的身边绕了过去。

刚开学,老板找不开零钱。

程遇舟递过去二十块钱。

老板说:"正好二十,你们俩一起付可以吗?"

周渔摇头:"我们不熟,我明天再来买。"

"怎么不熟?"

程遇舟的声音从身后传来,周渔听不出喜怒,但还是不自觉地握紧了手里的笔。

"都是同学,私下联系也方便,就是两瓶饮料的事。"老板把周渔的钱还给她,只收了程遇舟的二十块钱:"实在不好意思,昨天晚上刚把货架整理好,还没换零钱。"

程遇舟先走出小卖铺。钱都付了,周渔只能把东西拿上。

他只买了两支笔,就随意地装在运动裤的兜里,没走多远掉了一支,周渔在后面,捡起来后和钱一起还给他。

程遇舟没接,看了她一会儿才心平气和地开口:"抛开程挽月,咱们俩认识也有两个月了,还不能算是朋友?"

周渔不喜欢自己矫情扭捏的样子,欣赏一朵花又不犯法,更何况她也没想过要摘下那朵花。

"是朋友,对不起,刚才是我小气了。程遇舟,我其实很早就认识你了。"

她突然的一句话打乱了程遇舟的阵脚,他来不及细想,又听到她继续说:"所以你可以放心,我不会给你造成困扰的,我保证,会一直只把你当朋友,仅仅是朋友,可以吗?"

程遇舟:"……"他不是这个意思……

几支笔而已,他帮忙付一下钱,怎么就不熟了?

她出门就要还钱,他吃了她家那么多水果,也没跟她客气。

程遇舟看着周渔诚恳的眼神,突然觉得她可能没什么问题,是他应该反省自己哪句话说错了:"行,可以先做朋友,所以作为朋友的你能不能带我去领校服?我找不到地方。"

周渔心里一下子就轻松了，抬头的时候一双笑眼弯成了月牙："能啊。"

领校服的地方在篮球场旁边，现有的尺码中没有适合程遇舟的，老师要去仓库找。

老师离开办公室了，周渔和程遇舟就出去等。

雨水滴滴答答，两个人站在屋檐下，中间隔了一段距离。

程遇舟突然靠近，撑开雨伞往前倾斜，一把伞给他和周渔单独隔离出一个狭小的隐秘空间。

周渔原本低头看屋檐下的水坑，突然视线被黑色伞布截断，迟疑地稍稍侧过头，目光从伞柄移动到程遇舟的手上。

程挽月拍过他手部的特写照片，照片已经很有艺术感了，但依旧不如这样近距离"观察"的视觉效果——他的指甲修剪整齐，手指骨节分明，修长匀称，漂亮又干净，青色的血管隐隐从皮肤里透出来，有一种少年特有的青涩和力量之外的东西。

雨伞挡住了凉风，周渔因为自己不合时宜的念头有些懊悔，脸颊热热的。

她正要往旁边挪，程遇舟的另一只手突然抓住了她的手。

她紧张到心跳都漏了一拍。

"往里站，别淋到雨。"

他目光赤诚，眼里复杂的情绪并没有任何亵渎的成分。周渔木讷地看着脚边的水坑，从手心传到神经末梢的热度导致心跳失去控制，大脑忙于调控这种过于兴奋的状态，无心其他，不能短暂且迅速地解读话里的深意，语言进入处置区，以至她像个木头人一样问什么答什么。

"你昨天在言辞家干什么了？"

"没什么，就是劝他来学校。"

程遇舟索性直接问："你脖子上的红印到底是怎么弄出来的？"

"言辞的帽子上有个金属扣,压到了。"

女老师的高跟鞋踩在水泥地面上发出的声音很清脆。

周渔连忙从程遇舟的雨伞里走出去。明明只是说了几句话,她却像是做了什么坏事被老师当场抓到,脸红耳热的,扑面而来的凉风带着细小的水珠落在皮肤上,降温效果微乎其微,她的手心都湿湿的。

"同学,我找了几件大一点儿的,你进来试一下合不合适。"

程遇舟收起雨伞,跟着走进办公室:"谢谢老师。"

刚从库房找出来的新校服有点儿味道,程遇舟今天也不会穿,只是试试大小。老师的办公桌上放着没吃完的包子和粥,他脱下自己的衬衫没往桌上放。

周渔还在外面,程遇舟走到门口,把衣服递出去。

"帮我拿一下。"

"哦。"周渔伸手接住。

程遇舟试完校服,周渔把衬衫递给他,他重新穿上,手摸到脖子后面整理被压在衣服里的领子,却没弄好。他自己看不见,周渔站在他身后,就悄悄踮起脚,手指捏着一点儿布料帮他把被压住的衣领翻出来,动作很轻,甚至不足以让他察觉。

女老师回头的时候正好看见这一幕,倒是没说什么,只看着两个人笑了笑,把登记本翻开让程遇舟登记姓名和班级。

周渔还拿着他的一支笔,见状顺手放在本子旁边。他弯下腰,一只手撑在桌上压着登记本,另一只手拿起那支笔。

两个人赶在上课铃声响起之前回到教室。窗台外面挂满了雨伞,还在滴水,卿杭看着程遇舟把校服塞进课桌里,识趣地半个字不提。

第七章

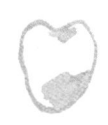

飞鸟与鱼

言辞出现在教室，老师们几乎每节课都会往他那边多看几眼。除了课间休息时间，他一直趴在桌上，整张脸都埋进胳膊里。

　　程延清因为一件小事追着程遇舟问东问西，这么耀眼的两个人在走廊里打闹太引人注意，加上晚两分钟过来的言辞和抱着习题册从老师办公室出来的卿杭，四个人组成了高三沉闷学习氛围之外的一道充满青春活力的风景线。

　　周渔昨天睡得晚，上了一天课，人也昏沉，趴在课桌上休息，好像睡着了，又好像没有，很快被一阵笑声惊醒，恍惚地睁开眼睛。

　　她的位置视野很好，她不用抬起头就能看到窗外。

　　这个年纪的男生总有着过分旺盛的精力。

　　她看见程遇舟把程延清推远后朝她走了过来，他身上的白色衬衣反光，散开的光晕将周围的其他同学逐渐模糊成无声的背景。

　　他走近了，站在她的课桌旁："那天的伞，我一直忘记还了。"

　　周渔模糊的视线慢慢变得清晰，原来他只是还伞。

　　还有最后一节晚自习，铃声响起，李震已经到教室门口了，程遇舟没来得及再说什么就被同学推着回到座位上。

　　李震让大家自习，闹哄哄的教室很快静下来。周渔撕下一张便利贴，写了几个字：不要想太多。

　　她把这张便利贴贴在他一眼就能看到的地方。

　　当朋友最忌讳的就是想太多。

　　离下课还有二十分钟的时候，李震传达了几句今天全年级教师开会的内容，然后开始换座位。座位他已经安排好了，也在大家自习时把学号按座位写在了黑板上。

言辞是全班最后一个报到的，学号就是最后一个——48，座位也很好找，原位不动。

他的新同桌是11号同学。

"同学们如果有意见，可以现在就提出来。如果意见合理，我再根据情况调整；如果没有意见，那就先这样。"

"老师，我有意见。"程遇舟是唯一举手的人。

李震看向他："说吧。"

程遇舟面不改色地说道："我非常欣赏言辞同学，想和他成为同桌，在这一年里互相督促，共同进步。"

李震看过程遇舟转学前的成绩，和卿杭不相上下。言辞是读过一年高三的，比他们俩高几分也正常。李震看得出来，言辞人虽然坐在教室里了，但心还是散的。

有一个和他旗鼓相当的同桌，也许可以带动他的积极性。

"很好，我也希望你们能好好相处，但不能只考虑你一个人的需求。"李震问言辞："言辞，你愿意和程遇舟做同桌吗？"

言辞的父母就是老师，他心情再怎么差也不会当着全班同学的面做出不尊重师长的事，反正他不知道11号是谁，也不关心，至少程遇舟不是一个话多的人。

"可以。"

"行，我再看看11号……11号……"李震翻开点名册，手指顺着1号同学的名字往下画，找到了11号："周渔，你愿意和程遇舟换一下吗？我看看换完之后是谁……卿杭，换完之后你的新同桌是卿杭。"

周渔点头："李老师，我愿意的。"

卿杭也没有什么意见。

"好，都同意，那就换了。"李震拿起粉笔，擦掉黑板上要换座位的两个数字，在1号的旁边写上11，又在48号的旁边写了个3。

卿杭是 1 号。

程遇舟是 3 号。

剩下的时间大家开始换座位，楼上楼下也陆陆续续响起挪动桌椅的声音。言辞旁边是空位，程遇舟直接把桌子搬了过去，程遇舟原来的位置就空了出来。

所有人都在走动，周围乱糟糟的。

"我帮你搬过去。"

周渔靠看程遇舟的口型才勉强辨别出他说的是什么："谢谢。"

桌上的书太多，周渔先拿起一摞抱着。程遇舟轻松地搬起桌子往卿杭那边走，周渔跟着过去。他刚放好桌子转过身，不知道谁在后面撞了周渔一下，导致她身体重心不稳往前扑。

她怀里的书散了一地，程遇舟一本都没接住。

旁边的卿杭在桌上那份点名表快要掉下去的时候才转过身——有人看完后放在了太靠近桌沿的位置。

程延清在教室后门喊程遇舟回家，顺便问言辞有没有伞。

周渔今天要早点儿回去，就没和程挽月一起走。她有一把多余的雨伞，从最后一排经过的时候放在了言辞的桌上。

程延清觉得这把伞很眼熟，张口就问："这不是你包里的那把伞吗？"

程遇舟："……"

程遇舟晚自习之前刚还给她，她转眼就给了言辞。

言辞没看见桌上的伞，程延清拿起来顺着窗户扔给言辞，又回头看程遇舟。在程延清说话之前，程遇舟掀起程延清卫衣后面的帽子盖上去，拉住两边的抽绳用力勒紧，趁程延清嗷嗷叫的时候下楼了。

下着雨，程挽月就没去和卿杭约好的地方——她不喜欢衣服沾上湿湿黏黏的泥渍。

程挽月没有回自己家，跟程遇舟一起来了钱淑这里。

老太太觉少，睡得晚，程挽月不写作业，在客厅陪着老太太看电视剧，剧情正发展到女配成功插足一对结婚多年的夫妻。

"气死我了，气得胃疼！如果这个小三最后的结局不是身败名裂、众叛亲离、人财两空，我连续一个月写万字小作文辱骂编剧都不解气！"

程挽月对着电视机骂了十分钟，房间里的程遇舟听得清清楚楚。

五分钟后，程挽月被程遇舟推出家门。

程遇舟说得有理有据："奶奶，她吵得我睡不着，影响我明天学习。"

老太太配合地说："月月，你答应你哥哥晚上安静一点儿，奶奶马上就给你开门。"

程挽月手里还端着一盘瓜子："这气人的剧情我没办法冷静！奶奶，你偏心程遇舟，我衣服都淋湿了，好冷啊。"

老太太这才想起外面还在下雨："仔仔你快去开门，让月月进屋，别生病了。"

程挽月是家里唯一的女孩儿，最受宠，有恃无恐。

门打开了，结果程遇舟不是让她进屋，而是把她落下的手机和外套一起递出来。

程挽月气呼呼地回家，边走边给程延清发微信：程遇舟疯了！

她走到巷子口，突然想起什么，往后退了几步，往旁边那条路看。

已经快晚上十一点了，还下着雨，路灯也不算亮。

卿杭应该不会还在等她吧？

程挽月心里虽然这么想，但也没有去确定卿杭是不是还在等她，其实拐过转角之后就只有不到两百米的距离，几分钟就到了。

可这个时候的程挽月连几分钟也不愿意浪费。

程延清被迫出来接她,顺便去店里买了烧烤和冰可乐。有些高三学生连走路都拿着书背知识点,程挽月空着手回家,连装都不装一下,免不了要被父母唠叨几句。她捂着耳朵挤进程延清的房间,盘着腿坐在地毯上跟他一起吃夜宵。

程挽月越吃越生气,把脆骨咬得嘎吱嘎吱响,可乐被她喝出了啤酒的感觉。

"程遇舟莫名其妙地把我从奶奶家赶出来,他是不是想分家了?爸爸和二叔几十年了都没说分家呢。"

程延清很理解程遇舟:"这真不怪他,我一天至少有十次想把你赶出去……"

话没说完,程挽月就在他的大腿上拧了一下。

程延清怕吵醒父母,没敢大声叫出来,又被可乐呛了一下,脸都憋红了。

"你不要这么肤浅只看表面,要透过表面看本质。程遇舟这几天很不对劲,行为举止非常可疑。他有问题,有大问题!"

程延清感觉到兜里的手机在振动,立刻拿出手机回消息,漫不经心地应付着:"那你说说,你看出什么本质了?"

"他对阿渔很特别。"

"没有吧,他回来没什么朋友,暑假你又总拉着他去找周渔,除了咱们两个,他也就跟周渔熟一点儿。"

程挽月总觉得不对劲:"你试探一下。"

"怎么试探?"

"你跟他说阿渔在咱们家,喊他来吃串,看他来不来。"

程延清把桌上的烧烤拍了一张照片发给程遇舟,等到快十二点都没收到回复,程挽月才消停。

他们不知道,程遇舟在收到照片之前收到了周渔的消息。

程挽月回家后,程遇舟坐在书桌前回想周渔那句"我其实很早就认识你了"。他不是记性很差的人,回白城的那天晚上,在巷子里只看见她背包上那个毛线织的橘子挂件,算不上认识,第一次见面应该是在超市,在那之前他没有见过她。

她是什么时候认识他的?

程遇舟想不到,索性直接问了。

程遇舟和周渔的短信只有几条,上一条还是约着去江边,程遇舟问完之后等了十七分钟,在程延清试探之前收到了周渔的回复:

"反正就是认识,我要睡了,你也早点儿休息。"

短短十几个字,周渔检查了一遍又一遍才发送出去。

周渔和程挽月从小就是好朋友,但因为程爷爷当过兵,规矩多,嗓门大,周渔不太敢去程家玩。言辞住的家属楼就在程家大院对面,一到寒暑假,她就经常打着学习的幌子去言辞家,楼顶很清静,言辞会把摇椅让给她。她坐在摇椅上晃啊晃,身子稍稍往外探就能看见程家的大红门。

程遇舟每年只在寒暑假回来。

车不能开进巷子,每次有行李箱的轮子在地面上滚动的声音远远地从巷子口传来的时候,她都忍不住往下看,那种心情就像树上结的杏子,成熟之前果皮泛着一层诱人的黄色,吃之前以为是甜的,吃到嘴里才觉得酸涩,再等等吧。

终于在某一年夏天的傍晚,她猝不及防地遇到了从对面走来的程遇舟。她若无其事地从他的身边走过时,发丝被他身体带起的风吹动,心里的雀跃像是要穿透身体飞出去。

他长得好快,比她第一次见他时高了很多。

她应该也有一些变化吧。于是周渔回到家的第一件事就是照镜子。因为拔掉了两颗智齿,肿成馒头似的脸早就消肿了,但还有点儿婴儿肥,如果再瘦一点儿就好了,如果生理期额头上不会再冒出一两颗痘痘就好了,如果没有晒黑就好了,如果再漂亮一点儿就好了……

初二那年的春节,她举着洗衣粉在广场上拍的那张照片上不仅留下了她丑巴巴的样子,身后篮球场上一片模糊的身影里也藏着那个肆意的少年。

相机快门被按下后,他在小摊前送了她一根红绳。

那天她就已经认识他了。

但他并不记得她。

卿杭感冒了好几天,一直有点儿咳嗽。

周渔跟他成为同桌之后,更能明显地感受到他身上那种远超同龄人的成熟。他和以前一样,沉默内敛,独来独往。

"吃药了吗?"

卿杭点头:"吃过了。"

他感冒是因为淋雨,不算严重:"有人在学校后门等你。"

"谁啊?"

"你应该知道。"

周渔下意识地回头看,程遇舟的座位空着。周五不上晚自习,住校的学生都会早点儿回家,教室里只剩值日生和几个课代表。

卿杭整理好周末要看的书后走出教室,周渔磨蹭了一会儿才下楼。

学校后门有棵大榕树,听说当初修建新校区的时候政府部门还专门开会讨论过要不要挖掉,最后还是留下了。

半边天空都被夕阳染成了橙红色,周渔先看见的是逆光站在树下的程遇舟。他今天穿了校服。夕阳的光线从茂密的枝叶间穿过,轻柔地落在他身上。

他抬头看过来的时候,周渔莫名地紧张:他不会是要问短信里的那个问题吧?

程遇舟走到她面前:"你着急回家吗?"

周渔觉得距离太近,不动声色地往后退了一步:"你先说你有什么事,我再考虑是应该着急还是不着急。"

程遇舟没想到她会这么回答,没忍住笑出声:"着急的话,我就只问几个问题;不着急的话,我问完送你回去,顺便看一场日落。给你三秒钟考虑,我数到三,如果你还没想好,我就默认你不着急。"

他低头看着腕上的手表,说完"开始"后就数了"一"。

周渔好像知道他要问什么了。隔着手机,她可以反复斟酌措辞,当面问,不知道自己会不会露出马脚。

她刚要开口,声音还没出来,程遇舟就快速地略过二:"三。"

"好了,考虑时间结束。"他没有给她指出他犯规的机会,直接问,"我的第一个问题是:你是什么时候认识我的?"

这件事是周渔自己先说出来的,次次避而不答就说明心里有鬼。

"初二。"短词不会暴露太明显的情绪。

程遇舟也确实没看出什么:"在哪里?"

"就在家附近。"

"你在奶奶家见过我?"

她侧过头:"嗯。"

"当时怎么不叫我?"

周渔并不是在程家大院认识他的,撒了一个谎就要用第二个谎去圆第一个谎,幸好他不是特别在意这个问题。

经过的摩托车的油门声无比刺耳,她隐约听见他说:"你如果叫了我,我也能早点儿认识你。"

"程遇舟!"程延清突然从后门跑出来,拽着程遇舟就跑,"走走走,有人找言辞的麻烦!"

没能说出口的话被打断，周渔反应过来后也连忙跟上去。

堵住言辞的人是唐倩，她坐在摩托车后座，化着浓妆，短裙下露出细白的长腿，旁边还有几个朋友。

程挽月像个鸡妈妈一样拦在言辞身前，时刻警惕着对面的老鹰扑过来叼崽。

唐倩笑着朝言辞吹了声口哨："晚上有空吗？一起吃饭吧，顺便聊点儿只有咱们俩知道的事。"

唐倩的目光太过直接，周渔走近，小声问言辞："要不要报警？"

言辞没说话。

唐倩坐着的那辆摩托车上的男人下车，唐倩拍了拍他刚才坐着的位置，邀请言辞。

周渔抓住言辞的手臂："不要跟他们一起。"

"那跟谁？"言辞将甩开她的那只手抬起来，搭在了她的肩上，"跟你吗？"他的声音不大，但足够被所有人听见。

唐倩看着，发出一声酸溜溜的惊叹声。

程延清被程遇舟一把推过去撞开了周渔，周渔脚下被石头绊了一下，一只手及时伸过来扶住她，顺势把她拉到后面。

是程遇舟。

周渔站在他身后，视线完全被挡住。

程挽月刚才被挑衅，正一肚子气："哥，他们想欺负你同桌。"

被推出来的程遇舟吸引了唐倩的注意力："呀！这是哪儿来的帅哥？以前没有见过。"

程遇舟自然地抬起一只手搭在言辞的肩上："走了，回去吃饭。"

程延清几步跟上："饿死了，咱们去奶奶家涮火锅？"

"行啊。"程挽月学程遇舟，无视唐倩，拉着周渔追上去："阿渔，咱们也去。"

周渔犹豫地说:"我得回家。"

"哎呀,今天周五,吃完再回。"

程国安正好从老太太家出来,没走几步就看见几个孩子从巷子口过来。

他皱起眉头,指着走在前面的三个男生:"你们三个,勾肩搭背像什么样子?"

程延清把程挽月拉到身边,程挽月又把周渔拉过去,五个人就这样"勾肩搭背"站成一排。

"臭小子,成心气我是吧?"程国安没好气地往程延清的脑袋上拍了一巴掌,下一个就是程遇舟,轮到言辞的时候,手在半空中顿了片刻,最后只是轻轻落在言辞的头上揉了揉:"你别跟他们俩学。卿杭呢?没跟你们一起?"

程遇舟说:"他先回去了。"

"行,我顺路去他家看看。"

程国安还没走远,院子里就传出热闹的笑声。高三辛苦,需要适当放松,他也是过来人。

天气凉爽,五个人就决定在院子里吃。程挽月问他们谁去超市买东西,上楼换衣服之前特别叮嘱道:"言辞不能去,唐倩说不定还在那里等着呢。"

程延清用胳膊撞了一下程遇舟:"我没钱,你去。周渔,你跟他一起?上次买的火锅底料味道还行,就买那种。"

周渔是几个人中最会做饭的人,她抬起头的时候,程遇舟看了过来。

"好。"

"你们俩别磨蹭了,快去快回。"

程延清在两个人出门后往卿杭家打了通电话。程国安只是过去看看,应该待不了多久。

程延清在洗锅,手机开着免提放在旁边,程挽月下楼时听到卿杭说家里有事不来。

她故意大声说话:"爱来不来,谁稀罕?"

言辞从屋里搬出几把椅子,桌子也是他擦的。程挽月现在只想知道他和唐倩之间到底是怎么回事。

"言辞,你少跟唐倩接触,她那些朋友也不是什么好人。"

他心不在焉地应付:"什么是好人,什么是坏人?"

程挽月想了想,回答:"我说不清楚,反正你不是坏人。"

周五晚上超市里人多,程遇舟推着购物车,主要是周渔在挑食材。

如果没有唐倩,这个时候他们应该在回周渔家的路上。

那条路傍晚很清静,只偶尔有车经过。

超市里播放着节奏感很强的音乐,程遇舟想不起当时在学校后门的时候他说到哪里了。

超市的阿姨太热情,每次他想开口说点什么,阿姨都会打断,再往他的手里塞东西,尽管他并不需要这些。

周渔看出了程遇舟的无奈,两个人无奈地对视一眼,又觉得好笑,等阿姨转过身去给其他顾客推销的时候,悄悄把不打算买的东西放回原位。

"你一般吃什么蘸料?"

"香油碟,家里有。"

"和挽月一样。"周渔觉得手里的香辣酱有些多余,就放回货架,"言辞不能吃辣,清汤锅太清淡了,没什么味道,他喜欢蘸芝麻酱,买一小瓶回去调?"

"嗯。"程遇舟的脸上没有太明显的情绪变化,只是他突然就沉默了。

采购的东西装了满满两袋，结完账，他一手提着一袋，周渔只抱着一瓶两升的可乐。

肉类都是可以直接下锅煮的，蔬菜还需要处理，周渔先进厨房，过了一会儿，程遇舟也进去帮忙。

水池旁边能站两个人，但洗菜的时候难免会碰到对方，彼此无话的尴尬气氛从超市持续到厨房。

高锐礼貌地问："有什么我可以帮忙做的吗？"

高锐其实五分钟之前就来了，在院子里和程挽月说话，声音不大不小，在屋内也能听清楚，但厨房里的两个人谁都没有注意。

"怎么不开灯啊？怕招蚊子？"高锐摸到门后的开关按下去，厨房里亮起来，"我不太会切，可以帮忙洗。"

周渔让开位置："那我先去调芝麻酱。"

"我调好了。"程遇舟转过身对高锐说："菜也都洗好了，切成片就行，你先去吃。"

高锐笑笑："好吧。"

高锐走出厨房。门还开着，程遇舟在洗盘子，周渔拿刀切土豆。

心不在焉的后果就是切到了手，周渔轻呼一声，把手指含在嘴里。

程遇舟两步走到她身边："切到手了？"

"没事，伤口不深——"

周渔话没说完，就被程遇舟拉到水池边，血珠从伤口往外渗，顺着水流流进水池。

用酒精棉消完毒贴上创可贴，周渔觉得那根手指还有点儿木。

"我来切。"程遇舟没再让她拿刀。

十分钟后，程挽月看着盘子里的土豆："怎么这么厚啊？"

"多煮一会儿，不影响你吃。"

程遇舟先帮周渔拉开椅子，等她坐下了，他才在旁边坐下。

程挽月看到周渔手上的创可贴："阿渔，你切到手了？"

"不小心划了一道口子，没事的。"

"切到手多疼啊，言辞，你帮阿渔夹菜。"

周渔说："只是划了一道口子，我吃饭用右手。"

她不挑食，没有不能吃的，也没有特别喜欢的，夹到什么吃什么，只是去倒杯水的工夫，再回到桌边的时候，碗里就堆满了煮好的肉和菜。她的左边是言辞，右边是程遇舟，两个男生谁都没说话。

高锐吃得最少，总共就没伸过几次筷子，吃也只吃蔬菜——她怕长胖，但吃完帮忙收拾了碗筷。

言辞家很近，出门就到了，程挽月和程延清不回家。

程挽月使唤程遇舟："哥，你送她们，我太撑了。"

"走吧。"程遇舟拿着手机起身。

高锐住在体育场附近，不到十分钟的路程。她很会聊天，反而显得程遇舟有些冷淡。

周渔夹在中间，程遇舟不说话，就只能是周渔接高锐的话。

高锐先到家，周渔还有一段路。这条路她走习惯了："我自己回去，不用送。"

程遇舟在路灯下看着她："那我岂不是白出来了？"

周渔没听清："嗯？"

他别开眼："没什么。"

离她家越近，周围就越安静，地上的影子被拉得很长，她走得慢，他也放慢脚步。

他俩好像又回到了那种奇怪的尴尬气氛中。天色暗，路灯也不算太亮，周渔以为自己的目光不会被他发现，可就在她抬起头想说点什么缓解这种尴尬的时候，他突然停下脚步转过身。

对视的几秒钟里，连身后吹来的风都在把她推向他。

但事实上，被他看到的只有从她耳后飞起的几缕碎发。

夜晚本身就是一个催化暧昧和神秘的环境,也是天然的遮蔽物,身体里的每一个细胞都在向外传递信号,无形的东西在彼此之间悄无声息地滋长,但都被这昏暗的环境恰到好处地藏了起来。

放在运动裤兜里的手握紧又松开再握紧,他忍住了抬手帮她整理头发的念头,往路边看了一眼:"你看这个路灯眼不眼熟?"

路灯杆子上刷了新漆,两个人还能闻到油漆的味道。

周渔说:"一直都在这里,我天天经过。"

他们没有看日落,但看了星星。

外婆近期尿床的次数多,周渔在国庆假期的时候带外婆去医院复查,医生给换了药,还说天气凉了,建议周渔晚上给老太太用纸尿裤,避免生褥疮。

周渔去排队缴费拿药,外婆坐在椅子上休息,周渔每过一会儿就回头看看,确定外婆没有乱走才继续看收费单,但是在窗口耽误了点儿时间,只有两三分钟,椅子上就没人了。

老太太不记得路,但好在走得不远,外面车多人杂,周渔急得往外跑,看见老太太还在路口也没能松口气。一辆车开过来,老太太不知道躲,幸好旁边的人及时拉着她避开。

司机降下车窗骂人,老太太吓得往后躲,周渔这才看清拉住老太太的人是言辞。

她是跟着言辞出来的。

周渔连忙过去给司机道歉。外婆受了惊吓,两只手紧紧地抓着言辞,言辞虽然神色有些不耐烦,但始终没有真的推开她。

一直到该分开的路口,外婆嘴里还在念叨着让言辞去家里摘杏子。

树叶都在慢慢变黄,哪儿还有杏子?

周渔哄外婆松开言辞,才看到言辞手里拿的是胃药。他以前没有胃病，这一年总不按时吃饭，有时候两天才吃一顿，时间长了，身体就出问题了。

外婆的衣服口袋里装着饼干，她拿出来要喂言辞吃。可是两个人的身高差距太大，她够不着，手又抖，饼干屑全掉在了言辞的衣服上。

看到一滴口水滴在他的手背上，周渔连忙拿出纸巾帮他擦："你别跟外婆计较，她什么都记不清。"

言辞当然知道，外婆的病也不是一天两天了。

程遇舟的一个朋友来白城玩，程延清跟他打过游戏，两个人这次也算是网友见面。

小县城虽然没什么娱乐场所，但风景好，对生活在大城市的秦一铭来说到处都很新鲜，所以玩了好几天，程延清和程遇舟送秦一铭去车站时，秦一铭还有点儿舍不得走。

时间还早，他也没带行李箱，三个人就走着去车站。

程延清听到手机响了，就让他们先走。

程延清最近接电话总躲着人，程遇舟也懒得问。秦一铭不知道又看到了什么稀奇的东西，夸张地叫出声，程遇舟抬头往前看，站在路口的周渔进入视线范围，还有她旁边的言辞。

那两个人没说什么，但气氛怪怪的。

程遇舟视线下移，她怎么拉着言辞的手？

秦一铭问了半天都没人理自己，才发现程遇舟正盯着对面，表情并不平静。秦一铭看过去的时候眼睛一亮。

"真水灵，比视频里更漂亮。"

程遇舟眉头皱起："什么视频？"

"就是你手机里的视频啊，"秦一铭笑着说，"人家拿你的手机当镜子用却被你录下来的那段视频。你什么眼神？我又不是故意看的，咱俩的手机一模一样，昨天拿错了。"

家里没有小孩儿，程遇舟的手机向来是随手一放，秦一铭这几天住程遇舟的房间，不止一次拿错，但昨天晚上程遇舟的手机没锁屏，秦一铭点进相册后才发现拿错了。

程遇舟连解释的心情都没有："不小心录的，你少恶意揣测。"

"不小心录的，那怎么还不删？我看了时间，都是两三个月之前了，"秦一铭调侃完，笑着看向言辞，"是你有问题还是那哥们儿有问题？能拉黑我半个月，啧啧，看来是你有问题啊。小县城民风淳朴，不适合你这个道德败坏的人，你还是赶紧考完回去吧。"

程遇舟没理秦一铭，从路边走过去。

秦一铭往对面多看了两眼，再看到程遇舟一言难尽的表情，更确定了自己的猜测——程遇舟的手机相册里除了风景照就是周杰伦演唱会的视频，他不可能无缘无故地保存一个女生的视频。

"不会是真的伤心了吧？"秦一铭笑着打趣，"他们俩好像闹别扭了，实在不行你就乘虚而入，反正你本来也不要脸。"

程延清这会儿才跟上来："你俩说什么呢？"

秦一铭指了指斜对面。这时周渔已经转过去了，背对着这个方向，没有注意到他们。

言辞戴着帽子，帽檐遮住了半张脸。他有点儿近视，不是装酷耍帅故意不打招呼，是真的看不清。程延清见怪不怪："那是程遇舟的同桌。"

"同桌？"秦一铭睁大眼睛，吃惊地看着程遇舟："没想到你是这样的人。"

程延清很茫然："我怎么听不懂？"

程遇舟只想快点儿把秦一铭送上车："别理他，神经病犯了。"

到了火车站，等秦一铭检票上车后，程延清叫了辆出租车，着急回去的想法都写在脸上了，程遇舟也被拽上车。

周渔好不容易才哄得外婆答应回家,有出租车开过来,她们站在路边。

出租车在弯道减速,车窗开着,周渔看见里面的程遇舟,两个人对视,车很快就从她的面前开了过去。

周渔看着远去的车尾愣神,许久才收回视线。

是啊,他不会在这里待太久,总是要走的。

第八章

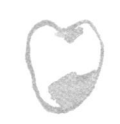

六月雪

言辞早上迟到了半个小时，第三节课才发现抽屉里有一罐樱桃罐头，用的是本地樱桃。很多人家里都有樱桃树，樱桃成熟期吃不完，就腌好放在冰箱，等天气凉了再拿出来吃，很开胃。

言辞拿出罐头的时候，程遇舟也看见了。

程遇舟眼熟的不是樱桃，是那个罐子，和之前周渔给他的那罐腌木瓜丝的玻璃罐一样。

显然，言辞也知道是谁把罐头放在他抽屉里的。

刚接完水回来的周渔从后门走进教室，言辞突然伸出一条腿挡住路，周渔差点儿被绊倒，幸好被程遇舟扶住了。

不等她说话，程遇舟就朝言辞的凳子上踹了一脚："你干什么？没看见她要进来？"

"看见了。"

言辞收回那条腿，朝程遇舟凳子同样的位置还了一脚。程遇舟还扶着周渔，本来就没坐稳，被这一脚踹得直接摔在地上。他们说话的声音不大，但桌子晃动摩擦地面发出了刺耳的声音，前面几个同学在讨论问题，听到后面的动静都不说话了，全都看了过来。

周渔扶起程遇舟，拦住了他。

周渔大概是之前没有遇到过类似的状况，或者是真的信了程挽月的鬼话，觉得他能轻轻松松一打十，担心拦不住他，情急之下抓住了他的手臂。程遇舟低头看着她那双清亮的眼睛，忽然就不生气了。

程延清跑过来站在两个人中间，缓和这不寻常的气氛："你们俩可是要互相督促，共同进步的，千万别打起来。"

打架的人要写检讨,并且要在周一升旗仪式之后的短会上当着全校师生念检讨,周渔小声说:"下节是李老师的课。"

程遇舟低声安抚:"没事,是我没坐稳。"

程遇舟把桌子扶正,周渔帮着捡起掉在地上的书,准备回自己座位的时候,被言辞拽住手腕。

他拿出罐头放在桌上:"拿走。"

程遇舟用余光从抓着周渔手腕的那只手上扫过,皱着眉哼了一声:"你说话就说话,能不能别动手?"

言辞淡淡地道:"关你什么事?"

程遇舟也有些冷漠:"我看不顺眼。"

刚扑灭的火焰又有重新烧起来的苗头,周渔连忙把罐头拿走。她只是想着换季言辞容易胃口不好,饱一顿饿一顿很伤胃,就给他做点儿开胃的樱桃罐头。周渔是从言妈妈那里学会做樱桃罐头的,做出来的东西味道不差。

他不要就算了。

上课铃声响起,程延清来不及说什么,只能回到座位上。

李震带过好几届毕业班,刚进教室就感觉到气氛不正常,谁上课走神,他一眼就能看出来。

他拿着粉笔敲了敲黑板:"后面那两个同学,程遇舟和言辞,到讲台上做这道题。"

程遇舟翻错了页数,言辞压根儿就没翻开习题册。

"班长,告诉他们是第几页的第几题。"

周渔悄悄回头,程遇舟也看了她一眼。

李震想起卿杭前两天请了病假:"班长嗓子不舒服,那班长的同桌说一下。"

周渔下意识地坐直身体:"三十六页,第十四题。"

李震看着最后一排的两个男生:"知道是哪题了吧?都上来。"

程遇舟拿起习题册走上讲台,站在黑板前才开始看题,言辞也一样。

两个人不到三分钟就写完了,做法不同,但结果都是对的。

李震说:"都做对了,用的时间也差不多,点评一下对方的解题思路。"

程遇舟:"很好,值得学习。"

言辞:"还行,我记下来了。"

两个人明明谁都没看对方写在黑板上的步骤,班里其他同学哄堂大笑,李震也笑了,让他们坐下后才继续讲题。

下午在食堂吃饭,程延清说起班里的事,程挽月才得知那两个人差点儿打起来。

"他们不是一直都好好的吗?因为什么?"

程延清看了一眼还在排队的周渔,说道:"因为周渔。"

程挽月心里顿时警铃大作:完了,完了,程遇舟这次是真的疯了!

她早就觉得程遇舟有问题,程延清这个傻子当时还说她想太多,这种情况她怎么能不多想?

虽然男生之间偶尔有点儿矛盾很正常,程遇舟和程延清也经常一言不合就扭打成一团,但那都是闹着玩,不会动真格的。她中午就看见程遇舟右手的手指关节处有擦伤,当时准备问来着,被同学打岔就忘记问了,没想到程遇舟是差点儿和言辞打起来,还是在教室。

"你展开说说,具体是因为什么。"

程延清简单地说:"就是周渔接完水回教室,言辞差点儿绊倒她,程遇舟就来气了。"

这时,周渔打完饭了,程延清立刻转移话题,抬手朝卿杭挥了挥,卿杭看见程延清旁边的程挽月,犹豫了几秒钟才走过去。

周渔刚在程挽月对面坐下,就被程挽月的牛奶喷了一脸。

程挽月想事情想得出神,心情激愤,无意识地捏紧了牛奶盒,牛奶就被挤得从吸管里喷了出来。

"对不起,对不起,"程挽月回过神,看周渔脸上全是牛奶,手忙脚乱地帮周渔擦,"阿渔,我不是故意的。"

周渔笑笑:"没事,我去洗洗。"

"我陪你去。"

"你先吃饭,一会儿凉了。"

周渔去食堂外面的水池清理衣服上的牛奶渍。没有镜子,她只能用水多擦擦,幸好已经换了秋冬校服,布料厚,拉上拉链就可以遮住里面的T恤。脸上黏黏的,她又顺便洗了个脸。

"冷不冷?"程遇舟来得晚,刚到食堂就看见水池边的周渔。

学校条件没那么好,水管里是冷水,他下意识地想拿纸巾给她擦擦脸,可兜里什么都没有。

"不冷。"周渔摇头,把校服拉链拉到最上面,"李老师批评你了吗?"

程遇舟说:"没有,只是找我说点儿事,跟上午的事没关系。"

周渔看着他手上擦伤的地方,过去了半天,颜色加深后红得很明显:"你的手还疼不疼?"

程遇舟低头看了一眼:"没什么感觉。进去吧。"

有男生给程挽月送奶茶,她心不在焉,根本没注意是谁就接了,卿杭垂下眼眸,一句话都没说。

程遇舟坐下后,看程挽月一直盯着周渔带来的樱桃罐头,就帮程挽月拧开罐头的盖子,用力后手指关节擦伤的地方有血渗出来。

他自己没在意,过了一会儿,一只细白的手从桌子下面递过来一枚创可贴。

程遇舟没有接,只是捏着一侧,撕开那层多余的塑料纸。

创可贴还在周渔的手上，程遇舟稍稍把手伸向她，她就把那枚创可贴轻轻贴在擦伤处，捏着另一侧的塑料纸，撕掉后用指腹轻轻在上面压了压。

她刚才在外面用冷水洗过手，指尖还带着一丝凉意。

那点儿轻微的伤痕仿佛被抚平了，程遇舟忽然觉得有些热，想脱掉校服外套，抬头就撞上程延清略显复杂的目光。

程遇舟没有理会，扭头发现程挽月也盯着他。

只有卿杭和周渔在认真吃饭。

程挽月坐对面，不可能看见刚才那一幕，盯着程遇舟是因为他突然脱衣服，而周渔就在旁边。他这种行为放在平时再正常不过，但此时此刻落在程挽月眼里就有不正常的嫌疑。

"捂好，小心感冒。"程挽月立刻起身把程遇舟的校服拉链拉到最上面，也不管他是不是被勒到，很快又喂了他一勺樱桃堵住他的嘴。

"卿杭，你要不要吃？阿渔做的，特别清爽开胃。"

这是半个月以来程挽月对他说的第一句话。卿杭很想像她对那样对待她，让她也体会一下他的感受，可又没有办法做到完全无视她。

"喉咙不舒服少吃凉的。"

程延清的话把卿杭从自我挣扎的困境里解救了出来，却又让卿杭跌进了另一个陷阱。

"啊？你生病了吗？"程挽月满眼担心，"有没有吃药？换季容易着凉，你多穿点儿。"

她的关心就是陷阱，让他产生自己在她心里有一定特殊性的错觉，事实上，他和其他人没有什么区别。然而，明知道会一脚踏空，他还是会不由自主地朝陷阱走过去。

卿杭极其厌恶这样的自己。

"我吃完了，先回教室。"

"等等我。"程延清也站起身，顺便给言辞带了份饭。

周渔晚上要交的作业还没写完，就没等程挽月，程遇舟要和周渔一起回教室的时候被程挽月拽住了。

等周渔走出食堂，程挽月直接问："你早上是不是因为阿渔跟言辞起冲突了？"

程遇舟甚至没有多考虑一秒钟就承认了："是啊，怎么了？"

"你……你……你……你怎么不否认？"

"我为什么要否认一个事实？"

"不行！"

"为什么不行？"

程挽月回答不上来。

她自知这件事少不了自己的"功劳"，程遇舟会大大方方地承认，就说明他一定不甘心止步于此。

现在让他离周渔远一点儿，他心里多少会有点儿不舒服。可程遇舟和周渔走太近，言辞肯定不高兴；言辞不高兴，秦允就心情不好；秦允马上要去市里集训准备艺考，压力大加上心情差，就会给程延清脸色看；程延清被冷暴力，回家又会找程遇舟的麻烦。

这是个死循环。

程挽月的班主任刚开学的时候就开玩笑说让程挽月不要太早用脑子，留着高考那两天用。她没想到高三还没过去一半就要开始熬心费力。

"我的意思是，言辞的父母都不在了，他一个人孤零零的……"

"就事论事，周渔有什么错？"

"是没错啊，但是如果你和言辞关系不好，我们都很为难。"

"不至于。"程遇舟让她别瞎想。

周渔最吃力的科目是物理，上完一节课头都大了。

老师还没离开教室，很多学生就已经趴在桌上补觉了，虽然休息时间短，但有人能打呼噜。

周渔趴在桌子上，下巴垫在胳膊上，这个视角刚好能看到最后一排。

男生之间的关系似乎比女生之间的关系简单一些，那天两个人之间剑拔弩张的气氛吓得同学们都以为班里会发生点儿什么，结果当天晚上吃完饭两个人之间的气氛就正常了。

程遇舟从外地转学回来，没什么朋友，但本身就发着光的人，在哪里都会光芒万丈。

课间总会有其他班的同学从走廊经过，装作不经意地往教室里看，偷偷在心里感叹：啊，原来他就是最近在周围人口中传来传去的程遇舟。

大胆一些的，会在看他打球的时候送瓶水。

程遇舟每周四晚自习上课之前都会在球场上打球，经常有年轻的男老师和学生们一起。

热烈的尖叫声和掌声一阵接着一阵从周围传来，让人有种夏天还没结束的错觉。

周渔也看过他在球场上的样子，但离得很远，甚至没有下楼，只站在教室外面的走廊上。她的视力很好，她可以轻易地从围满一圈人的球场里找到他。

他打球时和平时不太一样，是有一些攻击性的。

球场是男生的聚集地，连程延清那么矜贵的人都会在投出一个漂亮的三分球之后撩起衣服擦汗，程遇舟却一次都没有，也从不接任何人的水，打完球就回教室。

外面闹哄哄的声音小了一些，应该是一场比赛结束了。

十分钟后，程遇舟打开后门走进来，还留在教室里的同学都趴在桌上休息。他身上的球衣后背湿了,学校没有条件洗澡,连换衣服都只能回教室:下半身套上一条运动裤就行,上半身有点儿麻烦,要先穿上宽松的校服,从里面把球衣脱掉后再套一件打底衫,穿上打底衫和脱掉球衣的过程一样,都只能在校服里面完成。

他换好衣服才拧开瓶盖喝水,一滴水顺着下巴往下流,周渔的目光也跟着水滴从他滚动的喉结慢慢往下,最后水滴在衣服的领口上,晕开一圈水渍。

在球场那阵阵尖叫声的间隙,她听见了他有些重的呼吸声。

看他换衣服的时候周渔都能坦然自若地装睡,却在他走过来的这几步里无法控制地心跳加速,甚至在感觉到从他身体里散发出来的热意之前就脸红了。

程遇舟在卿杭的位置上坐下来。她半张脸藏在胳膊里,只露出一双蒙眬的眼睛,像刚睡醒,也像太过困倦疲惫但没睡着。

他也像她一样趴在课桌上,侧着头枕在胳膊上:"你怎么不去吃饭?"

一个男生的睫毛为什么能这么长?周渔强迫自己转移注意力,索性闭上眼睛。

她像是喝了一罐含有酒精的饮料。

她会被熔化吗?大概会吧。

"不太饿。"

她的声音很低,程遇舟不想太快吵醒前面的同学,也压低了声音:"这么困啊?"

"嗯,昨天睡得晚。"

程遇舟从校服外套的兜里拿出一罐旺仔牛奶放在她手边,还是热的。

"喝了再睡。"

他起身回到自己的座位,从课桌里拿出另外一件校服:"干净的，应该没有什么味道。"

周渔回过神时，校服已经被披在自己身上了。

周渔看着旺仔牛奶，罐子上印着的小孩儿睁着大大圆圆的眼睛。

"再看，再看就把你吃掉"。

程遇舟下楼，准备去食堂随便买点儿什么，没想到和言辞迎面碰到。言辞当时将手机摔到地上，程遇舟捡起来，还给言辞之前，目光停在了手机屏幕上的群聊界面上。

言辞翻出了之前的消息，下面还有很多条新消息。

程遇舟看见的就是让言辞摔了手机要去找人的那张照片，照片里的地点和人物都不陌生——几天前在食堂，周渔弯着腰清理衣服上的牛奶渍。

这个微信群里一共有十七个人，言辞是上个月被朋友拉进去的，偶尔约着一起打球。群里的都是男生，私底下互相调侃，平时都没什么顾忌。

言辞几乎没在群里说过话，也很少看，就在里面约过一次球，刚才上楼时点进去看是因为群里突然有很多条消息。

程遇舟把手机还给言辞："发照片的这个人是谁？"

"体育班的。"

"认识？"

"就在咱们班楼下。"

言辞先下楼，穿过走廊，从窗户看见坐在体育班最后一排的王闯后直接踹开教室的后门。

寸头男生正看着手机乐，程遇舟用脚尖钩住门后的篮球，踢了一脚，撞倒了男生坐着的凳子。

王闯都没看清踹门的人是谁，就一屁股摔在地上。

教室里还有其他人，这种情况下当然会护着自己班里的同学，有男生从前门跑出去叫人。

隔壁班同学听到动静出来看,高锐听到程遇舟的名字后也跑到体育班。她虽然没见过言辞打架,但知道他本来就不太好相处,家里出事后性格更阴郁,让她惊讶的是在这儿看到了程遇舟。

认识他之前,高锐都是通过程挽月了解他:会弹吉他,玩过乐队;爱打篮球,转学之前一直都是校队的;理科学得好,尤其是物理和数学,在省里的竞赛中拿过奖。认识他之后,高锐发现他不只有这些外在的光环,外貌大概是他身上最普通的优点。

高锐因为和程挽月关系不错,所以经常能见到他,他对程挽月真的很好。

程遇舟大多数时候是温和的,所以她根本没想过程遇舟会有这样的一面,体育生的力量和爆发力都不差,可王闯连还手的余地都没有。

学校里男生打架不算稀奇,但打架会被处分,她想拦住程遇舟,然而刚碰到他的手臂就被用力甩开,幸好被朋友扶住,否则一定会摔得很难看。周围的人看到她差点儿摔倒时发出惊呼声,她的人缘很好,大家都在关心她,可他甚至没有往她身上看一眼。

如果不是程延清和卿杭跑上楼拦住了这两个人,还不知道事情会闹得多大。

"有话好好说,都别冲动。"

"行,好好说。"程遇舟捡起王闯的手机,删掉相册里的照片,又把各个网盘的备份也检查了一遍才将手机扔在桌上:"这个群你自己处理。留着也行,正好给我提供报警的证据,如果你本人以及群里其他十五个人的任何社交平台或电子设备里还存着这两张照片就更好了,吃吃牢饭应该更容易教会你们无论是学文化还是学体育都得先学会做个人。"

桌子被撞得东倒西歪,发出刺耳的声音,桌上的书本也掉了一地。

程延清连忙把程遇舟和言辞推出教室。

他还没搞明白发生了什么，只觉得这件事很令人费解。

周渔在程遇舟下楼后睡着了，醒来看见桌上那罐旺仔牛奶才惊觉那不是梦。

男生的校服外套和女生的一样，只是他的尺码大一些，披在身上也不会引人注意。

周渔把校服叠好，准备在上课前还给程遇舟。

他踩着点从后门走进教室，周渔扭头往后看，发现他洗过脸，短发都被弄湿了。

下楼之前他不是用湿巾擦过吗？为什么又洗一次？

这个季节太阳落山后用冷水洗头洗脸很容易感冒。

不等周渔收回视线，又从后门进来一个人。言辞和程遇舟差不多，只是没穿校服，浅色衣服上溅到的水渍更明显。

程延清是最后回来的。他很正常，但比老师晚到教室就算迟到。

上课十分钟，李震出现在教室门口，抱歉地对正在讲题的英语老师说："陈老师，不好意思，打断您一分钟，我找几个同学有点儿事。"

陈老师笑笑："没关系。"

"程遇舟，言辞，你们两个出来。"李震走出去两步又折回来："还有程延清。"

程延清跟着去办公室，体育班的班主任也在，鼻青脸肿的王闯低着头，双手背在身后。

李震敲了敲桌子："说说吧，怎么回事？"

程遇舟侧首看着窗外，言辞也不说话。

李震无奈地看向程延清，程延清更无奈。

"李老师,这次我是拉架的,还没来得及问就上课了,我什么都不知道,你从我身上套不出任何有用的信息。"

李震说:"那你就先去旁边写检讨,两千字,现在写不出来没关系,一会儿我陪着你们三个写。"

程延清:"……"

卿杭也掺和了,怎么就他平白无故要和这两个人一起写检讨?

程延清搬着椅子去办公桌那边写检讨,这项"业务"他很熟悉。李震看看程遇舟,又看看言辞,把王闯刚才说的那些重复了一遍——王闯只说自己在教室吃泡面,这两个人突然冲进去,他也不知道原因。

"总得有个理由吧?我不相信你们两个会无缘无故跟同学打架。"

王闯的班主任听完,不满地咳了两声,李震解释道:"孙老师不要误会,我不是偏袒自己的学生,他们俩的品德很好,平时和同学也相处融洽,发生这么恶劣的事当然要重视,而且王闯同学还受了伤,我肯定是要问清楚的。"

第二节晚自习下课了,他们都还没回来。

周渔悄悄问卿杭:"他们怎么了?"

卿杭头都不抬:"可能是学习上的事。"

"李老师的表情很严肃。"

"那就是程延清上周课堂测验的成绩太差了,李老师想让程遇舟和言辞帮他进步吧。这件事确实很麻烦,三个人里没有一个是好说话的。"

周渔半信半疑,一直等到放学,靠近后门的那张课桌还是空的。

教学楼有规定的熄灯时间,她只能先下楼。

程延清早就写完了两千字的检讨书,程遇舟和言辞面前的还是白纸一张,李震让他们明天下午继续去办公室写。

两个人都没回教室，到校门口时，程遇舟接电话，言辞就先走了。

"我把这次月考的卷子复印一份给你寄过去，还有一些复习资料。"秦一铭听着手机那边的声音，"你刚才在跟谁说话？"

程遇舟淡淡地道："同桌。"

"啧啧。"秦一铭笑出声，"请你有点儿自觉性，你现在是半路杀出来的程咬金。"

程遇舟脸色更差了："我挂了。"

秦一铭大叫："我话还没说完！"

"跟你没的聊。"程遇舟挂断电话，站在路口远远地看着周渔走出来，她走几步就回头看，还没注意到他。

她不用微信，应该不知道照片的事。

程遇舟想起那些不堪入目的话，又很庆幸她不用微信。

"同学，再不看路就要撞到电线杆了。"

周渔被吓了一跳，看清路灯旁的人后松了一口气，朝他走近："你什么时候出来的？"

"十分钟之前。"程遇舟两手空空，身体半倚着路灯，左脚的脚尖轻轻点在地上，就这样眼睛一眨不眨地盯着她，"你刚才一直往教学楼的方向看，看什么？"

周渔侧头避开他的目光："没看什么。"

"没看什么是在看什么？"

"都说了没什么！"她像是恼羞成怒，瞪了他一眼。

程遇舟忍着笑，余光突然看到马路对面的言辞。

言辞没拿钥匙，正折回来往学校里走。

周渔正想回头就被拉进了巷子。她没站稳，回过神的时候，手还抓在程遇舟的衣服上。

巷子里光线偏暗，这个年纪的男生穿得都不多，但身体总是热腾腾的。

和领校服那次在篮球场旁边不一样,他的手没有往下滑,他只握着她的手腕,力道也不像那次那样轻,将指腹按在关节隆起的位置。桡动脉就在这里,他能摸到她跳动的脉搏,那么她此时心跳的频率就能通过脉搏向他传递信号。

"怎么了?"

"没怎么。"他的声音很低。

言辞走进校门后,周渔被程遇舟拉着跑出巷子,顺着这条路往前,一直往前。

原来风是有形状的,吹起他的校服,也吹散她的头发。

这一刻她什么都没想,沉重的学习压力和烦琐的家庭杂事统统被抛在脑后。

他们在路灯下停下来,弯着腰大口喘气。

周渔两腿发软,坐在了地上。

通往火车站的这条路晚上几乎没什么人,程遇舟脱下校服铺在地上,拉着周渔站起来一点儿,让她坐在衣服上面。

他站着,周渔等呼吸稍稍平复后仰头看他,两个人同时笑出声。

路灯的光线在他的身后散开,每一根被风吹得凌乱的短发都被清晰地勾勒出来,五官藏在逆光的阴影里,她甚至没有意识到笑声是什么时候停下来的,察觉时周围已经安静得只剩下呼吸声。

周渔双手撑在身后铺着校服的地面上,几根发丝贴在鼻梁上,程遇舟忽然弯腰靠近,轻轻拨开那缕头发。

原本正在慢慢恢复正常频率的心脏像是要从胸腔里跳出来,周渔分不清这不太妙的变化是因为发梢从脸颊拂过带起的痒意还是因为突然靠近的程遇舟。

"开学这段时间你还适应吗?"她先开口说话。

"其实在哪儿上学都一样,"程遇舟顿了两秒,低头看向她,"但又不一样。"

周渔听不懂，一步不停地跑了这么远耗尽了她的体力。

她站起身，捡起地上那件校服，递过去的时候又觉得就这样还给他不合适："我拿回去洗干净再还给你，明天或者后天。"

学校没有规定每天都必须穿校服："哪天都行，你带到教室，我找你拿。"

程遇舟看看时间："很晚了，快回去吧，明天见。"

等周渔拐过转角，他才转身往回走。

打架这件事学校处理了一天，最终，程国安到学校道歉，并且赔了医药费。

程遇舟和言辞始终没有交代打架的原因，王闯自己心里很清楚，也不好意思往外说。

程挽月先看见言辞，正要过去，卿杭就冷着脸从她的面前走过。

"你又生什么气？"

程挽月也顾不上喊言辞了。她这几天心情很糟，追上去后耐着性子说了些有趣的事，卿杭还是没理她，她就有点儿不高兴了。

"卿杭，你总是这样给我脸色看，我欠你的吗？"

卿杭停下脚步："你怎么可能欠我？是我欠你们程家的。"

所有人时时刻刻都在提醒他要知恩图报，他怎么敢忘？

"我……我不是这个意思。"程挽月虽然意识到自己说错话了，但也没有道歉。

"谁让你最近总不理我，我也生气啊，生气就会乱说气话，气话不能当真。卿杭你别生气了，我周末有别的事，不会跟那个男生一起去游泳的，天气这么冷，谁爱去谁去，我反正不去。"

看，她总是这样，明知道他一定会介意，还是会和别的男生走得很近。

可只要她稍微收一收大小姐脾气，再说两句好话，他就会心软。

"爸爸说我如果考不上大学就不要我了，我得在家学习。卿杭，你周日去我家给我讲题好不好？我去你家也行，反正很近，别人讲我听不懂。"

卿杭的脸上总算有了温度，他看着程挽月："是程叔叔想让我帮你补习，还是你想让我帮你补习？"

"这不一样吗？"程挽月拿出一颗奶糖，剥开后喂到他嘴边，"张嘴。"

她抬头笑着眨了下眼："我也吃了，和你嘴里的是一样的口味。"

牛奶糖在口腔里溶化，卿杭故作冷硬的心也跟着化了。

程挽月边走边问："程遇舟最近奇奇怪怪的，你每天都跟他一起上课，发现了吗？"

卿杭自然地拿过她的书包："哪里奇怪？"

"哪里都奇怪，浑身上下都不对劲，算了，不管他了。卿杭，你怎么还在咳嗽？下午再去医院开点儿药，我陪你去。"

程遇舟回到教室的时候，周渔已经不在了。今天一整天都在考试，课间他又总是被叫去办公室，都没有机会跟她说话。

父母寄衣服的时候顺便把吉他也寄了回来，程遇舟去快递站拿，拆开检查确定没有损坏后直接背着往回走，在路上给周渔发了条短信。

程遇舟拐过路口，看见程延清面前站着一个女生，两个人低声说着什么。

秦允家里好像有人去世了，但那个女生不是秦允，只有一个背影，鬈发松散地绾在脑后，不过如果忽略那双高跟鞋，背影和秦允有几分相像。

程延清和程遇舟四目相对，程延清显然也愣住了。

程遇舟换了条路，绕远了，到家时，程延清已经先一步在老太太家门口等着，很自觉地主动解释："那个……她是秦允的姐姐，你懂的，千万别让程挽月知道。"

他一直特别照顾秦允，其实都是因为她姐姐。

程遇舟从老太太那里听说过秦允的这个明星姐姐，据说大一时参加过一档选秀节目，是小县城唯一的明星，但其实在娱乐圈连十八线都算不上。

"你每天连睡觉都要抱着手机，就是在等她的电话？"

"她太忙了，晚上才有时间。"程延清简单地糊弄了几句，不想说太多。

程遇舟也懒得问，两个人前脚进屋，程挽月后脚就来了，还拎着一个充气的锤子。

她是来找程遇舟的。

自从发现程遇舟的秘密之后，程挽月每次看见言辞都很心虚——别人不知道言辞以前和周渔有多好，程挽月是知道的。

言辞写在身上的那个字母 Y，不是他的姓，是周渔的名。

"今天阿渔跟我一起吃饭，一共走神了四次，脸红了三次。"

程遇舟坐在沙发上，程挽月拿着气锤在他面前走来走去，突然停下来指着他："你说，这是为什么？"

程遇舟还在等周渔的短信，没心情搭理程挽月："为什么？"

"她还多带了一件校服，"程挽月在他的脑袋上敲了一锤，"那件校服，是你的吧？"

程遇舟闭着眼靠在沙发上，脑海里回想起他第一次去周家的场景：他在枝叶茂密的树上往下看，周渔在树下，杏子很甜，夕阳也很漂亮，可到家后他只记得她因为他的衣服里掉进一片树叶侧过头偷笑的那张笑脸。

他转移话题："月月，哥哥跟你分享一件特别有意思的事……"

程延清心中顿时警铃大作:"没事没事!我们晚上要去打球,给你买夜宵。"

程挽月的注意力被成功转移到程延清身上,她道:"好哇,你们俩有秘密,我也要知道!"

闹了一会儿,程挽月给周渔打电话。

外婆今天过生日,一个老朋友来了,周渔得帮忙做饭,就没去找程挽月。

刘芬年轻的时候做得一手好菜,周立文去世后,她的精神出了问题,做饭总分不清盐和糖,家人能将就着吃,但有客人来,端上桌的菜如果味道很奇怪就太失礼了。

外婆和老朋友在聊天,刘芬在厨房喊周渔,周渔连忙放下手机去帮忙。

"你们是哪天高考?"

"每年都是六月份考。"

刘芬叮嘱道:"不要去太远的地方,市里也有很多好学校,你离家近点儿,我安心。"

"嗯。"周渔低低地应了一声,没多说什么。

两个老人牙齿都不好,吃得慢,外婆其实不记得这个老朋友了,但聊起以前的事,还是能想起一些。饭后周渔把提前买好的蛋糕拿出来,点上蜡烛。

火光映着外婆苍老的面庞,外婆笑呵呵的,突然拉着周渔的手给老朋友介绍,说这是她外孙女。

周渔有点儿想哭。

她上一次哭还是在太平间看到周立文的遗体时。有工友一直在医院守着,没换衣服,只随便洗了脸,但没洗干净,头发上还有灰,脖子也是黑的,她就想,爸爸每次下班应该也是这个样子。

后来，连周立文下葬那天她都没掉一滴眼泪。

刘芬把蛋糕上的樱桃留给了周渔。那并不是多好的东西，但蛋糕上只有一颗樱桃，以前也是，家里无论谁过生日，刘芬都把樱桃留给周渔。

周渔眼眶酸涩，低着头默默在心里许愿：希望外婆长命百岁，希望妈妈身体健康。

程延清躲着程挽月，周末都在老太太家。

秦一铭发来游戏邀请和一条语音："你叫上三儿，我又被他拉黑了。"

"谁是三儿？"程延清嘀咕了一会儿才反应过来，扭头看着程遇舟："他不会是在说你吧？"

程遇舟在写卷子，连头都没抬。

程延清憋着笑去玩那把吉他："你叫我声'哥'，我就告诉你一件事。"

"你先说，价值够高，叫'爸'都行。"

"周渔和言辞只是朋友，没有别的关系，以前是，现在也是。"

程延清话音未落，在纸上飞舞的笔尖就停了下来，半分钟后，程遇舟起身把程延清摁在沙发上："再说一遍。"

"胳膊要断了！"程延清嗷嗷叫，"你有这么高兴吗？"

程遇舟当然高兴。

程遇舟第一天回来就在巷子里撞见了言辞和周渔，他俩当时的情形很难不让人误会。

"这叫以德报怨，学着点儿啊。"程延清爬起来揉揉肩膀，"我虽然不掺和你的事，但有些话还是得说，言辞是跟我一起长大的哥们儿，周渔和程挽月有多好，你也看得出来，我们不希望任何一个人受到伤害。"

程延清的意思是让程遇舟收敛一点儿,至少在高考之前不要影响大家。

程遇舟开学就和言辞同桌,通过几次考试看出了言辞的实力,高考比的是综合实力,运气只占很小的一部分,除非言辞自己放弃,正常发挥的情况下基本不会失误。

"明白,先考试,考完了再说。"

周一早上有升旗仪式,周渔来得晚,跑下楼就站在班级队伍的最后。

校长讲完话之后有几个人要念检讨,只有程延清这个拉架的写了满满两大页,等他念完,程遇舟借鉴了他的最后一段,言辞借鉴了他的倒数第二段。

几个人下台后,李震把言辞叫到旁边说话,程延清站到男生那一队,程遇舟刚好补在周渔后面。

年级主任的声音浑厚洪亮,操场上都有回声。

天气冷,周渔的指尖冻得红红的。

后面的程遇舟往她手里塞了一个暖手贴。程延清假装没看见,解散后跑去钩住言辞的脖子和言辞一起上楼。

所有学生都要回教室上课,这个时间楼道里很拥挤,周渔和程遇舟混在里面,和周围的同学没什么区别。

到了教室所在的楼层就没那么吵了,程遇舟进教室之前问她:"元旦那天放假,你有没有事?"

周渔算算时间:"还早呢。"

"我想预约元旦那天晚上,早点儿问,机会大一些。"两个人站的正是风口位置,程遇舟往旁边站了一步,"我应该排在程挽月前面吧?"

周渔看着他身上那件被风吹得鼓起来的校服,里面好像只穿了一件卫衣，他不冷吗？

她左右看看，趁没人注意，把暖手贴塞进他的兜里："挽月说，我要和她最好。"

程遇舟说："别理她，她就喜欢抢我在意的东西。"

"我会告诉挽月的。"

"告诉她什么？"

她侧过头，声音很低："就是你刚才说的话。"

程遇舟装作听不懂的样子："什么话？"

教室里有人叫周渔，她顺势走进去，程遇舟忍着笑意在外面站了一会儿才进教室。

月底下了场雪，气温骤降。

上课的时候，言辞的咳嗽声很明显，上次樱桃罐头的事情之后，他和周渔已经很久没有说过话了。

每次大家一起吃饭，程挽月都会把周渔旁边的位置留给程遇舟，回教室的路上，程延清如果没有眼力见儿一直往程遇舟那里凑，还会被程挽月瞪。

许久都没有动静的唐倩突然出现在一中校门口，还是坐在那辆摩托车上抽烟，手里拿着一朵玫瑰花晃来晃去，经过的人都会往她身上多看几眼。

她没有进校门，也没有违法乱纪，门卫大叔也拿她没办法。

白天雪落到地上就融化了，晚上校门口的斜坡结了一层冰，表面铺着薄薄的雪，周渔脚底滑了一下，差点儿摔倒，程遇舟在后面扶住她。程延清跑过去，手搭在程遇舟的肩上。程挽月见状也推着言辞和卿杭过去，几个人从斜坡滑下去摔了一地。

程挽月笑着爬起来还要玩，听见不远处传来口哨声，就往校门外看了一眼。

唐倩朝程挽月挑了下眉。

程挽月立马就来气了，看看言辞，又看看程遇舟："她是来找谁的？找谁都不行！"

正门只有一个出口，他们想避也避不开。

唐倩笑看着言辞："好久不见。"

言辞没有理会，程挽月替他回答："言辞要好好学习天天向上，没空。"

唐倩有些失望，叹着气说："你这半年变得有点儿没意思了，不喝酒，去打台球总行吧？跨年总得有点儿跨年的样子，一个人在家有什么意思？"

"谁说他是一个人在家？我们跨年那天都要去他家玩。"程挽月把书包丢到言辞手里："言辞，走，咱们回家。"

言辞把书包丢给程延清。言辞腿长，走得快，程挽月小跑着才能跟上。

卿杭捡起程挽月落下的手套，和程延清一起走。

唐倩看着言辞的背影叹气，但很快又有了新目标——程遇舟和周渔还没走。

"帅哥，我请你喝奶茶呀？我们上次见过的。"

程遇舟对唐倩没什么印象："我不喝别人给的水。"

"什么悄悄话不能我们三个人一起听？"唐倩笑着问，"你叫周渔是吧？我听说上次言辞在0719是被一个穿一中校服的女生接走的，那个人是你吗？"

程遇舟脸色一沉："麻烦你对她尊重点儿。"

唐倩笑笑："我怎么不尊重她了？聊聊而已，没有哪条法律规定不能聊天儿。"

她明显是故意挑事，放在平时程遇舟根本不会搭理。

周渔朝他摇了摇头，他就没再说什么。

几分钟的时间，雪就下大了。

刘芬来给周渔送伞，不知道在路口站了多久，双手冻得冰凉，周渔走过去和刘芬一起回家。

母女俩打着伞走在前面，程遇舟远远地看着，看着周渔悄悄回头。

下雪的晚上附近更安静了，弯道处的路灯上有块牌子，写着"周家湾"，他以前没有仔细看，原来这里叫周家湾。

刘芬问周渔吃不吃东西，周渔说不饿，刘芬就回卧室准备休息。

周渔等刘芬洗漱完，拿着伞轻轻打开门，从门前这条路往前跑，拐过弯就看见程遇舟站在路灯旁，有一下没一下地踩着雪。

他没说他会跟过来，她也没说她还能从家里出来。

连她自己都不能确定这种默契是从什么时候开始的，就像很多次在教室，明明谁都没说话，只是在人群里对视了一秒，她就知道下课后他会在小卖铺等她。

他还没有发现她。

路灯在外侧，周渔放慢脚步，沿着马路里侧走。

原本周渔想吓吓程遇舟，然而早就看到影子的程遇舟等她靠近后突然转过身，反倒是她被吓了一跳。

程遇舟反应快，扶着她站稳："你胆子不是挺大的吗？深更半夜都敢单独去酒吧。"

"好冰。"周渔这会儿没顾上看他是什么表情。她刚才捏了个雪球，本来是想捉弄他，却被吓得从自己衣服的领口掉了进去。

程遇舟拉开她外套的拉链，看了半天也没看见雪球："掉哪儿了？"

"衣服里面。"周渔拉着衣服抖了抖，雪渣立刻掉了出来。

伞被风吹得飘远了，她也没去捡："你不要听唐倩瞎说。那天开学报到，言辞一直到晚上都没去学校，我才去找他的。我俩也没有待在一个房间,我只是帮他烧了壶水,别的什么都没有做。"

周渔那天也是离开言辞家之后才有点儿后怕,县城里其实发生过那种事,当时不了了之,施暴者没有得到惩罚,反而是受害者总被指指点点。

可后来她又想,言辞和他们是不一样的,无论是以前还是现在,都不一样。

如果重新选择,她还是会去。

"你怎么不说话?"

程遇舟缓和了语气:"说出口的都是气话,我一个人生气就算了,总不能让你也生气。"

他说的那句话里是有生气的成分,但也不完全是生气。

一个人在另一个人有着很大危险性的时候还能义无反顾地陪在对方身边,一定不仅仅是出于信任。

她和言辞之间有着程遇舟未曾参与过的漫长岁月,程遇舟对曾经的她一无所知。

"我不生气。"周渔低声解释,"那天不是故意骗你和程延清的,主要是还有其他人,我不知道怎么说。"

"理解。"程遇舟拉起周渔外套的大帽子,帮她戴上,"雪下大了,你回去吧。"

"那你呢?"

他故意说:"我不回家,找个地方喝奶茶。"

下一秒周渔就抓紧他的袖子,他顺势往前移了半步。

她的脖颈里落了雪,有的融化成水,有的还是雪。

她帽子上的绒毛拂在脸颊上,有些痒,她的呼吸声就在耳边,他能听出有停顿。

颈部靠近大脑,不仅有非常丰富的神经,皮肤也是全身最薄的,血管清晰可见。

他再不咬一口,她就要跑掉了。

程遇舟叹气:"真可惜,这个季节没有蚊子。"

…………

程挽月听见程遇舟房间里的吉他声就知道他在打什么主意。元旦当天学校会放一天假,本来程国安说晚上聚餐,被程遇舟几句话劝得把时间改到了中午。

他是玩过乐队的,程挽月还见过他们在街头表演。

程挽月和程延清是异卵双胞胎,长得并不是很像,但程家基因强大,三兄妹的眉眼间多多少少有点儿神似的地方。虽然程遇舟这张脸她早就看腻了,但不得不承认,他认真的时候还是很有魅力的。

程遇舟只抽空看了她一眼:"先放着吧,我现在不饿。"

程挽月把盘子放在书桌上,凑了过去:"哥,你求求我我就告诉你阿渔最喜欢哪首歌。"

"用不着你。"

"话可别说太早,天时地利人和才能事半功倍。虽然阿渔喜欢的歌很多,但肯定有最喜欢的。你们才认识多久?我和她可是从小学就在一起玩了,不信你就试着猜猜,肯定猜错。"

程遇舟配合地问:"《七里香》?"

"你怎么知道?"程挽月突然站起身,两手叉腰,"好哇,我就知道你不会那么安分。"

她出去没关门,故意让程遇舟听见:"奶奶,我哥有没有定娃娃亲?"

钱淑笑着道:"他又不是在白城出生的,能跟谁家的姑娘结娃娃亲?"

"您再仔细想想。"

老太太想了想,突然说道:"哎哟,如果你婶婶口头的玩笑话也算,那还真有。"

程挽月一下子来了精神:"谁谁谁?是谁?"

"就是咱们县城第一个明星的妹妹,秦允啊。秦允的妈妈和你婶婶年轻的时候是好朋友,怀孕那段时间都在同一家医院产检。"

程遇舟:"……"

程挽月:"……"

老太太又说:"但那会儿不知道是男孩儿还是女孩儿,随口说笑的,估计早就忘记了。"

"幸好。"程挽月拍拍胸口——她不喜欢秦允,"奶奶,当我没问过。"

钱淑刚炸好一盘排骨,让程挽月给言辞送过去。

言辞开门后又是那种假装冷漠但掩饰不住失望的眼神,程挽月在他转过身后无奈地耸耸肩。

他房间的门开着,书桌上乱糟糟的,有几本摊开的书。

相框里那张照片程挽月以前就见过,是言家三口和周渔在楼顶拍的。有一次听他说起,本来是拍全家福,但拍照的人把旁边摇椅上的周渔也拍了进去,后来打印照片之前也没把左下角的周渔裁掉。

照片左下角被撕碎的痕迹很明显,粘粘撕撕好几次,明显能看出还缺了一小块。

"又吃泡面。"程挽月把排骨放在茶几上,蹲下去逗猫,"去奶奶家吃午饭?"

言辞关上房门:"饱了,不去了。"

"那我们晚上来你这儿。"

"随便。"

程挽月喃喃自语:"不知道阿渔能不能来,外婆的病好像比之前严重了。"

"她的事你不用告诉我。"

外面在下雪，客厅里的光线有些暗。

言辞刚睡醒没多久，头发还是乱的。睡到现在，他应该没什么起床气了，但比平时话更少。中国的节日大多是家人在一起过，他虽然也有亲戚，但都因为他父母那场意外的赔偿金闹得不太好看。

"我就是随便说说。"程挽月总觉得言辞家里太安静了，就想多待一会儿，"程延清还在睡觉，他吃完饭肯定就会来找你。"

言辞赶她走："你回去吧，我要洗澡。"

"白天洗什么澡？"

"昨晚没洗。"

"哦。排骨记得趁热吃啊，凉了就有点儿腻了。"

程挽月走了不到十分钟，门铃又响了，言辞回过神，起身去开门。

门外的唐倩朝他露出笑脸："哎哎哎，你能不能别这么绝情啊？我冒着大雪来的，好歹让我进去暖暖吧。"

她今天穿得还算正常，双手扒着门，因为不想碰到她，言辞才没把她往外推。

"你能不能别来烦我？"

"半年前在0719的事，我道歉，当时脑袋不清楚，你就别放在心上了，反正你也没吃亏。"

唐倩还在说话，言辞当着她的面报了警。

周渔每次放假都闲不下来，家里明明只有三个人，可总有做不完的事。

天气冷，外婆不会经常去外面，这一点倒是省心了，虽然门前过往的人不多，但时常有大货车经过，没人看着她还是不太安全。

刘芬傍晚去买东西了，周渔要等刘芬回来才能出门。

外婆看电视，周渔在旁边写作业，写完一张试卷后靠着椅背揉揉肩膀，发现外婆闭着眼睛睡着了。周渔轻轻走过去帮外婆盖好被子，关了电视。

周渔回房间换衣服，想了又想，还是把放在衣柜里的那条红绳找出来戴上，还有一只银镯子，这还是周渔十岁那年外婆送的。

刘芬把过几天要去祭拜周立文的东西买回来了，进屋看见周渔在梳头发："要出去？"

周渔说："去钱奶奶家，和挽月他们一起看电影。"

"不要玩太晚，早点儿回来。"

"嗯。"

"有时间自己去买衣服和鞋子，今年冬天冷。"刘芬拿了些钱放在桌上。煤矿负责人去年给了一部分赔偿金，都存在银行卡里，刘芬一分没动。

"妈，我还有钱。"

"多买几件质量好的，在学校也要吃饱。"

周渔应了一声，把钱放进抽屉，戴上帽子出门。

邻居家很热闹，周渔走到弯道那里隐隐约约还能听见大人们喝酒划拳发出的笑声。

天黑得早，六点路灯就亮了。

周渔抬头就看到站在路灯旁的程遇舟。昨天说好了她要晚饭之后才能出门，此时那把黑伞上落满了雪。

不知道他等了多久，没打电话，也没发短信。

他就站在那里，等周渔走近。

"今天好冷，我一会儿就过去了，昨天不是说好了吗？"

"知道你会去，但是我想比他们先见到你。"程遇舟往她手里塞了个暖手贴，"你白天干什么了？"

周渔觉得今天的时间过得很慢："收拾房间，写作业，还睡了个午觉，你呢？"

"吃饭，打牌。我爸妈最近很忙，也没回来。"程遇舟在周渔的衣服袖口碰到了一个冰凉的东西，握着她的手稍稍抬高，看到了她手腕上的银镯子和那根红绳。

他停下脚步，将目光落在她的手腕上："怎么戴这个？"

周渔把手抽出来，拢了拢袖口，侧过头："保平安啊。"

"我也有。"程遇舟今天没戴手表，很轻松地把红绳露出来给她看，"是不是一样的？"

周渔说："这种东西都差不多，很多人有。"

天色暗，她又戴着帽子，红透的耳垂藏在里面，热热的，有点儿痒。

程延清说要看电影，投影仪不方便搬来搬去，最后还是把言辞叫到了钱淑家。

大人们在三楼，孩子们都在程遇舟的房间玩牌，输的人往脸上贴纸。

程挽月就算耍赖也是输了最多次的人，周渔和程挽月坐在一起，眼睁睁地看着程挽月的额头和脸颊都被贴满。

钱淑来敲门送零食，看他们在沙发上闹成一团也忍不住笑。

"不玩了，你们四个大聪明玩吧。"程挽月拉着周渔去旁边的小桌子。

程遇舟扔过去两个软垫，两个人坐在地上，换了一部搞笑片看。

言辞和卿杭话少，程延清再闹腾也影响不到她们。

"阿渔，你这个帽子真好看，在哪里买的？"

"我妈织的。"

"阿姨这么厉害？！"

"你喜欢吗？家里应该还有剩余的毛线，我回去让我妈给你织。"

"喜欢，特喜欢。"程挽月点头如捣蒜，从包里拿出一个盒子递给周渔，"这个保温水杯送给你，我也有一个一模一样的，他们都没有。"

"谢谢。"周渔之前用的杯子被摔坏了。

"上面有个盖子,可以拧下来当小杯子用。"

程挽月打开一瓶饮料,往两个杯盖里倒,饮料还在咕嘟嘟冒泡泡。

"干杯。"

周渔笑着跟程挽月碰了一下杯。

程遇舟一眼就看见了那罐橘子味的汽水:"程挽月,你在喝什么?"

"汽水啊。"

"拿过来。"

程挽月没理他:"我不想动,你自己拿。"

程遇舟过去把其他几罐收起来。他低头看周渔,房间里暖气开得足,她玩牌的时候耳朵就红红的:"你也喝了?"

周渔还拿着保温杯的杯盖:"一小杯。"

其实不止,周渔喜欢橘子味的饮料,程挽月也是。

程遇舟挑出一瓶乳酸菌给周渔:"渴了喝这个。"

周渔点点头:"嗯。"

男生们在聊别的事,周渔听到程挽月说:"我爸明年可能要调任,想让奶奶也搬到市里住。"

如果钱奶奶从县城搬走,程家人以后回来的机会就少了。

这话不光是周渔听进了心里,卿杭也听见了。

"卿杭,到你出牌了,快点儿。"程延清拿了一手好牌,正得意。他坐在最里面,懒得挪位置,就对女生那边喊道:"周渔,帮我们扔几个橘子过来。"

"好。"周渔回过神,起身去拿果盘。

果皮泛绿的有点儿酸,黄的更甜,周渔给里面的卿杭和程延清各扔了两个,程遇舟是自己伸手接,给言辞的她就放在桌上。

程延清一口吞掉半个橘子,抽空问言辞:"我听说上周末警察来了一趟,怎么回事?"

言辞看着桌上的橘子，淡淡地道："有人管不住嘴巴乱说话，我报警了。"

"是不是唐倩？她可真够烦人的。"程延清听到手机响，看了一眼，立马扔下手里的牌，"你们玩，我有点儿事，出去一趟。"

言辞跟着往外走："我也回去了。"

十分钟后，程遇舟背着吉他出门。周渔看完电影，跟钱奶奶说了一声才走。

房间里只剩下程挽月和卿杭。

她嫌垫子坐着不舒服，换到沙发上。

卿杭问她："作业写完了吗？"

"我不会写，那些题好难。"

"拿出来，我教你。"

程挽月不满地哼哼："跨年还写什么作业啊？我不要。卿杭你挡着屏幕了，往边上坐一点儿。"

过了一会儿，他说："先写作业，明天交不上你又要被老师批评。"

她故意跟他反着来："我就不写，怎么样？"

卿杭有对付她的办法。

言辞拿着那个黄皮的橘子，在县城绕了很大一圈，雪下得越来越大，橘子皮也越来越冰凉。

在他回过神之前，人已经在去周家湾的这条路上了。

小县城没有跨年的习惯，亲戚朋友在一起聚完就散了，临近十二点，路边很安静。

他不知道自己为什么会怀念这条路，就像过去无数个睡不着的深夜，明明越靠近心里越烦躁，还是会来。

距离很远才有一盏路灯，所以路上某个亮着光的地方就很显眼。

言辞先听到吉他声，抬头才看见前方弯道处路灯旁的两个人。

一盒仙女棒只剩下最后两根，周渔有点儿舍不得，就只点燃了左手边的一根。

程遇舟先出门，到这里等她。吉他被放在马路里侧，她来的时候没注意，就连程遇舟把吉他挂在身上，她也没有很快发现，就看着仙女棒。

燃烧的火光映在她的脸上，她的鼻尖红红的，程遇舟拂落她帽子上的雪，等她点燃最后一根。

周渔慢吞吞地抬起头："你在看什么？"

下着雪，地面很滑，他应该在程家大院门口等她。

程遇舟往后退，拿起吉他。

周渔最喜欢的是《七里香》。

在这场大雪里，她听了一遍又一遍，舍不得回家。程遇舟看她冷得都在发抖了，只能强行把她送到家门口，让她赶紧进屋。

周渔已经准备睡了，突然想起程挽月送的杯子被落在路灯那里，又披上外套去拿。

她没有看手机，不知道程遇舟给她发过短信说杯子他先拿回去，明天再带到学校给她。

周渔在路灯旁找了好一会儿也没找到，以为是落在钱奶奶家了。

已经是凌晨，言辞从黑暗里走出来的时候，她吓得差点儿滑倒。

他穿着黑色的衣服，帽子也是黑色的，雪落在上面很明显。

"你……你怎么在这儿？"

他不说话，周渔也没有多问："我回去睡了，明天还要上课。"

言辞看着她往前走："周渔，你把我扔在这里，我要怎么办？"

周渔拨开额前的碎发，摸着一道浅浅的疤痕："这是你第一次让我不要管你的时候把我推得撞到台球桌留下来的疤，言辞，我没有扔下你，是你……"

周渔没再说下去。

因为她看到了言辞的眼泪。

言老师夫妻俩去世的头三天，周渔也在殡仪馆。县城里办丧礼有很多仪式，言辞是独子，要守灵，要给前来吊唁的人还礼。那三天里，他大部分时间跪在灵堂。

不到半年，她经历过的，他也经历了一遍，同样没有掉一滴眼泪。

周立文去世前，在纸上给周渔留了短短几行字，她没有看到父亲死亡的过程，只从他的工友口中知道了结果，从白城坐火车，到市里坐飞机，再坐大巴赶到医院的时候，周立文的遗体已经被盖上了白布。

言辞的父母下午五点从车祸地点被送往医院抢救，次日凌晨四点至五点期间相继离世，没能给他留下一句话。

"疤？"他摘掉帽子，把和周渔额头上那道疤痕相同的位置露给她看，"我赔给你了。"

他往前走，她往后退。

"言辞你别这样。"

"什么样？"

"对不起。"周渔深知这三个字有多么苍白无力。但除此之外，她不知道还能说什么。

风把雪吹得往衣服里灌，言辞的双手被冻得麻木，他连身体都在颤抖："周渔，你根本不明白。"

冰凉的液体落进脖颈。

他说："我不要你的道歉，我要你和我一样痛苦。"

他因为横在彼此之间的恩怨而痛苦，因为长久以来对她的愧疚而痛苦。

离她太近，他会厌恶自己；推开她，他会辗转难眠。

第九章

梧桐雨

程遇舟早晨起床发现自己感冒了。昨晚周渔和他在外面待了那么久，他担心她也生病了。

他没有在家吃早饭，提前十分钟出门去买药。

他到学校后，发现周渔的位置没人。她很少迟到，从开学到现在只晚了两次，但是今天早自习下课了她人还没来。

言辞经常迟到，程遇舟都习惯了。

老师还没离开教室，程延清就萎靡不振地趴在桌子上，也没去叫程遇舟吃早餐。

程遇舟走过去，轻轻踢了一下程延清的椅子："你怎么了？"

"别理我，烦得很。"程延清恨不得把脑袋埋进书堆里，他的桌子乱得不像样，"我不吃，我不饿，你去找卿杭。"

"你绝食给谁看？她又不在这里，你就算把自己饿死，她不想理你还是不会理你。"

仿佛有一把刀扎在程延清的心上，程延清愤愤地盯着程遇舟，眼睛都红了："你给我等着！"

"行了，吃什么？我给你带，不说就随便买了。"

"随便吧。"

卿杭要去办公室，程遇舟就先下楼。

程挽月已经在操场上等着。程挽月拿着新杯子，以为周渔会和程遇舟一起，还想着把保温杯里的银耳甜汤给周渔分一半。

"阿渔呢？"

"她没来学校。"

"可能是家里有事吧，外婆年纪大了，有的时候会闹脾气，过几天又是周叔叔的忌日,阿姨的心情肯定也不好。"程挽月低声叹气,"哥,你以后一定要对她好,她真的吃了很多苦。"

程遇舟笑了笑:"你这么快就倒戈了?"

"我觉得还是你更好,言辞以后肯定也会遇到更合适的人。"

"你是不是又没钱了?"

"嗯嗯,我的兜比脸还干净,这周的早餐只能靠我帅气的舟舟哥哥了。程延清也是笨蛋,以后你可能得赚钱养我们三个人。阿渔负责填满你的下班时间,程延清负责打扫卫生。"

"那你呢?"

"我当然是负责让你们开心啦。"

程挽月喜欢吃学校外面一家早餐店的小笼包。程挽月和程遇舟刚坐下,高锐也来了。

店里没有其他空位,高锐就跟另一个同学过去和程挽月坐一桌。

程遇舟想着周渔,有些心不在焉,连高锐坐下来跟他打招呼都没有注意。

程挽月吃得慢,就让程遇舟先回教室。

"锐锐,"程挽月觉得这件事自己做得不太好,高锐也是自己的朋友,"我哥他其实……"

高锐笑了笑:"我知道,他不会留在这里,我是有点儿欣赏他,但幸好只有一点点。"她也有她的骄傲,"你不用觉得抱歉,当初是我让你介绍我们认识的。"

程挽月听高锐这么说,心里松了一大口气:"当朋友也不错,对吧?"

高锐语气轻松:"是啊,至少相遇过。"

李震下午有课。他作为班主任,除了每周一的班会课,平时也会在自己的课堂上花几分钟说班里的事。

他从不拖堂，铃声一响就放下粉笔，让同学们课间多出去活动，不要总闷在教室里。

"最近天气冷，大家注意保暖，生病了不要硬撑，早点儿去医院。对了，言辞和周渔请了病假，这两天如果有老师问起来，班长帮忙说一下。"

卿杭点头："好。"

程遇舟自责地叹了一口气：她果然是生病了。

程遇舟上完最后一节课去找李震请假，李震让他量体温，见确实有点儿发烧，就给他批了假条。程遇舟走之前只跟程延清说了一声。

程延清还是早上那副有气无力的样子："晚自习你不上了？"

"不上，你帮我把作业带回去。"

"行行行，你赶紧滚吧。"

程遇舟离开学校后去了周渔家。

家里有人，但他等了好几分钟门才开。

他暑假和程挽月一起来过几次，刘芬还记得，但没让他进屋，只把门打开一半，问他有什么事。

"我和周渔是同班同学，班主任说她病了，让我顺路把明后天考试的卷子给她送过来。"

刘芬说："周渔在医院输液。"

"请问是县医院还是中医院？"两家医院离得远。

"县医院。"

周渔早上没起床，刘芬才发现周渔发烧了，人都烧得有点儿糊涂了，吃药也不起作用，下午情况更严重，刘芬便把周渔叫醒，带周渔去医院输液。

程遇舟去周家的时候，刘芬刚从医院回去不到二十分钟。

这几天感冒发热的病人多,县医院输液厅里全是小孩儿的哭声。周渔去得晚,只剩下靠近风口的位置。

电视上播放着哄小孩儿的动画片,一瓶药滴到三分之一周渔就有点儿犯困。但护士忙不过来,周渔得自己看着输液瓶,所以只敢靠着椅背眯一小会儿。

怀里多了一个暖手贴,周渔缓缓睁开眼睛,站在她面前的程遇舟正在脱外套。

"你怎么来了?"她连声音都是哑的。

"来买药,药还没开好就看见你了。"程遇舟把衣服盖在她的身上,伸手摸她的额头,"烧得这么厉害,你是不是很难受?"

门开着,总有人进进出出,吹进来的风冷飕飕的。

"还好,"周渔把外套还给他,"我不冷,你快把衣服穿上。"

"我也不冷,你披着。"

"你不穿,我也不要这个暖手贴了。"

她重感冒加高烧,鼻音重,但语气倒不像生气,脸颊红红的,眼角泛着湿气,这个时候她说什么程遇舟都会听。

程遇舟把外套接过来穿好,坐在旁边帮她挡风。

作为高三的学生,他们下午只有一个小时的休息时间,现在已经六点半了,周渔轻声问:"你晚上不上课吗?"

"我请假了。"程遇舟扶着她的头靠在他的肩上,"困了就睡一会儿,输完了我叫你。"

就这样靠着他输完了第一瓶药,护士来换药,周渔才坐正身体。

程遇舟接了杯热水吃药,正好护士把周渔的口服药也拿来了。

"别动,我喂你喝。"程遇舟把杯子送到她的嘴边,"怎么感觉你一天就瘦了好多?"

周渔勉强笑了一下:"哪有?"

"你想不想吃点儿什么?"

"嘴里很苦,没胃口。"她想起以前,"我小时候生病总想吃罐头,我外婆有一个木箱子,里面全是水果糖、罐头和饼干,外婆每次都让我捂在被窝里,悄悄拿给我吃。"

"我去买。"

"我只是说说,现在多冷啊。"周渔没让他去,"你先回家吧,不然感冒也会加重。"

"加重就加重,反正我也想偷懒休息两天。"

周围的病人和家属输完液就走了,两个人的耳边安静下来。

言辞被护士带到输液厅,周渔先看见他。

护士在后面说,最近感冒发烧的学生太多了,又来了一个。

程遇舟顺着周渔的视线回头,言辞站在门口,手里提着一罐黄桃罐头。

言辞走到周渔旁边的空位上坐着,护士让他量体温,结果不比周渔好多少。

罐头用热水烫过,还是温的。

程遇舟虽然没说话,但心里没少想——

周渔刚刚聊起的小时候的回忆里有发烧喜欢吃罐头,觉得吃了罐头会好,言辞就把罐头带来了。

就像暑假程挽月和程延清过生日那次,她一声不吭地替言辞喝了那杯加了辣椒油的水,被辣得满脸通红咳嗽不止也没有说什么。

程遇舟也是自那之后才知道,言辞不能吃辣。

这些事,程挽月可能也知道,并不是周渔和言辞之间独有的秘密,就算周渔不喝,程挽月也会仗义出头。程遇舟有点儿情绪——他很早就有一种感觉,每次这两个人在一起,其他人就像是被隔在圈外。

护士过来给言辞扎针,他手背的血管明显,比较好扎。周渔第一针就鼓包了,只能从左手换到右手。

程遇舟先开口:"你昨天最早回去睡觉,怎么也发烧了?"

言辞淡淡地道:"睡不着,出去走了走。"

护士看他们认识,就让他也把扎针的手放在暖手贴上。

周渔将手往羽绒服的袖子里缩,没有碰到他。

"你能不能别靠在她身上?她不舒服没力气。"程遇舟将一只手从周渔的身后绕过去,推了一下言辞的头,"靠着墙,靠着椅子,这么大地方不够你靠?"

言辞面不改色:"她都没说什么,你哪儿来的意见?"

两个人的语气都不太好,连护士都往这边看了两眼,周渔头痛得厉害,只轻轻拉了拉程遇舟的衣摆。

程遇舟感觉到她的小动作,心里那点儿情绪就被抚平了。

周渔输完了两瓶液,加上喝了热水,在言辞来之前已经忍了一会儿。

程遇舟看到她皱眉,低声问:"太疼了?给你调慢点儿。"

"不是,我……我想去洗手间。"

他取下输液瓶,周渔慢慢站起身:"我自己拿着吧,里面应该有挂的地方。"

"先过去。"

程遇舟举着输液瓶把周渔送到厕所门外,找了一个阿姨帮忙。

如果没有那个阿姨,周渔一只手根本解不开扣子,也扣不上。

程遇舟在外面等,看见周渔出来了就走过去,接过输液瓶,跟阿姨道谢。

"你明天是不是也要来?"

周渔还有点儿不好意思:"医生说如果没有退烧,就要再来。我妈一会儿来接我,你先回去吧。"

程遇舟皱眉："你今天怎么总是赶我走？"

周渔放慢脚步："因为感觉你们俩好像要吵架。"

"我不跟他吵。"程遇舟说，"等阿姨来了我再回家，你一个人在这里我不放心。"

"你吃晚饭了吗？"

"没吃，回去再吃。对了，挽月给你的杯子，我放在课桌里了。"

她昨晚本来已经准备睡了，就是因为惦记那个杯子才又去路灯附近找："我还以为被我弄丢了呢。"

程遇舟的叹气声里满含无奈，他道："真是弱不禁风。"

"谁说的？"

"那你猜我为什么会感冒？是谁传染给我的？"他故意停顿了几秒，"怎么传染的？"

周渔以"她还是病人，脑子不好用"的理由拒绝回答。

刘芬来的时间刚好，周渔的最后一瓶药滴完，护士正在拔针。

言辞靠着墙，帽檐压得低，像是睡着了。

程遇舟送她们下楼，只站在门口，没有跟上去——他去周家的时候就看出来刘芬对外人很抵触，程挽月说再过几天是周父的忌日，刘芬的情绪很不稳定。

周渔趁刘芬不注意的时候回头，程遇舟朝她挥手。

最难过的应该是她吧。

一个护士从输液厅跑出来，从程遇舟身边经过，她拎着的罐头碰到了程遇舟。

他看着护士把罐头送过去，挂在刘芬手上后又急匆匆地往输液厅跑。

母女俩在垃圾桶旁边站了一会儿，最后还是没有扔。

程遇舟跟着母女俩走了一段距离，才转身折回去。言辞还是程遇舟离开之前的那个样子，连低着头的角度都没有变。程遇舟坐在椅子上,一直等到言辞输完液,两个人一起往回走。

天气冷,夜晚街上人少,两个人从路口拐进巷子之后更是安静。

雪被扫到路两边堆着,有一些已经融化了。

谁都没说话,到程家大院门前,言辞正要往右边的家属楼走,程延清在后面问了一声:"好点儿没?明天去不去上课?"

程遇舟情绪不高,随口道:"不好说,看情况。"

程延清又看向言辞:"你呢?"

言辞说:"明天要搬家。"

"搬家?"程延清很惊讶,"往哪儿搬?"

"长春路。"

程延清错愕地看着言辞的背影——言辞父母去世前刚装修好的新房子就在长春路。

家属楼这套房子言家住了将近十年,家里每一个角落都有言父言母存在过的痕迹,在这之前,不是没有人劝他换一个新环境试试,心情总能好点儿,但他都没有理会。

程延清问程遇舟:"他是不是有点儿奇怪,怎么突然想开了?"

"我哪儿知道?"

"他这样反而有点儿不正常。"

从那瓶罐头开始就不太正常,但这话程遇舟没说。

"希望是我想太多。"程延清跟程遇舟一起进屋,"二叔和二婶过年到底回不回来?我怎么听我爸妈说,咱们今年可能都要去南京?"

"他们还没商量好。"

"总共就十来天的假期,全折腾在路上了。"

"你这么快就好了?"程遇舟当然知道程延清不想去南京过年的原因,"早上不是挺抑郁的吗?"

程延清讪讪地道:"别五十步笑百步了,你也没比我好多少。"

周渔在医院输了三天液,第四天才退烧,但是还有些感冒的症状。

早上起床后,她喝了两袋止咳的冲剂,准备去学校。

积雪融化后,地面湿湿黏黏的,所以周渔比平时早出门。

长春路近几年新开发的楼盘很多,大部分家长买房会选择这里,因为距离高中和初中学校都近。

周渔远远地就看见了站在小区门口的言辞。

那天晚上,她跟他说的最后一句话是:"我不会的。"

她不会像他一样。

言辞像是有感应,抬头朝周渔看过去,周渔收回视线,自然地往前走,他也没有叫她,沉默地跟在后面。

两个人一前一后进教室。这个时间大家都往教室里赶,没有人会在意谁和谁走在一起。

卿杭总是第一个到。

周渔三天没来,她的课桌上有厚厚一沓试卷,但放得很整齐;抽屉里也塞满了东西,有药,有零食。

"程挽月放的,她每天都来。"

周渔也猜到了,程挽月喜欢粉色,买酸奶都是挑草莓味的,这几天也总发短信问周渔有没有退烧:"谢谢你帮我整理试卷。"

卿杭说:"不是我。"

周渔下意识地回头往靠近后门的那张课桌的方向看。程遇舟进来的时候还在咳嗽,她好了,他反而更严重了。

他戴着口罩,只露出眼睛,可能是没睡好,给人的感觉很不一样,贵气中透着一丝冷厉感,看向她时又慢慢变得柔和。

周渔请假落下的学习内容都要慢慢补起来,有两门试卷她还没来得及写,老师就已经拿到课堂上讲了。

李震开班会的时候提前跟大家打招呼,说过完年下学期开学后正常情况下每周就只有星期天下午能休息,一个月才有两天完整的周末,让住宿舍的可以回趟家。

每一届高三学生都是这样过来的。

就连不在同一个班的程挽月都发现言辞和之前不太一样了,更何况是一天中大部分时间和言辞坐在一起的程遇舟:言辞总是跟着周渔,就连课间十分钟,周渔去擦黑板或者接水,他的目光都要一直跟着她,等她坐到座位上,他才收回视线,但两个人又不说话。

程遇舟看在眼里,心情很复杂。

如果程遇舟往周渔的桌上放一罐牛奶,第二天言辞也会这么做。

周渔给程遇舟感冒冲剂,言辞就在旁边看着,等她也给自己一杯。

周渔放学单独和程挽月一起走,言辞才不会跟上去。

学校附近开了很多家小商品店,程挽月拉着周渔全都逛了一遍,最后只买了两双手套,但程挽月其实并不是特别喜欢。

逛街不是主要目的,她到奶奶家也只待了一会儿,电影开始不到二十分钟,就找借口悄悄溜了。

程遇舟原本坐在沙发上,门关好后换到周渔旁边的垫子上坐着。

投影仪在光线暗的环境下效果更好,所以选电影的时候他们就把窗帘拉上了。房间里开着空调,温度越来越高,她起初只解开了外套的扣子,感觉后背有点儿出汗才把外套脱下来,里面只有一件毛衣,这样都还觉得热。

程遇舟只穿了一件卫衣,所以感觉还好。他没有起身,只伸手去拿桌上的橘子。

他侧过头的时候,电影画面的光线很亮,周渔看到他的脖子上也有一颗很小的痣。

他挑了一个看起来最甜的橘子，剥好果皮递过去，因为没有戴手表，周渔又发现他的左手手腕里侧也有一颗痣。

周渔掰了两瓣橘子，刚咬第一口，眼睛就眯了起来，一张小脸皱皱巴巴的。

"很酸？"

饱满的果肉爆出丰沛的汁水，酸味充斥口腔，疯狂刺激着口水分泌。

周渔笑笑。

他在她身后垫了个靠垫："在学校被盯着，放学后阿姨又总来校门口接你，我这一周都没能跟你说几句话。"

周渔腿都麻了，却没敢动。电影还没播完，中间落了一大段，后面的剧情看不太明白，她也没过多地纠结剧情，继续盯着画面，只想转移注意力。

"不是每天都一起吃饭吗？"

"那么多人，又不是只有我们。"这句话的怨气也太重了，程遇舟仰头靠在沙发上，叹了一口气，"我可能要回南京过春节。"

"南京是什么样的？"

"城市都差不多，至于不一样的地方……满城的梧桐树应该算是南京的特色，但冬天叶子都落了，夏天很漂亮。你想不想去南京上大学？"

周渔也靠着沙发，仰头看着天花板："你呢？"

"我随便。"

父母都在南京，从小到大的朋友和同学也都在南京，他应该是想回去的吧。

后来，周渔缩在被窝里查火车票。

从白城到南京没有直达的火车，要先去市里，不算等车和转车的时间也要将近二十个小时,一天只有两趟车。

放假前最后一周要考试。不管周渔早还是晚,言辞都站在路口。他这半个月总是一副睡不醒的样子,手里的矿泉水都结冰了,也就这样喝。

"家里没有热水?"

"没买烧水壶。"

"还在吃药吗?"

"没有,你不让我吃,我就不吃了。"

"那你怎么睡觉?"

"就躺着,太累了就睡着了。我有好好听课,作业也都写了,晚上没有再只吃泡面凑合。"言辞见她皱了下眉,忽然就笑了,"可能是因为太讨厌你和他走得越来越近,除此之外,想不到其他原因。"

周渔心里有种说不清道不明的情绪,快步从他面前走过。

期末考试分考场,她被分到高二那栋楼,同一个考场里没有几个认识的同学。

考试这两天不上晚自习,晚上的时间学生可以自己安排。

程挽月第二天要走,考完就去找周渔,两个人刚在常去的小吃店坐下,还没点东西吃,程延清和言辞也来了。

"卿杭要帮李老师整理试卷。"

周渔没看到程遇舟,但是言辞在这里,她就没问。

程挽月说:"我哥周三晚上回南京了。"

周渔周四早上去考试之前,手机被外婆不小心摔坏了,这两天也没去修。程遇舟周三晚上走了,就说明他没有参加考试。

"什么事这么急?"

"我二婶是记者,前两天在工作途中出了点儿意外。我们一家明天也过去。两份炸鸡柳，两份大薯条，四碗酸辣粉，一碗不加辣，一碗不要香菜，四杯可乐，还有炸串套餐，这些够不够吃？"

"够了。"程延清问言辞："你去谁家过年啊？"

言辞看着对面心不在焉的周渔，淡淡地道："就在长春路的家过。"

"十五之前街上的饭馆都不开门，你总得吃饭吧？"

"去年也过来了。"

程家去年是在白城过年，程延清隔三岔五就去看看言辞："我哪次去你家你吃的不是泡面？"

言辞说："我今年试着自己做。"

"哎哟，乖宝宝，"程挽月摸摸他的头，"你可一定要注意安全啊。我有一次晚上热排骨汤忘记关燃气，差点儿中毒。"

言辞平时也不是懒得做饭，是不会做。

程延清给程遇舟打电话，程遇舟没接，过了十几分钟才回电话过来。

程挽月擦擦嘴，拿过手机，开了免提："哥，二婶还好吗？"

"没什么大事，让奶奶别担心。"

周渔听着他的声音，感觉他好像很累，不知道是不是周三连夜赶回去之后没怎么睡觉的原因。

"那就好。这两天考试都没心情，你不在，我们吃东西都不香了。"

"一会儿给你转钱。"程遇舟走到安静的地方，"周渔呢？"

程挽月连忙关掉免提，悄悄看了言辞一眼："在我旁边啊。"

"你把手机给她。"

"你跟我说。"

"跟你说能一样吗？算了，应该考完了，你提醒她晚上回家开机。"

"行。炸串都要凉了，不说啦，拜拜！"程挽月挂掉电话，"真是啰唆，就走了两天，还一个一个问。"

言辞神色不变:"你们吃完就先走吧。"

他说的是程家兄妹俩。

"我们还要去书店呢,对吧阿渔?"

周渔点点头:"嗯。"

"那我先回去。"

言辞现在住长春路,程延清回家和他就不同路了。

周渔和程挽月往学校的方向走。今天书店里人很多,程挽月连作业都写不完,不会再买习题册,就随便翻翻小说。

"阿渔,我想染头发。"

"会被老师批评的。"

"戴着帽子应该就看不出来了吧?"

"看不出来为什么要染?你再等等,高考完了就可以想干什么就干什么了。"

"也是。真想快点儿考完,这半年累死人了。"程挽月的想法来得快去得也快。程挽月拉着周渔去里面,悄悄地问:"言辞是不是受了什么刺激?每次他看着你的时候,我都以为他要哭了。"

她见过言辞的眼泪,言爸言妈在医院抢救的那一晚,从来不信佛不信神的言辞哭着在抢救室外祈祷,但他的祈祷无济于事。

周渔不知道怎么解释,只能说:"他可能没睡好。"

"难怪眼睛红红的。阿渔,我开学前一天才能回来,提前跟你说声'新年快乐'。"

"你也是,新年快乐。"

程挽月还要回去收拾行李,没在书店待太久。

周渔从小卖铺门口经过,看到桌子上有公用电话,就进去问老板能不能用。

程遇舟刚从医院出来,准备回家洗个澡吃顿饭,秦一铭还特意来接程遇舟。

两个人往出口的方向走，程遇舟的手机振动起来，屏幕上显示的是一串陌生的座机号码。

"你先去前面打车。"

秦一铭似笑非笑地看了程遇舟一眼："哎哟，你害羞了？！怎么着，你们要聊我不能听的话题？"

程遇舟面不改色："是啊，小别不都这样吗？"

程遇舟最近总是这么一副"丑陋"的嘴脸，连游戏账号都改了，秦一铭骂骂咧咧地走远了。

程遇舟按下接通键。

"是我。"

"猜到是你了。你在哪里打的电话？"

"就在图书馆附近的这家小卖铺。"周渔刚才还担心他看到陌生号码不会接，"我的手机摔坏了，我没来得及修，你是不是给我发过短信？我没有看到，对不起。"

程遇舟是临时买的票，在去车站的路上给她打过电话，没打通就发了条短信："也没说什么，就是告诉你一声我提前回南京了。我妈也没什么大事，是我爸大惊小怪喊着要去找人家的麻烦，没人拦着他，就算没什么事也会被他闹出点儿事来。"

"叔叔和阿姨的感情真好。"

"上个月还吵着要离婚。我爸的毛病可太多了，你也会慢慢看到我不好的一面，胆怯、自私、嫉妒、贪婪、独占欲特别强，等等，很多。"

电话那边只有鸣笛声，程遇舟笑了笑："你怎么不说话，吓到了？"

"没有啊，我胆子很大的。"周渔只是想象不到他说的那些缺点在他身上表现出来是什么样。

"那如果我说希望你不要单独去他家，你会不会生气？"程遇舟说完又解释，"知道你们从小就认识，彼此很了解，但……万一呢？"

周渔心想：这怎么会是不好的一面？

家里全是女人，不是没有经历过单身汉喝醉酒跑到家里这种事，如果不是刘芬生病后对外人刻薄蛮横，直接拿刀把人赶了出去，那次免不了要吃点儿亏。

"我知道了。"

不到半个月的假期很快就过去了。

"开学见。"

"嗯。"

春节前家里还是和平时一样，周渔出去买对联，顺便找了家店修手机，但是要第二天才能去拿。

街上每天都有很多人，卖年货的，买年货的，商家一直到大年三十这天才关门。

初一要吃饺子，傍晚，言辞打电话问周渔，饺子应该怎么包。

他连第一步和面都不会，到不了包饺子这一步。

外婆和刘芬睡得早，邻居家的妹妹过来喊周渔出去放烟花，周渔陪她去玩了一会儿——每年大年初一的零点，县政府都会在广场组织一场烟花秀，辞旧迎新，到时候会很吵，因此周渔索性没睡。

几个小孩儿争抢玩具，周渔在旁边看着笑，回头看到言辞，愣了片刻，也不知道他在那里站了多久。

谁都没说话，周渔进屋煮了一碗饺子端出来，言辞沉默地吃完，最后饺子其实都有些凉了，但他连汤都没剩一滴。

有个男孩儿胆大调皮，把点燃的鞭炮扔到周渔旁边，言辞一只脚伸过去把鞭炮踢远。

周渔有点儿喘不过气："言辞，我没有能力对你的人生负责，很多时候我连自己的人生都无能为力。"

"你不是说我和程挽月、程延清在你心里是一样的吗？"

她认识卿杭的时间不长，卿杭沉默寡言，性格本就有点儿孤僻，两个人就算同桌，关系也没有太好。

"是一样的。"

"那你为什么要把我撇开？"他平静地说，"我只是想告诉你，我今天煮了一锅很成功的面，不是想让你为我做什么。"

周渔低头看着地上的鞭炮："我很早就认识程遇舟了。"

言辞顿了一秒，随即像是什么都没有听到，自顾自地继续说："刚开始没熟，我又倒进锅里重新煮，尝第一口发现盐放太多，加水后又淡了……"

"那条红绳就是他送我的，你不用跟他比。"

"太淡吃着没什么味道，我就把家里有的调料都放了一点儿。我吃不完，倒掉又觉得浪费……"

"言辞，"周渔第二次打断他，"我只把你当朋友，所以面对你的时候永远不会像你那样痛苦。我知道你可能永远都过不去这道坎儿，但人生还要继续，我要往前走了。"

烟花在夜空里炸开，火光映着言辞的面庞。

在被震耳欲聋的烟花声包围之前，他就听见了周渔的话。

时间不会停止。

年后，社区的工作人员来周家了解情况。外婆生活不能自理，算是县城里年纪最大的那批老人之一。而刘芬的情绪时好时坏，需要靠药物稳定，她没有独自照看老太太的能力。

工作人员建议周渔把老太太送到新建的养老院，政府有补助款，每个月要交的费用并不多。

外婆笑呵呵的，别人问什么她都说"好"。

即使工作人员不来，周渔也要开始考虑这些了——她就算是去最近的市里上大学，也没办法每周都回来。但刘芬不同意把老太太送去养老院。

周渔知道会是这个结果。

开学重新调整座位,程延清和言辞成了同桌,然而言辞第二天就不来学校了。

学生可以申请在家复习,李震也住在长春路,会抽空把各科的试卷带给言辞,不忙的话也会进屋坐坐。家里的一切都是新的,言辞看起来好像重新开始了,可李震总觉得言辞没有真正从阴影里走出来,虽然每次李震去,言辞都在看书,但一个人的眼神说不了谎。

程遇舟返校晚了十天。他的位置在周渔后面,早自习下课之前周渔都没有发现他来学校了,直到往后传新发下来的试卷。因为刚好只剩下最后一份,她就没有回头,把试卷叠好后一只手拿着从背后放到他的桌上。

试卷下面的手指被捏住,周渔愣住了。

死气沉沉的教室像是突然活了过来,窗户开着通风,不知道是谁在护栏上绑了个纸风车,纸风车被风吹得呼呼转。

她感觉到无名指被套上了一个东西,回过头时,程遇舟也在看她。

是梧桐树叶做成的书签,他把绑在树叶根部的细绳套在她的手指上了。

"去年的叶子,一直夹在书里,过年没事翻出来加工了一下。"
"好漂亮!"她是真的喜欢,可又觉得窘迫,"我没有什么能送你。"
"没有吗?"程遇舟想了想,"有吧。"
周渔指着桌上的作业:"只有一堆试卷。"

然而程遇舟并没有往那些试卷上看。教室里的同学不是在吃东西就是在睡觉,外面走廊上也站着几个,但都是背对着教室的方向。

程遇舟一只脚伸到前面,钩着周渔的椅子往后拉。她趴在他的课桌上,身体因为惯性往他面前靠,他顺势靠过去。

两个人只差一点点。

擦黑板的同学转过来，程遇舟在他看向这边之前就退回合适的位置——周渔不喜欢被班里的同学议论。

他今天穿的不是校服，周渔想起去年夏天在超市见到他的时候，他也是刚从南京回来，身上有种富家子弟的距离感。

校服大概是他们之间唯一没有差别的东西。

"校服假期没穿，一直放在衣柜里，有味道，昨天两套都洗了，还没干。"程遇舟拉起外套的拉链，"你想吃什么？我去买。"

周渔说："我上课前喝了豆浆，你快去吃吧。"

"我早上也吃了，奶奶煮的鸡蛋和小米粥。"程遇舟多看了她几眼，"你怎么又瘦了？"

"是衣服穿得少了，其实一斤都没轻。"周渔上学期期末考得并不算好。

期末试卷是按照高考的标准出的题。卿杭每次考试都稳定在年级第一，她也进过前十，但只有两次，之后的每一次月考都跨不过第十名这条线。

她越是想冲过去，就离目标越远。

假期她很少出门，把试卷重新做了一遍，错题有被纠正的机会，但高考只有一次。

"只吃不动，我还担心会胖。"

违规煤矿的案子已经有进展了，但是程遇舟现在不打算告诉周渔："别给自己太大压力，还有三个月的时间。"

心事被他识破，她心里别扭又欢喜："你怎么知道我在想什么？"

程遇舟笑笑："是啊，我怎么知道呢？你猜猜。"

她太想离开这个地方了。

但捆在她身上的枷锁太沉重，让她寸步难行，可放弃她又不甘心，每一天都在退缩和勇敢之间徘徊、挣扎。

大年三十那天晚上，她做了个梦，梦里她变成了一只鸟，飞去看他说的梧桐树、秦淮河,像个游客一样从中山陵到总统府,然而一觉醒来一切还是原样。

年前的期末考试是第一次全省联考,卿杭不仅是白城一中的年级第一,也是全省第一。

学校每年都送他去参加数学竞赛,荣誉是学校的,也是他个人的。清华招生办老师联系他,让他参加自主招生的笔试和面试的消息很快就在周围传开了。

众人的反应不同,有人艳羡,有人不屑。

程挽月不是最后一个知道的,但也不是第一个。

在这之前两个人因为一件小事冷战了半个月,她知道此事之后也没有去找卿杭。因为她是那个骄傲的程挽月。

周日下午的休息时间让学生们在高强度的学习压力下能暂时喘口气,程挽月和程延清都不急着回家,天气好,程遇舟打完球拿着篮球在操场旁边逗周渔。她一上午都在教室里待着,学迷糊了,篮球就在她的面前,却怎么也抢不到。

卿杭在等程挽月,等她从篮球场那群男生中间离开。

她答应过他无数次,没有一次真正做到了。

一个男生嬉笑道:"怎么姓程的都爱扶贫?女的是,男的也是,难道这也是家族遗传?"

"程家养着卿杭又不是一天两天了。从贫民窟一步一步爬出去,往后是狼子野心还是知恩图报,难说。不过,程挽月看着也不像很在乎他的样子。"

"去年,程遇舟和王闯的那件事不就是因为周渔吗?好像是王闯拍了周渔的照片发在群里,被程遇舟看见了。"

"什么样的照片?你看过?"

"没看过,应该不是什么普通的照片吧。"

程遇舟在周一升旗的时候念过检讨，事后说是打球闹了点儿矛盾，周渔也相信了。她到现在才从两个不认识的人口中得知是因为自己。

她高中三年都没和王闯接触过，王闯手里不可能有什么她的不普通的照片。

谣言都是越传越离谱，言辞从开学到现在都没来学校，有人说他是犯事被抓进去了。

程挽月没听到这些，捡起书包朝那群男生挥手。她纯粹是因为口渴了，想去买饮料喝，卿杭在两分钟之前已经走了。

"阿渔，我回家啦。"

"嗯，明天见。"

程遇舟放好篮球下楼，周渔在球场边坐着等他。

他走过去拿走摊开盖在她脸上的单词本，太阳照在她的脸上，皮肤白得有些透明。

程延清过来拿妹妹落下的东西，走之前跟程遇舟说他去找言辞打游戏，晚上就睡在言辞家了。

天气暖和了，程延清拎着食物和饮料上楼。

言辞过了五六分钟才开门，短发乱成鸡窝，眼睛也睁不开。

"在睡觉？"程延清进屋，今天言辞家里还是没有拖鞋，"去年就让你多买几双拖鞋，我们来了能换，说八百遍了也没见你听，总拖地不嫌累啊？"

他只能穿着球鞋进屋："你这是午休还是早上就没起床？几点睡的？"

言辞去洗漱间刷牙，被程延清问烦了才开口："八点。"

"不会是早上八点吧？"程延清拉开深色的窗帘，阳光照进客厅，屋里亮堂多了，"你总这样白天和晚上反着过能行吗？你开学申请在家复习的时候我就不同意，还是学校的氛围好，该学习的时间咱们就学习，该休息就休息，有人跟你说话，偶尔也能打打球，就是早起很烦人，但也快了，马上就熬到头了。不过，我能上个二本都是祖宗保佑……"

言辞洗完脸，把整个脑袋浸在水里，耳边程延清絮絮叨叨的声音越来越远。在肺里的氧气耗尽之前，他终于直起身体，往手心里挤洗发露，揉出泡沫洗头发，洗完用毛巾随意擦到半干。

程延清带来的东西凉了，言辞全放进微波炉里加热。

"你爸妈之前不是准备送你出国吗？"

"程挽月不愿意去，我想了想也算了。卿杭应该不用参加高考，他去北京，到时候咱们送送他。你打算考哪个学校？李老师说你这两次模拟考发挥得很正常。"

言辞看着窗外，神色极为淡漠："我还没考虑那么多。"

言父的理想学校是交大，他当初没考上，后来一直很遗憾。

程延清觉得言辞可能会考交大，但也不一定。

微波炉发出叮的一声，两个人都回过神。

电视里重播着昨天的球赛。他们的口味相差很大，但两个人总在一起吃饭。

操场上的学生越来越少，程遇舟把校服外套扔到肩上，带起的微风从周渔的脸颊上拂过。

"你想去玩吗？"

阳光有些刺眼，她用手挡住眼睛，仰头看着他："去哪里？"

"游戏厅？电玩城？游乐场？哪里都行。"

周渔低下头，长叹了一口气："你说的这些县城里都没有。"

程遇舟拿出手机查车票，县城距离最近的市不到一百千米，火车票也就十几块钱。

"一点半有去市里的火车，咱们现在买票，各自回家拿上身份证再去车站，时间还很充裕，晚上十点回来，能玩好几个小时。"

她心动了："那……作业怎么办？"

"熬个夜，或者干脆不写，明天再补，好学生也有任性一次的权利。你想去吗？"

"想！"

不是周渔禁不住诱惑，而是程遇舟站在她面前的时候就已经看穿她了，知道她现在最想要什么。

回家拿身份证的路上，周渔只走了几步就跑了起来，在操场上听到那两个男同学的议论之后心里生出的那点儿负面情绪，被轻盈的步伐远远地甩掉了，只剩下压抑不住的兴奋。

她平时很少用身份证，就把身份证放在抽屉最里面。

出门前想起自己还穿着校服，她又跑回房间换衣服。

刘芬看女儿刚回来还没吃饭又要出门，就问了一句，问她是不是去找程挽月。

周渔低着头应了一声，说晚点儿回来。

她撒谎了。

她要任性一次。周渔抱着侥幸心理想，对妈妈的小谎言应该也能算在这次的任性里。

程遇舟先到路口，叫了一辆出租车。因为天气好，外婆在院子里晒太阳，刘芬也时不时会从屋里出去，周渔如果直接从家去车站，就和去找程挽月的路相反。

出租车从周家门前经过的时候，周渔莫名有些紧张——他们在车里能看见刘芬。

程遇舟把帽子摘下来给她戴上，帽檐遮住了她的脸。

在白城经停的都是绿皮火车。他俩买的是临时票，两个座位不在同一节车厢，程遇舟没去找自己的位置，就在周渔旁边站着。

"换你坐一会儿吧。"

"你坐着,一个小时而已,我以前罚站都不止一个小时。"

周渔惊讶地看着他:"你也被罚站过?"

程遇舟笑着道:"太多次了,数都数不清,踢球把别人家的玻璃砸碎了,扎了同学的自行车轮胎,跟程延清打架……在家被我爸罚,在学校被班主任罚,回来被爷爷罚。"

周渔听着想笑,因为在她的认知里,程遇舟太完美了。正式认识他之前,他是她遥远的幻想;认识之后,她看到的也全是他的好,即使考完期末考试那天给他打电话,他说她会慢慢看到他不好的一面,她也没有真的相信。

现在听他讲以前的事,她才觉得他是真实的。

"我小时候也有一辆自行车,被路上的玻璃碴扎爆胎了,我当时特别伤心,后来才知道是有人故意把酒瓶摔碎,真缺德。"

"秦一铭也是这么骂我的。"

"秦一铭是谁?"

"被我扎爆车胎的倒霉蛋,去年国庆节来白城玩过几天,他见过你,你没见过他。"

周渔一点儿印象都没有:"在哪里见过我?"

程遇舟说:"不告诉你。"

火车经过长长的隧道,车厢里的光线变暗,到站后又亮起来。

出站的人多。程遇舟没来过这个城市,全程靠导航。有个小型的游乐场全天开放,他在网上订好票后先带她去吃饭。

没有提前做攻略的后果就是这个游乐场的大部分项目是水上项目,夏天才会有很多人来。虽然这个季节不冷了,但也没到可以玩水的时候,好在今天暖和,项目全都开了,他俩不至于只能玩玩小朋友们玩的旋转木马。

程遇舟倒是无所谓,但是周渔只穿了一件薄外套。

"雨衣没什么用,衣服可能会湿,玩吗?"

周渔点头:"想玩。"

"那就先从水上过山车开始。"程遇舟上去之前把外套脱下来寄存在了工作人员那里。

雨衣确实作用不大,他们只玩了一个项目,周渔的衣服就湿了。

起初,她就算害怕也忍着,但很快就放开了,也会跟着程遇舟在急速下降的瞬间尖叫出声。这里没有人认识她,她不用在意任何人异样的眼光,想大喊就大喊,想笑就笑。

下午六点钟左右,起风了,有些冷。

周渔的兴致还很高,但程遇舟看见她的身体在发抖。

她如果生病就不值得了。

程遇舟去拿寄存在工作人员那里的外套,回来给周渔披上,拉上拉链:"先穿着。"

他的衣服对她来说太大,而且他穿过的,她再穿,有点儿别样的意味。程遇舟又把帽子摘下来扣在她的头上。

周渔挽起袖子,把手露出来:"点了两杯热奶茶,还没好。"

"嗯。"

两个人吃了饭才去车站,回到白城已经将近十点了,晚上出租车少,两个人走路回去。

门外亮着灯,刘芬一直在等周渔。周渔和程遇舟从车站往回走一定会经过周渔家门口。刘芬远远地就看见了他们,脸色很冷淡。

周渔朝程遇舟挥手,等他走过转角才进屋。刘芬能感觉到周渔很开心,几次想开口,都没问出口。

刘芬忘了吃药,周渔也忘了提醒。

逃离白城的这半天,连程挽月都不知道程遇舟和周渔去了哪里,也没心情追问——卿杭已经半个月没来学校上课了。

程挽月在回想她和卿杭这次到底是因为哪件事开始冷战的,但想不起来了,所以很烦。

卿杭来找言辞告别的这天,天气不太好,阴沉沉的,才下午两点,天就黑得像是已经五六点了。

"去北京?"

"嗯。"

"以后还回来吗?"

"不知道,"他要带爷爷去北京看病,应该要花很多钱,但北京赚钱的机会也多,"所以来跟你说一声。"

言辞说:"走吧,这个地方也没什么好留恋的。"

卿杭从言辞家离开,去了程家。

今天程遇舟过生日,在程国安家庆祝,程遇舟的父母也回来了,只不过吃完饭下午大家去了老太太那里,程延清跑得快,只剩程挽月被程国安摁在家写作业。

程国安开门,看到外面的卿杭:"来来来,快进来,我被这丫头气得血压都升高了,卿杭你来得正好,帮我教教她这两道数学题怎么做。"

程挽月扭过头,很骄傲地哼了一声:"谁要他教?"

"你这是什么态度?不像话!"程国安不满地板着脸,看向卿杭的时候又温和了一些:"卿杭,过来有什么事吗?"

程挽月没有回房间,拿着手机玩,像是根本不在意客厅里多了一个人。

卿杭也没有看她,拿出一个小本子递给程国安。

程国安疑惑地翻了几页,发现竟然是账本,他这么多年资助卿杭的每一笔钱都清清楚楚地记在上面:"卿杭,你这是……"

卿杭站起身鞠了个躬:"程叔,很感激您一家对我的帮助,大学毕业之前,我会全部还清。"

程国安知道卿杭自尊心强:"不用还,你还是个孩子。"

"我马上就成年了,可以自己赚钱。程叔,谢谢您,我不太会说话,只能简单地说声谢谢。"

卿杭没有待太久,程国安送他出门。看着少年的背影,程国安心里酸酸的,看着账本叹了一口气。

"月月?"程国安拍着桌子叫她,"你还想不想出门?快点儿把作业写了,我忙完工作还得操心你……"

程挽月回过神,愣愣地看着程国安:"爸,他什么意思?"

"卿杭要去北京了,吃得苦中苦,方为人上人,这小子以后能有大出息。"

"他要走,都不跟我说一声。"她说第一个字的时候眼睛就红了。

"怎么没说?他刚才不是还特地来咱们家说这件事吗?"

"不是跟我说,是跟你说。"

"这不一样吗?你也一直在旁边听着。"

这不一样!

这怎么能一样?

程挽月还想问:卿杭为什么要还钱?程家从一开始就是资助他,不是把钱借给他,他为什么要还?

程挽月心里乱糟糟的,但又拉不下脸追出去,一直到晚上,去奶奶家吃晚饭前绕到那条巷子,却看见大门上挂着一把锁。

卿爷爷收废品,从来不锁外面的大门,因为经常有人来。有时候家里没人,卖废品的人就会暂时把装好的塑料瓶或者纸箱放在院子里。

邻居告诉程挽月:"这爷孙俩去北京了,早走了。"

他早走了。

第十章

我喜欢你

年少不知岁月长。

卿杭走后的几天，程挽月的情绪很低落，但她始终没有打一通电话。

她试着把注意力放在学习上，但不会的题还是不会，上课走神，下课犯困，连厕所都能走错。

周渔晚上去找程挽月吃饭，在教室外等了好长时间。

"挽月，你流鼻血了。"

程挽月摸了摸鼻子，看到手指沾上了血迹。

有男生开她的玩笑："程挽月，你刚才在厕所看到什么了？"

周渔听到说话声后看过去，见状连忙拿纸巾帮程挽月擦鼻血，陪程挽月去水池边清洗。

这件衣服她很喜欢，现在滴上了两滴血，血迹的颜色变深了，很难看。

"还难受吗？我陪你去医院看看吧。"

"没事，可能是上火了。"程挽月摇头，今天刷牙的时候牙龈也有点儿出血，"我哥呢？"

周渔也不提卿杭，语气和平时一样："咱们俩说说话，不叫他。你想吃什么？上火了得吃点儿清淡的。"

程挽月也没什么胃口："都行，我不太饿。"

两个人一起下楼。这个时间学校附近的小吃店都是爆满的，她们就去了一家稍远的店喝牛肉粉丝汤。

去的路上，言辞从对面走过来，周渔先看到他。

春节过后，她只在开学那天在教室里见过言辞。他的头发长长了，可能是出门少的原因，皮肤也比夏天的时候白了很多。他戴着一顶鸭舌帽，抬头和她对视了一瞬，就极为平静地移开了视线。

他像是在看一个无关紧要的陌生人。

如果不是程挽月朝他挥手，他已经从马路的另一边走过去了。

"言辞，一起吃饭啊。"

"我吃过了，你吃吧。"

"你去干什么？"

"有点儿事。"

就这么几句话。

之前有一段时间周渔和言辞也是这样。

后来因为程家兄妹俩总是把周渔和言辞叫到一起玩，慢慢地，言辞就不再像意外刚发生的时候那样漠视周渔。现在他搬到了长春路，也不去学校，高三假期少，几个人在一起玩的机会也就少了。

周渔不喜欢香菜的味道，这一次却忘记让老板不放香菜，两碗牛肉汤端上桌后表面漂着一层绿油油的香菜末。

程挽月把周渔那碗汤里的香菜全夹到自己碗里，吃了半碗就饱了。

"程延清说，你们要搬去市里了。"

"嗯，我爸还有点儿工作，等我们考完再搬，奶奶也同意了，她跟我们住一段时间，再去南京跟二叔和二婶住一段时间，但县城的老房子不卖，以后可能还会回来住。程延清想去北京，秦允艺考又没考过，她姐在娱乐圈都是'查无此人'的状态，根本帮不了她，北京哪有那么好混啊？也不知道程延清那个傻子是怎么想的。程遇舟应该是要考南大。我是能去哪儿上就去哪儿上，轮不到我挑大学，多半就是留在市里了。阿渔，你呢？你想去哪儿？"

周渔："还不知道。"

她其实也没有太多选择。

四月二十号这天是星期六,高三学生还在上课,四川发生了7.0级的地震,白城也有明显的震感。

学校用广播通知住校生停课半天,有些走读生中午顾不上看手机,就错过了消息,还是去了学校。

周渔中午回家吃饭,睡了半个小时,闹钟一响就起床洗漱,然后往学校赶,拐过弯就看见程遇舟,他还是站在那盏路灯旁边。

很多个晚自习结束,他送她回来,都是在那里看着她回家,等看不到她的背影才转身。

"你怎么来了?"

"我担心你这个笨蛋傻乎乎地跑去学校。"

"下午不上课?"

"不上,老师一点发了通知。"程遇舟笑了笑,"你睡觉的时候没有感觉到床在晃吗?"

周渔茫然地摇头:"没有,闹钟响了我才醒,难怪邻居都在外面说话。"

"你没听?"

"她们聚在一起爱讲八卦,说得跟真的一样,我每次都得跑快点儿,不然下一个话题就是我。"周渔说话这会儿就有一个阿姨探着脑袋往这边看,"不去学校了,那咱们去图书馆?"

"行。"

白城的震感不是特别强,但这次四川地震的新闻很快就出来了。

刘芬扶老太太去院子里坐着,没去人多的地方凑热闹。

"阿渔和那个小帅哥,我都看见好几次了。"

"好像是程县长的侄子。我有一次晚上去学校接我们家姑娘,也看见了,他们一路上有说有笑的。程家老二那夫妻俩是在南京吧?南京可是个好地方,就是离咱们这里太远了。"

"阿渔又懂事又漂亮,就是家里负担太重了,外婆生活不能自理,亲妈又是那个样子,真苦了她。女孩子啊,心狠点儿,自己才能过得好,考个好大学,离家远远的,毕业了再嫁个好老公,一辈子就不愁了。没点儿本事的男人,看到她这个家,还真不敢娶。"

"话是难听,但是这个理。"

几个女人的话一句一句地往刘芬的耳朵里钻,她头痛得厉害,开始有些焦躁。

脑袋里挤满了乱七八糟的事,记忆断在突然得知周立文死了的那天,她拼命地想,却怎么都想不起来后面的事。

她起身在院子里来回踱步,嘴里念叨着什么,进屋又出来,再进去,站在门口盯着周渔的房间,然后猛地冲过去推开门。

桌上的书被翻得乱七八糟,一张写满了"南京"的便利贴掉出来,她用手撕,用脚踩,撞到桌角又突然清醒过来,恍惚地看着一地狼藉。

图书馆今天没什么人,连看绘本的小朋友都没有,管理员也在外面和别人谈论地震的事。

周渔没看新闻,听了旁人的议论才一阵后怕,人在自然灾害面前太渺小了,卿杭老家的房子就是被山洪冲毁的。

程遇舟接完秦一铭的电话,随便从书架上拿了本书,走过去坐到周渔旁边。

周渔带着试卷,没有桌子,就趴在地板上写。

她用笔帽轻轻戳了戳程遇舟的胳膊:"这道题怎么解?"

物理是她的弱项,尤其是最后的大题,她考差的那两次都是因为物理拉分了。

程遇舟在周渔找思路的那几分钟里就看过题了,题目是挺难的。他从她手里拿过笔,讲题之前又反悔了:"我不能白教你吧?"

周渔想了想，从兜里拿出一颗糖。外婆这几天总想跟着周渔去学校，所以周渔的每件衣服里都装了糖。

不过柠檬糖是她用来给自己提神的，酸味很强烈，程遇舟吞也不是，吐也不是。

"我看看是谁在偷笑，"程遇舟俯身凑近她，"是你吗？"

周渔笑着说："是不是很刺激，一下子就清醒了？"

"嗯，是很刺激，你也尝尝吧。"

书架的每一层都摆满了书，从门口看不到最里面，她的脸被挡在一本翻开的杂志后面，再露出来的时候满是红霞。

程遇舟闭着眼躺在地板上，双手垫在脑后："真想快点儿考完。"

为了转移注意力，他开始认真给她讲题。

阳光落进来，照在笔尖周围，她不自觉地将目光落在他的手上。

考完了，他应该就要回南京。

他说过，南京的夏天很漂亮。

此时此刻，周渔更希望时间过得慢一点儿。

黑板上高考倒计时的数字越来越小，同学们都铆着一股劲准备跨越那道分水岭，冲破牢笼飞出去。

"卿杭跟你联系过吗？"

"他不怎么用社交软件，也从不发动态，有时候我给他发条微信，他半夜才回。"

连程延清都这样，更不用说程遇舟。他看程挽月一天比一天蔫，也试过联系卿杭，但没问出什么。

"言辞呢？"

"他啊，还是那个样子，熬过最后这几天吧。"程延清一只手搭在程遇舟的肩上，看操场上的人打球，"这件事也不怪你。"

程遇舟面不改色："我从来不觉得能怪到我身上。"

"臭不要脸，"程延清笑着骂程遇舟，"得亏你姓程，是我程延清的兄弟，不然他早揍你八百次了。"

"嗯，您的面子真大。"

"怎么着，听你这口气，很不服啊？"

两个人几句话就闹成一团，追着从走廊上跑过。

周渔晚上熬得晚，课间趴在桌上睡着了。

傍晚时分，窗外的夕阳红得像火。

这是高考前最后一个晚自习的上课前十分钟，她被笑声惊醒，恍惚地睁开眼，看见男生们在外面打闹，程延清被放倒在地，爬起来拍拍土又追上去。

高三刚开学的时候也是这样，不管是上学还是放学，一群人总在一起。后来，饭桌前的人越来越少。以前饭桌前坐不下，大家胳膊挤着胳膊，夹个菜都能戳到别人；后来饭桌前坐不满，还有空着的位置放书。

他们俩从走廊另一边走过来，看起来又好像什么都没变。

言辞高考当天才来学校。他和周渔在相邻的考场。

他基本每科都提前交卷了，周渔还在检查解题过程，他就已经交卷，低着头从教室外走过，去指定的教室休息。

学校大门口站满了陪考的家长，最后一场考试结束铃声响起的那一刻，每个人心里都松了一口气。

钱奶奶早早做好了一桌饭菜，把院子留给孩子们，自己去了程国安那里。

程延清强行把言辞拽过来之后，第一个跑去买酒，也是第一个倒下的。

他有点儿醉了，开始胡言乱语，小学的事都被他翻出来说。

言辞没理程延清，程延清又卷起裤腿，指着小腿上的疤痕："还有，我腿上这个疤，是不是你拿笛子打的？"

"那次是你先犯病，我都记得。"程挽月帮言辞说话："阿渔，你也记得吧？"

周渔有印象。他们小时候打架是真的打，言辞比他们大一岁，比程延清高，程延清大多数时候是被摁在地上打到求饶的那一个。

程延清无所谓地摆摆手，把目标锁定为看戏的程遇舟："我没少因为你挨揍吧？！"

"不记得了。"程遇舟靠着沙发，推开程延清压在自己身上的一条腿，"就算有，大概率也是你活该。"

"我活该？程遇舟你最阴险了！我考倒数，你把奖状拿给我爸看；我打游戏，你假装认真写题；我帮朋友给女生递情书，你举报我早恋……"

周渔看向程遇舟，他说："部分真实。"

"你还有脸讲出来。"程挽月十分嫌弃，不过被程延清影响，也想到以前那些有趣的事："阿渔，咱们俩也吵过架。"

"是啊，也吵过。"

程遇舟随口问了句："因为什么？"

周渔有些不好意思："因为一个男生。"

程遇舟："……"

"小学那会儿，六一儿童节要表演节目，就是跳舞，男生和女生搭档，我俩看上了同一个男生，谁都不让，上课都在桌上画线，放学也不一起去小卖铺买零食，"程挽月边说边笑，"后来老师安排我俩单独表演，不要男同学，我们就和好了。"

周渔接着说："挽月唱《葫芦娃》，我给她伴舞，一人分饰七角，又是劈砖头又是喷水，本来还想让我喷火……"

程延清也记得这个节目——当年真是红遍整个学校："我妈的相机里还留着录像，等你俩结婚的时候，我包个大屏幕循环播放。"

程挽月丝毫不慌:"结婚?我才不结婚呢。"

"刚才说到情书,程挽月,你给言辞写过吧?"

"怎么可能?!"程挽月像个被点燃的炮仗,立马炸了,"都是别人给我写情书,我怎么可能主动写?!而且言辞是我的好哥们儿,我们之间是纯粹的兄弟情,你少诬陷我!再说学校三令五申禁止早恋,我怎么会写情书呢!"

她越解释越口齿不清,另外几个人一脸惊讶的表情,程挽月被盯得浑身不自在,恼羞成怒,扑过去掐言辞的脖子:"是不是你说出去的?是不是?是不是?"

言辞无奈地回她:"什么情书?我压根儿就没见着。"

"那程延清是怎么知道的?"

程延清笑得肚子疼:"因为你送错地方了,收到那封信的人是卿杭,我刚好在场,亲眼看到。"

上一秒还满脸杀气的程挽月仿佛突然被"卿杭"这个名字摁下了暂停键,丢下一句"没劲"就起身跑进屋。

周渔跟了进去,留下三个男生在外面。

程延清问言辞:"我们十五号搬去市里,你来不来送我们?"

"这个月十五号?"

"嗯,就是这个月。"

言辞想都不想就回答:"不来。"

"不来干吗还要问这个月还是下个月?"程延清踹了言辞一脚,"我去个厕所。"

在你来我往的回忆中,他们从青葱岁月迈进成年时光。

程遇舟在言辞对面坐着,即使是晚上,也能看出来言辞的黑眼圈很重。

桌上的饭菜他们没吃多少,酒却没少喝。

程遇舟将目光落在啤酒杯里的泡沫上,先开口打破沉默:"有和解的机会吗?"

言辞喝完杯子里的酒,淡淡地道:"没这个必要。"

"行。"程遇舟点头,表示知道了,也拿起杯子,仰头喝完那杯酒。

程挽月因为情书这件事整个人都不好了,又哭又笑,周渔出去帮程挽月倒了杯水。

外面没声音了,程挽月探出脑袋问:"他们呢?"

"好像去网吧了。"

"气死我了,我明天一定要宰了程延清这条狗。"

程遇舟敲门问她:"程挽月,你是回去睡,还是在这儿睡?"

"我要回去磨刀。"程挽月走到门口,看见了他嘴角的乌青,"你的嘴怎么了?被谁揍了?"

程遇舟说:"被你的暗恋对象揍了一拳。"

程挽月跟被踩到尾巴一样,跳起来掐他的脖子:"你给我等着!"

她气呼呼地下楼,脚步声很响。周渔半信半疑地看向程遇舟:"真的?"

"嗯,挺疼的。"程遇舟用拇指擦过嘴角,"你帮我看看,牙是不是歪了?"

她走近:"头低一点儿。"

程遇舟左手撑着桌沿,在周渔靠近时低头吻她。

周渔腿一软,跌坐在椅子上。

他解释道:"开玩笑的,没打架,言辞早就回去了,是程延清一脚踩空不小心撞到我,过两天就没事了。"

"哦。"她的脸很红。

"今天晚上有很多星星。"落在墙角的影子叠在一起,很亲密,程遇舟顺势说出口,"周渔,我喜欢你。"

星星是真的。

他的喜欢也是。

这一瞬,周渔忘了反应,但藏不住眼里的笑意。

程遇舟不急于一时:"等你明天睡醒了再给我答案。卧室让给你,我睡隔壁。"

这间卧室是他住了一年的地方。周渔喝了酒,昏昏沉沉的,可一直到后半夜才睡着,醒来时也分不清到底是不是梦。

窗外有虫鸟的叫声,她还没起床,程遇舟就在外面敲门。

其实才八点,是程遇舟醒得太早,还煮了一锅粥。

"想好了吗?"他开口第一句话就是问她要答案,"是拒绝我,还是抱我?"

周渔确定了,那一句"我喜欢你"不是她的幻想。

她慢慢走近,抱住程遇舟的腰:"如果哪天你不喜欢了,一定要告诉我。"

"这是什么话?"程遇舟又想气又想笑,"难道我在你心里是个很花心的人?"

"不是,我只是觉得未来太长了。"

"那也不影响我喜欢你。"

粥有点儿煳了,但也能吃。

周渔是不怎么挑食的,程遇舟却有些自责:让她吃这个还不如去外面买。

程遇舟收拾碗筷:"不吃了,我带你去吃别的。"

"我就想喝粥,你第一次做的饭比我第一次做的好多了。"她又喝了半碗。

"以后我不会让你吃苦,"程遇舟捧起她的脸,"我爸妈会帮忙联系南京的医院和养老院,联系好了就先过去,不用等开学。我先送奶奶去市里,等大伯家里安顿好奶奶,再回南京看看,待几天就回来接你们。"

周渔笑笑："好呀。"

程家离周家不算太近,程遇舟看着那盏路灯:怎么这么快就到了?

他还牵着她的手,一直舍不得松开。

"月月下周就搬家。"

昨天程延清就说了,十五号搬。

程家搬走后,他们见面就难了,周渔心里很舍不得,但嘴上还是说:"已经因为高考拖了很长时间,下周搬也挺好的,天气还没那么热。"

"你这几天干什么?"

"应该没什么事。"

她的手机去年摔坏后虽然修好了,但总自动关机,程遇舟其实已经买好了一部新手机,不过要先问问她的意见。

他还没有开口,邻居就喊了周渔一声,说外婆在马路上。

周渔担心外婆乱跑,匆匆跟他说了一声就先回去了。

搬家这天,程挽月又流鼻血了。

程挽月蹲在阳台上擦地板上的血迹,钱淑最先发现,心疼得不得了。

"月月,你是不是中暑了?"

"不知道,头好晕。"

程延清连忙帮她止血:"这是高考后遗症,很多人这样。程挽月这一周都是睡过去的,除了吃饭、上厕所,其他时间都在床上躺着,不头晕才怪。"

钱淑还是不放心:"等搬到市里,一定要去医院看看,给你们三个做一次全面体检。"

"开学的时候学校都有体检。"

"那可不一样,学校只能测一些基础的项目。月月,你别搬东西了,先去车里等。"

大部分行李昨天就被寄走了,剩下的随车带,程遇舟楼上楼下跑了四五趟。

他们开车走,不从周家湾这条路经过。

树上的杏子还没有完全熟透,但有一些已经能吃了,就是果皮半青半黄,没那么甜,周渔早起摘了一筐。

邻居家妹妹眼巴巴地看着,周渔捏开一个,把里面的核扔掉,妹妹双手捧着咬,吃得满脸都是。

刘芬问:"程家要搬走了?"

"嗯,我去送送。"

"有什么好送的?人家升官发财去过好日子,才不稀罕这些。"

她说话总是这样,前两天还跟人吵过一架,邻居家妹妹都有点儿怕她,从来不敢一个人来摘杏子,周渔在家的时候才会过来玩。

"我一个小时就回来。"

周渔也不跟刘芬拌嘴,把邻居家妹妹送回家后去程家。

他们还在搬箱子,只有程挽月闲着,周渔没有上楼,就在楼下跟程挽月说话。

"挽月,你没睡好吗?"

"挨了顿揍,但不是我一个人,程遇舟和程延清也挨揍了。"

考完那天晚上喝酒的事被程国安知道了,程挽月虽然只喝了一点点,但也没能糊弄过去。程遇舟搬着最后一个箱子下楼,程挽月悄悄跟周渔说:"你一会儿摸他的屁股,他肯定忍不住。"

来送他们的人很多,当众摸屁股这种事周渔可做不来。

程延清也下楼了,两个人一起往这边走。

程挽月故意搂住周渔:"阿渔,你是更舍不得我,还是更舍不程遇舟？"

周渔笑着说："当然是你。"

"听见没有啊程遇舟？你不行，阿渔还是跟我最好，你这种半路杀出来的赢不了我。"

程遇舟往路口看了一眼："程挽月，你的暗恋对象来了。"

程挽月被这句话气得战斗力大减，但走之前还不死心，唆使周渔替自己出气："捏他的屁股，让他丢脸！"

言辞离得很远，没有走近。程延清先过去跟言辞说话，程挽月很快也过去了，解释她那会儿是广撒网，捞到哪条是哪条，不是只给言辞送过情书，送错了就是命中注定。

程遇舟站着，帮周渔挡太阳："她刚才给你出的什么坏主意？"

周渔下意识地往他的屁股上看："真想知道？"

她虽然很快就看向别的地方，但视线还是被程遇舟抓住了："你们俩的尺度还挺大。"

"说着玩的，不是那种。"周渔也算淡定，反正每次和程挽月闹着玩都会被他听见。

他递过来一根头绳。

"怎么在你这儿？"

"落在我床上了，跟床单一起在洗衣机里洗了一遍。"

"我不要了，扔掉吧。"

程遇舟更淡定，重新把头绳塞进运动裤兜里："那我留着。"

司机把车开过来。程国安降下车窗，和周渔聊了两句，也跟言辞挥了挥手。

程延清最先上车，程挽月跑过来抱了抱周渔，程遇舟和她一样，也张开双手，等周渔去抱他。

他在家里人面前从来不避讳。

很普通的一个拥抱，但在离别的时刻就显得弥足珍贵。

"走了。"

"嗯,一路平安。"

几辆车越开越远,最后完全消失在路口,周渔回过神时猝不及防撞上言辞的目光。

如果不是因为大家可能是最后一次在程家聚,他应该不会去。卿杭是第一个走出白城的。程延清和程挽月离开白城太容易,只要想他们,随时都可以,等到今天才走,已经是推迟了很长时间的结果,而程遇舟,原本就不属于这里。

周渔这样看着言辞,觉得又陌生又熟悉,已经想不起他们上一次说话是什么时候了。

阳光这么好,他的眼神却没有丝毫温度。

对面走过来一群人,走在最前面的男人嘴里叼着烟,两条胳膊上全是文身,就连脖子都看不出本来的肤色。

言辞先转身离开,周渔也往家的方向走。

在她看不到的地方,言辞被人推着进了一条没人的巷子。

张强初中没读完就辍学了,比言辞高几届,辍学后在白城混了两年就跟着别人去了外地。唐倩跟着他出去过,没待多久就回来了。

"总见不着人,我还以为你死了呢,今天终于在街上碰到了。知道我找你是因为什么事吧?"

言辞觉得烦:"不太清楚。"

"不太清楚?外面都说你给我戴了顶绿帽子,你本人不太清楚,是他们冤枉你,还是你不敢承认?"张强咧嘴笑笑,"唐倩以前就喜欢你,你越不理她,她就越喜欢,真是贱骨头。你今天如果不让我出口气,我就去找刚才那个姓周的小同学。"

张强用手推了言辞一下,烟灰落在言辞的衣服上。

言辞这才正眼看张强:"试试看,你敢去找她,我弄死你。"

"呦,比我还不惜命呢?"张强突然有了兴趣,"你不是应该挺恨她的吗？爸妈死了，舅舅也进去了。"

言辞脸上没有任何表情："轮不到你管。"

"就是先聊聊，你要是喜欢直接的也行，"张强把烟扔到地上，用脚踩灭，"让我出了气，不管你和唐倩是不是真的，这事都过去了。你还手，我就去找小周同学，你怎么还手的，我就怎么对她。放心，完事了我会给她好好揉揉。不过说真的，小周同学真是一年比一年漂亮了，也难怪你舍不得……"

言辞捡起一块砖，面无表情地朝张强的脑袋砸过去。

周渔走过转角，突然停下脚步。

她想起刚才在路口看到的那个花臂男人是谁了。唐倩辍学后有一段时间总爱坐着摩托车去学校门口晃荡，管骑摩托车的人叫"强哥"，那时候他还没有文身，头发染得很黄，整天无所事事，每次都跟学校的保安对骂，还因为打人闹事被关了十几天才放出来。

张强找言辞干什么？还带着那么多人。

难道是因为元旦那天言辞报警，唐倩被警察带走的事……

现在是白天，街上到处都是人，他应该不会太过分吧？

可言辞现在脾气不好，说话也极不客气，张强会不会动手？

脑海里不断地有声音提醒她不要管，不要管，可双腿已经下意识地原路返回，而且越走越快，很快她就拼命地跑着往回赶。

周渔跑过弯弯绕绕的小路，一步都不敢停，既希望能快点儿找到言辞，又希望是她想太多，张强其实根本不是找言辞的。

直到她看见了言辞。

"言辞！"

他高高扬起的拳头停在半空中，上面沾了血，不知道是谁的。

张强带来的人都是他以前的兄弟，跟他联系少，也不继续混了，给他面子而已，没有人会真的玩命，早跑了。

巷子里只剩言辞和张强。

言辞恍惚地抬起头，看着站在光里的周渔跑进来，把自己从张强的身上拉开。

她没有怪他，而是不停地安抚他。

"没事的，不会有事的。"

明明她自己的声音都在抖，害怕的也是她，却在一遍一遍地告诉他不要害怕。

"是他先找你的麻烦，你只是正当防卫而已，先……先去医院，肯定不会有事的。"

周渔没带手机，从言辞的衣服里找到他的手机，打了120。

县城这种小地方，救护车十分钟内一定能来。

张强痛苦的喘气声里夹杂着骂声。

言辞恍若未闻，只是看着周渔，她的身上沾染了他的血，红得刺眼。

"我跟她没有关系。"

周渔没有听清："什么？"

言辞喃喃地道："我怎么会跟她有那种关系？"

张强捂着还在流血的脑袋，骂完言辞又骂唐倩。

周渔反而庆幸张强还能骂人，而不是躺在地上连呼吸都没了。

"我不会相信他的话。"

"你相信我吗？"

"嗯。"

救护车的鸣笛声从不远处传来，车开不进巷子，周渔跑出去叫医生，医生抬着担架把张强送到车上，言辞是被周渔扶上车的。

言辞和张强都进了急救室。张强父母离异，双方都不在白城，但他有个不好惹的叔叔。他叔叔知道这件事后就报警了。

就算他不报警，周渔也会报警的。

言辞也受了伤，伤得并不比张强轻，甚至更晚出急救室。

张强的叔叔虽然不好惹，但也蠢，当着警察的面都敢拎着铁棍往病房里冲，言辞和张强的事情还没处理，他就先因为恶意损坏医院的设备被警察拘留了。

言辞没人照顾，周渔在医院待到晚上。但家里还有外婆，周渔不得不走。

"言辞，我得回家了。"周渔早上出门的时候跟刘芬说一个小时就回去，言辞这里暂时不会有太大的问题，她开始担心家里，"桌上有份饭，你饿了就请护士帮你用微波炉热一下。"

"嗯。"

"手别乱动。"他骨折了。

"好。"

"如果警察来了解情况，你不要乱说话，事实是怎样就怎么说。"

言辞已经不记得捡起砖头往张强脑袋上拍的那一刻自己在想些什么，事后也没有后悔。

"是我先动手的。"

周渔顿住，脸色微微发白："那也是他们人多，先欺负你。"

她走出病房，轻轻关上房门。

言辞睁开眼睛，看着桌上的饭盒，许久许久。

她也一天没吃饭，一直穿着沾了血的衣服。他在急救室里，她跑上跑下帮他办理住院手续。他躺在病床上输液，她静静地坐在旁边。张强的叔叔拎着棍子冲进病房，她毫不犹豫地挡在他面前。

他知道，如果换一个人，她也会这么做。

但他不知道的是，周渔去他家拿证件的时候，看见了他攒了一整瓶的安眠药，那瓶药就放在床头，好像他随时会打开瓶盖全部吞下去。

他在等程家的人离开白城，或者，是在等她离开。

路灯旁空荡荡的,牌子上的"周家湾"三个字每天被风吹日晒,都有些看不清了。

周渔攥着兜里的那一小瓶安眠药,忽然很想程遇舟。

今天一整天都很混乱,她好像没有停下来过,就只有回家之前的这一点儿时间能想他。

有一段时间,几乎每天晚自习结束程遇舟都会送她回来,从教室到这盏路灯旁,他有时候会说很多话,有时候又什么都不说,只是看着她,等她回去了才走。

李老师在她月考成绩下滑的时候明着暗着提醒过他们:不要在最关键的时候头脑发热。

他在老师面前把所有的责任都往自己身上揽,并保证绝对不会再影响她,然后搬着课桌坐到了离她很远的位置。

在学校保持距离,下了晚自习又因为刘芬总来学校接周渔,他就只能站在校门口,悄悄跟周渔挥手。

那家面积不大的图书馆成了两个人每次放假最常去的地方。

她考差了,他不会问她是不是压力太大,但会告诉她,他去哪里读大学都行,他父母不管他这些。社区的工作人员劝她把外婆送到养老院,他知道她舍不得,问她想在哪个城市,她说南京,他才找父母帮忙联系可靠的养老院。就连想送她一份礼物,他都怕伤到她的自尊心,几次想直接塞进她包里,最后还是收了起来。如果那天邻居没有叫她,她应该会告诉他,她很喜欢那张梧桐树叶做的书签。

"阿渔!"邻居看见周渔,大声叫道,"你可算回来了!"

周渔疲惫地抬起头:"梅姐,怎么了?"

邻居急忙说:"你妈发疯了,也不知道怎么回事,从下午开始就在马路上来回跑,又是打人又是骂人,我怕你外婆被吓到,先让她在我屋里待着,你快回去看看你妈吧。"

周渔一听,也顾不上外婆,连忙往回跑。

院子里乱糟糟的,门从里面锁着,没有开灯。

"妈!"周渔听不到声音,边喊边用力拍门,"妈,我回来了,你把门打开,妈!是我,没有别人。"

无论周渔怎么喊,刘芬都没有开门。

周渔情急之下只能拿东西把玻璃砸碎,从窗户爬进去。刘芬在周渔的房间里,头发很乱,坐在地上,桌上的书和其他东西都被扔得乱七八糟。她打开灯,看到那枚书签被刘芬踩在脚下,碎得只剩一根细绳还能再捡起来。

"妈,你干什么啊……"

周渔想把刘芬扶起来,却被一把推到地上。

"你走!走得远远的,别回来,快走!"

刘芬以为周渔跟程家的人一起走了。

她病后一直敏感多疑——丈夫被人骗出去,没几年就死了,她只剩下女儿。刘芬总听到别人说闲话,又亲眼见过周渔和程遇舟牵着手从学校回来,写满"南京"的那张演算纸虽然早就被自己撕碎了,但还是像一颗定时炸弹一样悬在刘芬的头上。程家今天搬家,周渔一个小时没回来,三个小时也没回来……不安和焦躁越来越明显,刘芬从在家里来回踱步发展到满大街乱跑。

"走吧!走吧!都走,全都走!"

"家在这里,你让我去哪儿?我今天送完挽月之后有点儿事情,忘记跟你说了,下次不这样了。"周渔扑过去用身体挡着,刘芬还要推开周渔往墙上撞,"妈,你不要闹了,我们先吃药好不好?"

刘芬一巴掌打在周渔的脸上:"谁让你不好好学习的?!你喜欢别人家,总往别人家里跑,觉得你妈死了才好是不是?!"

"我没有不好好学习,只是一两次没有考好而已……"

周渔脸上被抓破皮,眼泪流到伤口上,伤口火辣辣地疼。

刘芬喊着让周渔滚，使劲把周渔往外推。衣服被扯得不像样，周渔心里那根紧绷的线砰的一声断裂，从委屈到崩溃只有一秒。

"我有什么错？！爸爸的意外是我的错吗？你变成这样是我的错吗？外婆的病是我的错吗？我也伤心，也难过，也很希望只是一场梦，很坏地希望发生这些事的其实是别人家，而不是我……我已经很努力地在往前看了，还想要我怎么做？！

"为什么又不吃药？！我只是一天不在家而已，难道要我这辈子时时刻刻都要守在家里吗？

"为什么要伤人？言辞爸妈的事还不够吗？张姨被你抓花过脸，梅姐被你扯过头发，你还要伤害多少人？

"啊！啊！为什么？！为什么？！"

刘芬恍惚地看着大吼大叫的女儿，像是被抽走了魂。

一个东西被摔在地上，那是女儿用了很长时间的台灯，刘芬猛地回过神，哭着去抱住女儿："乖宝，妈错了，妈以为你不要我们了……"

随车带到新家的行李不多，程国安还请了保洁阿姨，但是老太太闲不住，里里外外帮忙收拾。

程遇舟上楼休息，正好看见程延清躲在房间订机票。

他准备去北京。

"程挽月以为我是跟你一起去南京，别说漏嘴了，就一个星期，你随便编几个借口帮我糊弄过去。"

程遇舟看着程延清，要笑不笑的："是你见不得人，还是她见不得人？"

两个人的情况半斤八两，程延清丝毫不在意对方的言语攻击："说得好像你没有偷偷摸摸过一样。"

程遇舟用事实证明他们不一样："我喜欢周渔这件事家里谁不知

道？你和你那位姐姐谈恋爱，除了我，还有别人知道吗？"

"你可真会气人！"程延清两步从阳台跨进屋，抢走程遇舟的手机，看到屏幕上被系统挂断的界面后乐了，"哎哟，周渔不接你的电话啊。"

程延清气不到程遇舟。

周渔没有随身带手机的习惯，接电话或者回短信总是要很久，他俩之前就算不见面，每天也都会联系。

"她在忙别的事，看见了就会回我。"

周渔很晚才回了他一条短信，说手机坏了，不能接电话，过几天会去买新的。

程延清知道程遇舟早就买了一部新手机想送给周渔。一部手机对他们来说没什么，但在小县城当成礼物送出去就显得有些贵重。

"你知道卿杭和程挽月为什么会变成现在这样吗？"

程遇舟回完短信，躺到床上，双手垫在脑后，心不在焉地问："为什么？"

程延清边打游戏边说："虽然这三年里他们隔几天就闹一次别扭，但咱们家月月会撒娇，嘴也甜，他们和好得也快，这么一想，卿杭其实挺好哄的。但是，今年过完年刚开学那段时间，他们俩就在冷战了，月月不像以前那样主动示好，卿杭也没有给她台阶下，两个人就越闹越僵，在学校遇到了都不说话。"

卿杭的性格本来就是那样，他沉默寡言，说得少做得多。

之前吵完架，他虽然表面对程挽月不冷不热，但没有外人的时候还是会卸下伪装，程挽月说几句软话，两个人就和好了，然而这次不一样。

他连离开白城都没跟程挽月说。

"导火索就是一件很小很小的事，"程延清脚尖抵着桌腿用了点儿力气，椅子滑到床边，转过去看程遇舟，"程挽月将从二婶那里拿到的压岁钱全用来买球鞋了。"

他们三个每年的压岁钱都一样,一人一万。

"她买的那双球鞋,不是送给你,当然也不是送给我,是想送给卿杭。咱们家月月想得简单,就是一双球鞋而已,但对卿杭来说,那就不仅是一双球鞋了。他家的情况你也知道,明明白白摆在那里,打开大门一眼就能看完。程挽月生气的时候嘴硬脾气大,卿杭呢,你别看他像根木头,但在底线问题上说话也不饶人。"

程遇舟知道程延清说这些是什么意思。

程延清点到为止——有些话说得太明白反而没劲:"谈谈恋爱,家里确实没有人会约束你,但你想的如果不只是谈恋爱,那后面的事情可多着呢。"

如果非要放在一起对比,周渔家里的负担比卿杭的更重。

但程遇舟去年暑假回去的第一个星期就见到了,他刚认识她,就看到了那些压在她身上的重担。

待人刻薄的母亲和生活不能自理的外婆,这两个是她最亲的人,谁都离不开她,就像是扎在她身体里的两根铁链,埋在血肉里的部分满是尖锐锋利的倒钩。

凌晨,程延清以为早就睡着了的程遇舟突然说了一句话:"我是要和她结婚的。"

程延清摘掉耳机,退出游戏。

"你跟二叔在这方面倒是挺像。"

除此之外,父子俩哪里都不像。

程遇舟的五官更像母亲,他长了一张渣男脸,身上却没有半分纨绔子弟的恶劣习性,和他那个浪得没边的亲爸确实不太像。

程遇舟和程延清同一天去机场,但一个回南京,一个去北京。

南京那些同学太久没见程遇舟,秦一铭组了个局,程遇舟刚下飞机就被拽过去了。

二十人的包厢里闹哄哄的。

程遇舟看到周渔打来的电话,立马从人群中抽离,秦一铭笑着打趣:"舟舟,别这么黏人,这才分开几天啊?"

"滚一边去。"程遇舟推开秦一铭接电话,说话的语气明显和刚才不一样。

音乐声不算太吵,但包厢里很热闹,周渔听见电话那边有人问他"抽不抽烟,要不要来一根"。

程遇舟走出包间,去安静的地方:"下午刚到,和同学们聚一聚,都很久没见了。"

周渔有三四天没怎么吃东西,身体好一点儿了才打这通电话。她趴在书桌上,从窗户往外看,夜空里的星星仿佛离她很近。

"你喝酒了吗?"

"嗯,但是没多喝。"程遇舟站在窗户旁,外面是繁华璀璨的城市夜景,"外婆这几天怎么样?"

他给外婆寄了两种药,周渔还没去快递站拿。

"挺好的,昨天还叫了我的小名。"

"不开心吗?"

过了很久,她才说话:"书签被弄坏了。"

程遇舟说:"没事,我重新给你做,特别简单。"

第一滴眼泪掉在手背上,然后就再也忍不住了,周渔怕被他听出来,想挂电话。

"你同学都在等你,你快回去跟他们玩吧。"

"不玩了,我一会儿和秦一铭说一声就回家。秦一铭就是那个被我扎爆车胎的倒霉蛋,下次介绍你们认识。"

这么多天才打了这一通电话,他舍不得这么快就结束:"先别挂。"

程遇舟回到包厢,跟同学们说他要先走。

"怎么回事啊程遇舟?你走了我们还玩什么?谁的电话影响这么大,三句两句就把你叫走了?"

"我女朋友。"

大家听他这么说,都开始起哄。

"没办法,我太想她了,"程遇舟拿着东西从一群闹他的朋友里脱身,"过几天再请你们吃饭。"

他戴着棒球帽下楼,在路边准备叫出租车。

电话还没挂。

"好乖。"程遇舟对着手机亲了一下,"是不是太吵了?等我上车就安静了。"

"没关系,能听清。"

"那我再往前走一段路,这里不太好打车。"

"嗯。"

周渔家虽然靠近车站,但夜晚总是很安静,火车经过时的鸣笛声也很短暂。

她能听见晚风吹得树叶摩擦摇曳的声响,夹杂着电话那端城市夜里的喧嚣,这些声音仿佛远隔千里,又仿佛近在咫尺。

"你那边听着好热闹。"

程遇舟沿着路边往前走,还拉着行李箱。他原本想尽快找个打车方便的地方,听到周渔的话后放慢脚步。

"这里算是市中心,周末人比较多,也有游客喜欢来这附近吃饭、看夜景。"

他说了很多,看到什么都告诉她,就连一个小朋友闹着要买气球这种小事都能说得很有趣。她虽然看不到,但这样听着他说话,仿佛也在他身边看着那个站起来还不到他膝盖的小女孩儿因为没有买到气球而生气,小女孩儿穿着白色的小裙子,还背了一个水壶,两只肉嘟嘟的手背在身后，气得不理人。

"心情好点儿了吗？"

周渔闭上眼睛："也不是心情不好。"

她就是觉得很累。

程遇舟耐心地问："担心成绩？"

再过两天高考分数就出来了。

"嗯。"周渔不知道要怎么告诉他，选择了逃避，"马上就出成绩了，我有点儿紧张。"

"那到时候我先帮你查。"

"你记得我的考号？"

"记得，身份证号也记得。查完跟你说，你就听我的语气，高兴呢，就是考得特别好，语气平平就是发挥正常，欲言又止那就是不太理想。"

她终于笑出声："我不相信，你很会演戏。"

程遇舟故意长叹一声："程挽月又说我的坏话了？"

周渔替程挽月澄清："没有啊，她每次都是当着你的面说的，那些你都知道。"

十分钟后，程遇舟在一家花店外停下脚步。他拎着行李箱是准备回家的，然而买完花又去了机场。

下飞机已经是凌晨，他去车站等最早的一班车——中途还要再换乘一次才能到白城。

行李箱里只有几件衣服，外加一束花，他下车拿出来时，花还很新鲜。

白城的天气很好，程遇舟看见外婆一个人在院子里，就把行李箱放到旁边，过去陪外婆说话。

外婆不认识程遇舟，但一直在笑，说树上的杏子甜，让他摘着吃。

周渔昨天很晚才睡着,早上依然起得早。刘芬在姑姑家,周渔去了一趟,回来只给外婆做了顿午饭,自己没吃就睡了。

隐隐约约听到院子里的说话声,她还以为是在梦里。

她又睡了一会儿,才起床从屋里走出去。外婆站在杏树下,仰头看着树上的人唠唠叨叨地说着什么。

周围的邻居偶尔会来摘杏子,她也没在意。

直到一个杏子掉下来砸到头,她才往树上看。

树上的人伸手去摘高处的杏子,白色的T恤往上缩,微风来的时机刚刚好,吹起衣摆露出他的腹肌,但很快腹肌又被衣服遮住了。

帽子装满后,程遇舟就踩着树干从树上跳下来。外婆帮忙接着帽子,他转身去看还愣愣地站在旁边的周渔。

她瘦了很多,肉眼可见,脸明显小了一圈。

才半个月,她怎么就瘦成这样了?

程遇舟先走近周渔,抱住她,手在她的脸上摸了摸:"是惊喜还是惊吓?你不说话,我只能抱抱你来缓解尴尬了。你睡好了吗?是不是被我吵醒的?"

"我本来就只想睡一会儿。"她的声音还有些哑,"你都出汗了。"

"这双鞋不防滑,爬树有点儿费劲,"程遇舟一只手拉起衣服领子闻了闻,"有味道?"

"不是,我怕你晒中暑了。"

昨晚打电话的时候他还在南京,连家都没回,周渔只是睡了个午觉,睁开眼睛他就回到白城了:"很累吧?"

"倒是不觉得累,"程遇舟顿了片刻,垂眸看着她,"但是很心疼。"

周渔只觉得心脏隐隐作痛,避开他的目光:"我……我只是犯了急性肠胃炎,前几天没怎么吃东西,去过医院,已经没事了。"

"以后生病了要告诉我。"

"嗯。"她看着他的行李箱，"你几点回来的？"

"刚到没多久。"程遇舟从市里坐绿皮火车到白城，没有座位，站着挤了一个多小时，她不嫌弃他，他嫌弃自己，"我想换件衣服。"

"可以去我的房间换。"

"能洗澡吗？"

"能啊，我去给你找毛巾。"

程遇舟先进屋，但没拿衣服。

他已经将身上的衣服脱下来了，于是周渔去帮他拿干净的衣服。她打开行李箱就看见了那束花。

她事先不知道，弄掉了好几片花瓣。

"都是干净的，随便拿一套。"

程遇舟的声音从房间里传出来，周渔回过神，小心地把花拿出来，看了好一会儿才拿了一套衣服，敲门递进去。

"少了一件。"

"裤子在下面。"他的衣服都是黑色的，叠着放在一起，一眼看过去不好区分。

她的手还没收回来就被他握住，他忍着笑，声音很低："里面的也得换了。"

她知道他在说什么。

"我再去拿。"

内裤和衣服是分开放的，周渔找到后递给程遇舟。他洗澡，她把那束花摆在书桌上，去厨房给他煮了碗面。

程遇舟换好衣服，只是随便擦了擦头发，擦到不滴水。

"阿姨呢？"

"在我姑姑家。去年暑假你从江里救上来的那个小男孩儿的妈妈就是我姑姑。"

外婆还在院子里，没往屋里看，周渔洗菜，程遇舟从后面抱住她。

她怕痒,程遇舟虽然没有任何过分的行为,但一直贴在她身后。

"你先去外面等着。"

他说:"我看你怎么做,学一学,下次换我给你做。"

一碗再简单不过的面,他吃得连汤都不剩。

晚上,程遇舟没有回程家住。

外婆睡得早,周渔洗漱完回到房间,程遇舟就放下手机,轻轻拍了拍旁边的枕头。

桌上那束花用水养着,屋里有股很淡的香味。

然而程遇舟闻到的不是花香,是女孩子床上特有的香气。

周渔白天见到他那一刻的惊喜,在晚上关了灯之后才显露出来。

她学着他吻她的模样,小声说:"可以的。"

"不行,我不可能忍住。"程遇舟艰难地闭上眼睛想别的事,"在这种情况下考验我,我必然是屡战屡败。"

他重重地亲了周渔一下,把她紧紧地抱着,不让她乱动。

周渔说:"不是考验你。"

他明天就走,她舍不得,明明睡在一张床上已经靠得很近了,但她想更亲近一点儿。

程遇舟浑身上下只有一颗心是软的:"那就更不行,别惯着我。"

"那我们聊聊天。"

就算她不说,他也是要说的:"总感觉你有事情瞒着我。"

周渔笑了笑:"我能有什么事啊?"

程遇舟也笑:"刚认识你的时候,觉得你浑身都是秘密。"

刚开始他也以为自己对她只是好奇。

那天晚上他独自来找她拿手机,却看到她拦在言辞的摩托车前,两个人针锋相对。

他没有拿到手机,回去之后心里一直不太舒服,总觉得她和一个对她不好的人牵扯在一起很不值得。她还在树下对他那样笑,让他一夜没睡着,一边唾弃自己,一边唾弃她居然想脚踏两只船,又在某一瞬间突然意识到那一整晚满脑子都是她。

周渔问:"什么秘密?"

程遇舟坐起来开灯:"我去年暑假回来的那天晚上在巷子里看见你了。"

"我怎么没有看见你?"在她的记忆里,他们暑假第一次见面是在超市。

"你当然看不见我,那天你和言辞抱在一起,你们到底是在干吗?"他问完后侧过头,又低声说了一句,"都请你们让让了,还抱着不松手。"

"没有抱着……吧?"

"我亲眼看见的。当然,那时天太黑了,你又没露脸,我确实没认出来,但记住了你书包上挂着的那个毛线织的橘子。"

周渔好一会儿才想起来:"那不是抱着,是他掐我。"

程遇舟愣了几秒,突然皱着眉头开始穿衣服。

"怎么了?"

"我找他去!"

周渔当然不会让程遇舟去找言辞。

程国安刚调任到市里,很多双眼睛都盯着他。他这个时候不方便插手言辞的事,言辞也不想让程家的人知道。

"你别生气,"周渔拦住程遇舟,"我就是想跟你解释,我们没有抱在一起,其他的事已经过去了。"

程遇舟刚才说要去找言辞不是在说玩笑话,从知道言家的遭遇之后程遇舟一直在忍,很多时候就算对言辞不满也没有真的动过手。

但凡周渔的心稍稍偏向言辞,程遇舟就没有丝毫能争能抢的余地。

"过去了？"

她想了想，认真地回答："在我这里是过去了，我对他问心无愧，能做的都做了，做不到的那些依然无能为力。"

"谁都很无辜，但那些不应该由你承担。"程遇舟重新躺在床上。他明天早上就要走，两个人独处的时间本来就不多，不想都用来聊另一个人。

她的房间布置得很简单，但干净整齐，那束花养在玻璃瓶里，摆在书桌上也不会显得格格不入。

周渔看了许久，还是忍不住告诉他："这是我第一次收到花。"

"喜欢吗？"

"喜欢。"

"那我以后就可以放心地送了。"程遇舟从瓶子里抽出一枝白色的小雏菊，掐断一截，把剩下的细枝绕成环，然后握住她的手，慢慢戴在她的手指上，"快睡觉。"

这一晚他睡得不好，周渔是知道的。

从程家回南京，又从南京来白城，白天还帮着修这个修那个，他都没怎么休息。

早上周渔送他去车站，他站在阳光下含笑看着她，眼里的疲惫感依然很明显。

外婆一个人在家，周渔不能出来太久："有没有落下什么？"

"只要证件没落下就行，其他东西忘记带也不影响，反正我还要回来，你先帮我收着。"程遇舟放下行李箱抱她，"太热了，就送到这里，我到家了再给你打电话。"

他乘坐的这趟列车已经快要检票了。

周渔往后退了半步："你先进去，我等车走了再回去。"

她想再看看他。

程遇舟低头亲她："不怕晒啊？"

"晒晒太阳说不定还能长高。"周渔笑了笑,"你快进去吧。"

哪怕只是短暂的离别,程遇舟心里也很不舍,一直等到最后两分钟才进去检票。

周渔没有送他到候车厅,站在桥下听着车轮与轨道摩擦发出的声音越来越远,才慢慢往回走。

花瓶里的花已经有些蔫了,周渔早晚都记得换水,试图让花活得久一些。

那天,她坐在院子里看了一次日落。看着天色越来越暗,看着周围山河树木的轮廓一点点模糊在夜色里,她知道明天早上天还是会亮起来,一切都不会变。

睡前,她把手腕上的那根红绳摘了,锁进了抽屉。

刘芬回来后也不说话,整日坐在院子里。

高考成绩公布的这一天,班里很多同学聚在一起商量报志愿的事。周渔早就知道了程遇舟和言辞是白城一中今年理科的前两名,两个人只差四分,一个六百八十九,一个六百八十五。

周渔查到了成绩,她考得也不差。

报考什么学校早在程家搬走之前就商量好了,周渔却等到最后一天才提交志愿。

对不起,程遇舟。

我只能到这里了。

煤矿事故的后续已经有了结果,不过梁恬还在帮周家争取更多,顺利的话,暑假结束前受害人家属就能拿到赔偿金。

梁恬当了很多年记者,得罪的人不少,但人脉也广,程遇舟带着刘芬的病例和梁恬一起去找医生。

小县城的医疗条件有限,病例也不完善,医生没有给很明确的答复，说最好能把病人带到医院面诊。

"儿子，聊聊？"梁恬关掉车里的音乐，"如果只是谈恋爱，那么做到这一步已经可以了。"

程遇舟对周渔不只是想谈个恋爱而已。他心疼她，想让她过得轻松一点儿，但事实上离开了程家他什么都做不了，现在做的这些全是借助父母的人脉资源。

"她也会来南京读书，到时候阿姨住院看病也方便。妈，你如果见到她，一定会喜欢她的。"

梁恬笑笑："能让我儿子喜欢的女孩儿当然会有她独特的闪光点，你为她做的这些事，她知道吗？"

"知道一部分，有些还没有告诉她。"比如赔偿金的事，去年高三开学前，程遇舟就已经让梁恬帮忙了。

"你们还小，超过界限可能会让对方有心理负担。总之，你自己想好，她母亲的病不是一天两天的事，而且还有一个年纪很大的外婆。"

程遇舟想着晚上再跟周渔商量，回家刚好收到录取通知书，就给她打了一通电话。

周渔在医院——刘芬昨晚突发疾病，还没有脱离生命危险。

言辞的胳膊打着石膏，他站在花坛旁边抽烟。手机响了很长时间，周渔才接。

梁恬要处理工作上的事，程遇舟拿着手机去了阳台。

"声音怎么这么哑？是不是感冒了？家里还在下雨？"即使和平时只有很细微的不同，程遇舟也感觉到了周渔的异样。

"今天晴了。"周渔低着头，"我睡了一会儿，刚起床。"

程遇舟问："你收到录取通知书了吗？"

"还没有。"

"我今天收到了,你的应该也快了,里面有个信封,还挺有意思的。"

"程遇舟……"周渔起身走到没人的地方,很平静地说,"我没有报考南大,所有的志愿里也没有任何一所南京的学校,对不起,我骗了你。"

天气燥热,她的话却像是一盆冷水从头顶泼下来,程遇舟愣住了,连手心都是凉的。他们早就说好要在一个城市读大学,填报志愿那两天她还说就算南大没录取她也没关系,还有其他学校。

"什么意思?"

她说:"我不去南京了。"

程遇舟沉默了多久,就想了多久。他们每天都联系,他的手机里存了无数条短信都舍不得删一条,她前天还在说想他,问他南京的梧桐树和其他城市的有什么不一样。

"你这是在单方面跟我分手吗?电话里说分手我是不会同意的,当然,当面说我也不同意。是不是家里发生什么事了?你等我,我现在就买票。"

她没有否认:"就在电话里说吧,太远了,来回一趟很麻烦。"

程遇舟放在栏杆上的手紧握成拳头:"为什么?填报志愿那天为什么要骗我?你是不相信我喜欢你,还是不相信我能陪你去任何一个城市?"

周渔在他坐上离开白城的那趟火车那天就已经在心里打好了草稿,也反复练习过,但真正要说出口的时候脑子里还是一片空白。

他那么生气都忍着没对她发火。

"不是不相信,是没有必要,你本来就是想读南大的,朋友、同学、父母都在南京。"

"没有你,有什么意义?"

"我……我去不了,程遇舟,我去不了,我没有办法,"周渔蹲下去,一只手捂住眼睛,眼泪顺着指缝往地上滴,"我们……就这样吧。"

"就这样?"程遇舟重复着这三个字,"那我们这段时间算什么?"

"就这样吧,以后……还是不联系了。"周渔挂断电话。

言辞看着她哭到失声,却无能为力。

那个熟悉的号码不管拨几次都只有忙音,程遇舟一脚踢翻阳台上的花盆。刚拆开的录取通知书被压在泥土下面他也没管,捡起屏幕被摔碎的手机想订机票,但手一直在抖,连重新开机这么简单的动作都试了好几次才做到。

梁恬神色慌张地跑到阳台,程遇舟以为是因为自己刚才失控弄出的动静太大。

阳台上一片狼藉,梁恬都顾不上问怎么回事。

"儿子,收拾几件衣服,咱们晚上去你大伯家,月月病了。"

第十一章

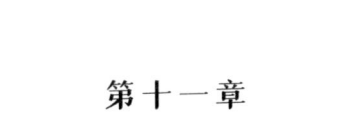

凌晨四点的月光

刘芬最后还是没有抢救回来。

言辞是恨她的,那时候她发了疯似的每天都上门闹,言父也是为了避开她才跟一辆大货车迎面撞上。

现在她不会骂,也不会吵,只是静静地躺在床上,被一张白布从头盖到脚。

医生说她死了。

周渔是她唯一的女儿,要接受她死亡的事实,还要处理她的后事。

别人家都在办升学宴,喜气洋洋,只有周家在办丧事。

言辞看着周渔站在门口给人鞠躬还礼,像是看到了曾经的自己。

周渔三天没合眼,丧事结束后睡了很久很久,言辞几次都以为她昏迷了。她被叫醒后茫然地看着他,什么都不说,翻个身很快又睡着了。

录取通知书被送到家,她也没有打开看过。

天晴了,周渔收拾刘芬的房间,枕头底下压着家里的银行卡,写着密码的字条上还有几句话:

乖宝,妈知道你辛苦了。

如果还有下辈子,一定不要做我的女儿,做我的女儿太苦。

刘芬没读过几年书,两行字写得歪歪扭扭,周渔看着纸上的铅笔字迹,眼泪怎么都止不住。原来刘芬知道自己的身体状况,一直准备着。

周渔哭得那么伤心，外婆手忙脚乱，不知所措，也哭了。

"我不应该对她发脾气，明知道她病了……她只是太害怕我离开她，我却对她大吼大叫。

言辞想说这不是她的错，然而简单的几个字卡在喉咙里，一直到她离开白城那天都没能说出口。

周渔走之前送外婆去了养老院，把外婆用习惯的东西全都带了过去。养老院里住了十几个老人，周渔每次去看外婆，外婆都笑呵呵地问周渔明天还来不来。

就算是市里的学校，她也没办法每周都回家。

言辞也读了交大，但开学没能正常报到，晚了很多天。

周渔读的专业男生偏多，班里只有六个女生，她在军训第四天晕倒了，名字传遍了整个系——

哦，就是那个站军姿晕倒了的女生啊。

不好好吃饭导致被饿晕，挺像是为了逃避军训的小心机，提到周渔，大家都是笑笑就过去了，反而对言辞的讨论一天比一天多，他因为从很远的队伍跑过来抱着晕倒的周渔去医务室，成了新生里的红人。

校医说周渔贫血，让她一定要按时吃饭，就算遇到再难过的事也不能这样伤害身体。

周渔虽然听着，但心里还在想晕倒后做的那个梦。

她梦到他们所有人还在那个小县城，有写不完的作业和考不完的试，日复一日，枯燥沉闷。程遇舟捏着一支笔轻轻戳她的后背，悄悄问她要不要逃课，她说不要，他却拽着她的手就往外跑，躲过门卫大叔，穿过一条又一条巷子，跑进了一个很大的橘子园。他摘了一个看起来特别甜的橘子剥开喂给她吃，她被酸得牙都软了。他笑她嘴角有口水，笑得很夸张，腰都直不起来。她本来觉得他很讨厌，可看他笑成那样也忍不住笑了，他忽然凑近吻她。

他是不是也在军训？

南京这个时候热吗？

她不知道，因为她有意断了和所有人的联系，也换了新号码，除了同校的言辞偶尔能见到，其他人就像是从她的生活里消失了。

只要学校没有重要的事，周渔就半个月回去看一次外婆，室友们的聚会她很少参加，所以和室友们的关系一般。

"周渔，商院的言辞是不是在追你？"

周渔摇摇头："没有。"

"他没有追你，那我就去追他了。"室友笑着说，"我可是提前问过你啊，到时候你不要说我抢你的男人。"

"不会，我跟他只是同学而已。"

"原来你们是高中同学啊！"室友惊讶地说，立马热情地挽着周渔的手，"难怪大家都说他想追你，但又追得不明显，原来只是同学。那你可以跟我说说他的事吗？他好高冷，又很神秘。你把他的微信推给我吧。"

周渔抱歉地说："我不用微信。"

"你怎么这么土？大家现在都用微信，很少用QQ了，辅导员通知消息也都是先发在微信群里。你用手机下载一个微信，我晚上教你注册。"

她只是说话直接，并没有什么恶意。

周渔的自卑感是藏在骨子里的，在外人面前她总是掩饰得很好，一个人的时候才会泄露出来。

她唯一保留的与过去相关的东西就是一个音乐软件的账号，那里面有程遇舟给她建的歌单，她像个偷窥者，只敢在夜里登录上去看，但那个歌单再也没有更新过。

程挽月昏迷了十八天才醒过来，然后就转到了南京的医院，钱淑也跟着去了南京。

程遇舟除了上课，所有的时间都在医院。程延清在北京的学校，每周末都飞南京。

程挽月是很怕疼的人，手上擦破点儿皮都能掉几滴眼泪。做穿刺的时候，大多数人很好抽出来，但她很难弄，一根四五十厘米的管子要在她的身体里待很久。刚开始，她在病房里面哭，程家人在外面哭；后来她不哭了，程家人还是会哭，哭得比以前更难过。

程延清不信佛，却去庙里烧香、磕头，说愿意用自己二十年的寿命换月月身体健康。

她几乎每天都要抽血和输液，皮肤上是一片一片的瘀青。

有一次程遇舟晚上在病房陪床，她突然没有心跳了。抢救结束后，程遇舟一身冷汗，像是刚被人从水里捞起来。

开始化疗，她掉了很多头发。

"我还想染头发呢，就是那种偏蓝的紫色，我喜欢的一个明星染过，好漂亮。"

"没关系，以后还会重新长出来。"程遇舟一根根捡起枕头上的头发，摸摸程挽月的脸，"新长的头发又黑又漂亮，等你好了，我陪你去染，想染什么颜色就染什么颜色。"

"护士姐姐说，明天要做腰穿，是不是像做骨穿那样？上次就很难抽。"她说着话，往门外看，"程延清怎么还没回来？"

半个小时前，程延清出去买烧烤了。

程挽月不能吃，但还是想闻闻味道。

"你睡一会儿，我去看看。"程遇舟给她盖好被子，走出病房。

住院部整栋楼都禁烟，程延清在楼下花园。他抹了把眼泪，将打火机递给程遇舟。

程遇舟也是在程挽月生病后才开始抽烟的。

下过一场雨，梧桐叶落了一地，程遇舟沉默地抽完一根烟，打开手机拨出那个熟悉的号码。

"对不起，您所拨打的号码是空号。"

还是一样。

程延清的手机有电话打进来，第一次他没接，第二次才接。他一直没说话，听着电话那边的秦画抱怨他，总是在她需要他的时候跑到其他地方。

忍到忍无可忍，他才大声吼了一句："你说够了没有？"

"程延清，你吼我？我说程挽月两句怎么了？她就是……"

"程挽月是我妹妹，我就这一个宝贝妹妹！谁都不准说她不好！"

程挽月生病的事，除了程家人，谁都不知情。

她不想告诉其他人，程家人同样不想，提到这个病，大多数人会觉得没救了。

卿杭每个月会在固定时间往程国安的账户里转钱，并附上问候，有时候是一条短信，有时候是一通短暂的电话。卿杭没有问起程挽月，程国安也不会主动提。

程挽月一直在病房，碰手机的时间少之又少，连周渔都不知道，言辞就更不用说了。

"秦画，别再让我从你嘴里听到刚才那些话里的任何一句。"

秦画愣了几秒。程延清对她一直是有求必应，为了她来北京，兜里有一千块钱能给她花九百九，自己只留十块钱坐公交和吃泡面，他对她够好，她才能说服自己再等等。娱乐圈从来不缺漂亮的姑娘，她不算什么，今天去试镜也不顺利，此时狼狈地流浪在街头，真的很需要他，哪怕只是抱抱她，哄哄她，他却又去南京了，他那个妹妹上个学而已，哪有那么多事？

"程延清，分手吧，我没有精力等你长大了。"

"分手就分手！秦画，这次是老子烦了你！"

"行，你说的。"秦画挂断电话，删除了他所有的联系方式。

程遇舟在旁边看着程延清发泄，等他静下来之后才过去拍了拍他的肩。

程延清抱着头蹲在花坛边，声音沙哑："概率那么低，为什么偏偏是月月？"

程遇舟回答不了。

第二天，他去剃了个光头。

程延清特别在意自己的头发，读高三的时候早自习都快迟到了也要弄弄发型，谁要是摸他的脑袋，他能追那个人半个操场。

他也把头发剃了，进病房之前挤出笑脸，开心地喊："月月。"

程挽月看着两颗亮得反光的脑袋，笑得眼泪都流出来了。

护士姐姐在旁边打趣道："现在帅哥都流行剃光头了吗？"

程挽月骄傲地说："我这两个哥哥从小帅到大，光头也很帅，追他们的人可多了。"

煤矿事故已经有结果了，梁恬每天忙得焦头烂额，加上程挽月病情恶化，一直拖到十二月份才准备去找周渔。

程遇舟放下骄傲，找言辞问到了周渔的新号码。

他用的还是以前的号码，周渔看着手机屏幕失神，不小心打碎了热水壶，滚烫的热水溅在手上，皮肤很快就红了。

火辣辣的痛感促使她本能地走向水池冲凉水，但人还是恍惚的，在系统马上挂断电话之前她才接通。

"是我。"

周渔看着水龙头："我知道。"

"我妈想去见见你。你别紧张，不是因为我们谈恋爱的事，"程遇舟深吸一口气，打开阳台门走出去——吹吹冷风能让他清醒，"是你爸的案子有结果了。"

周渔愣住了。她从来都没有跟程遇舟说过周立文在煤矿发生意外的事，那次事故的受害者不止周立文一个人，每一家都闹过，但最后都不了了之。

程遇舟像是知道她在想什么："不要有心理负担，我妈就是做这一行的，这类案子她很擅长。你就算想跟我断了，也还是程挽月和程延清的朋友。"

煤矿事故牵扯太多，短时间内不可能处理好，说明程遇舟早在他们分开之前就在帮她。

周渔想起高三时，程遇舟在考前匆匆离校，错过全省联考："去年春节前你没有参加期末考试，提前回了南京，说阿姨受伤了，她是因为我爸的事才受伤的吧？"

"她的工作性质就是这样，免不了，我爸跟她吵架，十次有九次都是因为她的工作。"

果然是，她心里愧疚，又很自责："你都没有告诉我。"

"我想着等有结果了再说，不然只会给你增加心理压力。"程遇舟淡淡地道，"你家里的事你不是也从来都不跟我说吗？就连电话号码，我也要从别人那里问，你猜我找谁问的？"

但凡有第二个人可以问，程遇舟就不会找言辞。

他说着说着突然就笑了，语气有些自嘲："周渔，你挺会气人的。"

因为想跟程遇舟断，周渔连程挽月和程延清也不联系了。他在其他同学那里更问不到一点儿关于她的事，知道她读哪所大学的同学都很少。

"我过得一点儿都不好，半年瘦了十斤，想你的时候，电话没有一次打通过。没去找你我很后悔，去了也怕后悔。"

程遇舟这半年没离开过南京——程挽月的病情不稳定，他不敢走。

"周渔，不要太快忘记我，再给我点儿时间，"他的声音很低，"求你了。"

有那么一瞬，周渔差点儿就说出口了。

她不是故意骗他的。她想过去南京，想过和他一起读大学，想过努力让自己变好，离他更近，但她没有办法。

刘芬离不开白城，那里葬着她的丈夫和父亲，还有苍老病重的母亲需要她照顾。

刘芬走不出去，周渔就寸步难行。

室友从外面回来，看见宿舍地上碎了的热水壶吓了一跳。周渔连手机是什么时候耗尽电量自动关机的都不知道，听到室友的声音才连忙去收拾。

"你也太不小心了！"

周渔说："接个电话，没拿稳。"

陈欢帮忙拖地，看见周渔手背上的水泡，惊呼："被烫到了吧？都起泡了。赶紧去医务室看看，只用冷水冲冲没什么用，你的手挺漂亮的，别留下难看的疤。算了，我先不吃饭了，陪你去医务室。"

周渔不想麻烦别人："你吃，我自己去。"

"周渔！我挺不喜欢你这一点的，我们是室友，没有意外的话还要在一起住三年半，在家靠父母，出门靠朋友，你总对我这么客气干什么？要不是因为开学典礼那天全宿舍只有你去图书馆给我送姨妈巾，我才不跟你说这些。今天你麻烦我，明天我也会有事麻烦你。你最烦人的就是让我根本讨厌不起来。追不上言辞是我自己的问题，虽然有点儿嫉妒你，也有点儿生气，但我绝对不会因为一个男人疏远你，懂了吗？"

周渔被陈欢说得有点儿不好意思，就没再客气，拿着校园卡和病历本，两个人一起去了医务室。

周渔这半年生病太频繁，陈欢的病历本还是全新的，周渔的已经写满了好几页。

"刚才哭过了吧？眼睛这么红，我又不瞎。"室友看了她一眼，"你可真够能忍的，被烫成这样了都不着急。幸好现在天气冷，不然很容易感染。"

周渔不是不知道疼，只是一直想着程遇舟在电话里求她不要太快忘记他，心里很难受。

"谢谢你。"

陈欢说："请我吃饭，我打包的煲仔饭肯定凉了，重新买一份，加蛋加腊肠。"

周渔笑笑："加什么都行。"

虽然都说言辞在追周渔，但他们其实很少见面，校园很大，两个系又不在一起上课，偶遇的可能性太小。

唐倩来找过言辞一次，为张强的事道歉——她随口说的气话被张强当了真。言辞也因为那次打架受到了影响，差点儿没能上大学。陈欢没追到言辞，看不惯奇奇怪怪的女的缠着他，就在很多人面前搬出周渔，言辞也没有否认。

周渔烫伤了手，言辞在她身边出现的频率才高了些。

谁都能看出来，他们的相处方式很不正常，不像朋友，更不像情侣，坐在一起不怎么说话，但对对方的习惯又很了解。

梁恬来找周渔的这天是周末。

两个人约在一家咖啡厅见面，周渔提前半个小时到了。

从门口进来的女人穿了一件米色大衣，气质出众，化着淡妆，看起来很年轻。

周渔没有见过梁恬，但梁恬好像认识周渔，直接朝这边走过来。

"是阿渔吧？我是程遇舟的妈妈，他给我看过你的照片。"

周渔连忙站起身："阿姨好。"

"你好。"梁恬坐下来，"律师和煤矿负责人家属十分钟后到，咱们俩先聊聊？"

周渔下意识地深吸一口气，放在膝盖上的手不自觉地握紧。

"别紧张，我不是那种棒打鸳鸯的恶婆婆。"梁恬笑着说，"程遇舟这半年挺难过的，你们高考完那会儿，他还特别高兴，跟我说你也会去南京读书，想提前接你去我们家玩，带你去逛逛中山陵、总统府，去音乐台喂鸽子。"

周渔低着头，脸色微微发白："是我骗了他，我家里……出了一点儿事。我跟他其实也只认识了一年，他以后还会遇到很多人，没有必要因为我改变人生轨道。阿姨，我只是不想成为束缚他的绳索，不是想伤害他。"

"也不是所有的异地恋都没有结果，就是辛苦了点儿。"

"还是不了，太贪心反而会失去更多。"

周渔给梁恬的第一印象跟梁恬猜想的很不一样。梁恬以为在那样的家庭里长大的女孩子会敏感脆弱。照片里周渔笑得很漂亮，现在的周渔虽然气色不好，有点儿病态，但谈吐大方，不熟悉咖啡的名字也没有任何羞怯难堪的表现，反而很认真地听服务生介绍。

"他总说你千般好万般好，我亲自见你一面，现在也能理解了，他倒是句句实话。"

煤矿负责人家属来给周渔道歉，给了很大一笔赔偿金。

他们还要去找其他受害人的亲属。

周渔送梁恬到车旁："阿姨，真的很感谢您。"

梁恬笑着抱了周渔一下："阿姨也谢谢你，让我儿子在白城待的那一年那么有意义。他以前挺爱玩的，我和他爸也不怎么管他，他因为你变得更有担当，也更有责任心。如果以后能成为一家人，我们应该不用担心婆媳关系。"

周渔眼眶酸涩，目送梁恬离开。

梁恬没有耽误太久，第三天就回了南京。

程遇舟还是学校和医院两头跑，回家的次数反而是最少的。程挽月稍微好转，全家人才松了一口气。

他回家吃晚饭时，梁恬提起刘芬去世的事。

程遇舟摔碎了一把汤勺："什么时候？"

"应该就是暑假那段时间吧。具体时间我没有仔细问，伤心事，提一次伤心一次。小姑娘挺不容易的，比我想象中的要强太多。我去见她那天，还看到她的手烫伤了。"

当时刘芬的丧事是简单办的，在县城住着的人都是后来才听说，程家人不知情也正常。

还是因为煤矿负责人家属想见一见受害人的妻子，周渔才说刘芬已经过世了，否则周渔也不会主动提，尤其是在梁恬面前。

大一的课排得满，期末考试前有半个月的复习时间，周渔每次去图书馆都要带很多书和资料，但是烫伤了手，这段时间做什么都不方便。

陈欢跟言辞说明白之后，两个人反而比之前相处得自然了一些。每次周渔准备去复习，陈欢就提前给言辞发消息，以至周渔下楼就能在宿舍门口看见言辞。

他也不说话，只是沉默地接过周渔所有的东西放进车篮里，等她坐上自行车后座。

"言辞，我自己可以，你别再来我宿舍了。"

"等你真的可以的时候，你就算不说，我也不会来。"言辞看了一眼她还包着纱布的手，"图书馆的位置只能留半个小时，你想走路也行，我先把这些书带过去。"

宿舍门口人多，进进出出的都会往这边看，周渔虽然不在乎，但有些流言总传来传去很烦人。

"我不去图书馆了,就在宿舍复习……言辞!"

她话音未落,言辞已经戴上耳机,踩着自行车的脚踏,骑出很远。天气冷,但他穿得少,一件薄外套里灌满了风,短发也被吹得很凌乱。

周渔跟在后面,小跑着都追不上。

周渔想起了程挽月。

程挽月初二那年买了一辆自行车,刚开始不会骑,就让言辞教她。她对一件事的新鲜感很短暂,学了一会儿就不想学了。那个时候大家的胆子都大,言辞载她去玩,去江边有一段很陡的下坡路,刹车刹不住,幸好言辞反应快,车头朝着沙堆扎了过去,最后车没事,言辞也没事,只有程挽月摔破了膝盖,脸也肿了。晚上回家怕挨骂,程挽月就撒谎说是在周渔家爬树摘杏子摔的。后来,言辞给程挽月写了一个星期的数学作业,她才原谅他。

还没到图书馆,兜里的手机响了,周渔以为是早起先去占座的室友让她带早饭,缠着纱布的手极其笨拙,把手机从兜里往外拿的时候就已经接通了。

高三那一年,周渔给程遇舟发了太多条短信,怕刘芬看到,就没有存备注,程遇舟的这个电话号码,周渔早就熟记于心。

周渔看着屏幕上闪动的号码,第一反应是挂断。

听到他的声音她就会心软,也会觉得委屈。

疼也好,累也好,她都能熬过去,但委屈会让人变得脆弱。

她明明很想他,开口前,还是用理智战胜了心里的那点儿贪恋:"有事吗?"

"有。"他问得很直接,"你刚才是不是准备挂我的电话?"

"没有。"上次他也说过,就算跟他断了,她也还是程挽月和程延清的朋友。

"我就在你们学校的图书馆门口,"程遇舟戳穿她,"你往左边看,站在湖边的那个人就是我。"

两个人在冷风中对视了几秒,周渔回过神后下意识地逃跑。

"我虽然冷得都快掉进湖里喂鸭子了,但隔得也不远,追上你不是难事,你纯粹是白跑。"程遇舟迈开腿,"那你去食堂吧,我跟着你去,外面太冷了。"

他的声音本来是从电话里传出来的,但是周渔挂了电话之后,他的声音还在耳边。

手被抓住,她被迫停下脚步。

程遇舟走到周渔面前,握着她的手送到嘴边哈热气,不在意周围有多少人看。

"没骗你,我是真的冷。一夜没睡,下飞机就来你学校了,到这里才四点。特别想给你打电话,但又想让你多睡一会儿,想着想着就到了六点。六点天都没亮,我就想着再等等吧,然后就到了七点。七点学校里的人多了,我逛了一圈,想看看有没有可能遇到你,就这样到了八点。看,被我抓到了。"

程遇舟是故意说这些的,就是要让她知道:"是不是又心疼又感动?要不要跟我和好?"

周渔摇头。

程遇舟气得转身就走,但没走多远又回来了。

"不和好,一起吃顿早饭总不过分吧?"他总感觉她又要摇头,"周渔,你再气我一次试试?把我气饱了我就不用吃早饭了。"

周渔被他逗笑,扑哧一声笑了出来。

她本来就有点儿感冒,声音里又带着些哭腔:"在学校里,只能去食堂吃。"

"我又不挑食,包子、煎饼都行。"程遇舟把手搓热了才去给她擦眼泪,怎么擦也擦不完,索性解开外套,把她的脸揾在怀里,"这下好了，你还得赔我一件衣服。"

周渔瓢声瓢气地问："你怎么把头发剃了？"

他虽然戴着帽子，但耳朵旁边还是很明显。

"就不告诉你。"程遇舟刚才要看她烫伤的手，她不让他看，"让你倔，有你后悔的时候。"

周渔刚想往后退，下一秒又被他拉进怀里："你别这样，好多人在看。"

"看呗，我长得又不丑，不至于丢你的脸。"程遇舟揉揉她的头发，"你的眼睛都红了，被你同学看见，还以为是我甩了你。你听，他们是不是在骂我渣男？我多冤啊！"

陈欢裹着一件羽绒服，站在路口远远地看着，和另一个室友一起，神情茫然。

因为言辞的存在，她们就以为周渔没有男朋友。

而且周渔在她们眼里不像是会早恋的人——不社交，不参加活动，除了上课就是回家，有男生想要联系方式交个朋友她都拒绝，没有一点儿想谈恋爱的样子。

"我就说周渔不简单吧！你看那个男生，浑身都散发着正宫气质，原来言辞这半年是在撬墙脚，我居然还帮他，罪过罪过！"

"侧脸看着还挺帅的。咦？他的头发好像剃了，他是不是进去过啊？"

"不能……吧？"

"这么冷的天，哪个正常人会把头发剃那么短？"

"啧啧，难怪这半年周渔的状态那么差，像丢了魂一样，放假还总不在宿舍。"

…………

周渔带程遇舟去了食堂。程遇舟的头型让陈欢以为他进去过，从抢劫联想到命案，越琢磨越像真的，她没敢走近看，去图书馆晃了一圈。

图书馆里有空调，这个时候一座难求，占了座位不去，东西都会被收起来。

陈欢认真追言辞的时间只有两个星期，虽然最后没追上，但也算是把他的生活习惯摸清了。

她走出图书馆，在球场上找到了言辞。

期末考试周，大家基本在复习，早上的操场空荡荡的，放眼望去就只有他一个人，篮球撞击地面和篮筐的声音在空旷的球场荡起了回声。

怎么会有那么孤独的人呢？陈欢的脑海里无数次出现这个无解的问题。

他有很高的天赋，有被女娲娘娘偏心精修过的五官，又是风华正茂的年纪，应该肆无忌惮，意气风发，为什么会那么孤独呢？

周渔本来就对他极为冷淡，她等的那个男生出来了，以后更不会理言辞了吧？

凉风里夹着雨丝，从布料纤维间的细缝渗进骨头里，陈欢突然觉得言辞很可怜，但其实她自己更可怜。她侧过头，看着水坑里倒映出的她在冷风中瑟瑟发抖的模样，比校园里的流浪狗还可怜。

"真冷啊。"

陈欢吸吸鼻子，裹紧身上的羽绒服，在篮球滚过来时铆足了劲一脚踢远，龇牙咧嘴地对言辞做了个鬼脸，戴上帽子扭头就走。

她有意放慢脚步，可都走到操场外了，言辞还没追上来。

就看一眼，陈欢说服自己。她装作鞋带散了，蹲下去系鞋带的时候悄悄回头看，灰蒙蒙的雾气里模糊的背影离她很远。

他去追那个破篮球了。

她这么大的一个人，活生生的人，连那个破篮球都比不过，可怜中又多了一分心酸。

这就是心疼男人的下场！陈欢再一次以血泪警示自己，拿出在羽绒服里焐得热乎乎的包子，含泪咬了一大口，发誓以后吃剩下的给狗都不留给狗男人。

程遇舟是真的饿了，也确实不挑食。周渔看着他明显消瘦了一圈的面庞，像是吃了一颗又苦又涩的梅子。她别开眼不再多看，借口说再去买盒牛奶。

已经吃过早饭的陈欢又来了食堂。陈欢被包子噎得满脸通红，拿过周渔手里的牛奶打开喝了大半瓶才缓过来："不好意思啊，我刚才差点儿被噎死，我再给你买一盒。"

"没关系……"

周渔话还没说完，陈欢就跑去商店重新买了一盒一模一样的。她看着程遇舟，思索了几秒，双手把牛奶递过去，就差插上吸管喂到他嘴边再叫声"大哥"了。

程遇舟扑哧一笑，低声说："你这个同学还挺客气。"

周渔也不知道陈欢是怎么回事："她平时不这样。"

陈欢想遁地，但又忍不住好奇，这位刚从里面出来的看起来倒是不比言辞差，就是长得有点儿像渣男："你好，我是周渔的室友，提醒你们一下，外面下雨了。那个……你是周渔的同学还是……？"

程遇舟很坚定："男朋友。"

"哦哦。"陈欢点头如捣蒜。她真是有双能很快看破奸情，呸，真情的眼睛。

"分手了。"周渔平静地说，"你吃饱了吗？没吃饱再买点儿其他的，这是校园卡。我回宿舍帮你拿把雨伞。"

这是赶他走的意思。

天气都在留他，她却把他往外推。

程遇舟脸上的笑意一点点往下沉。

"我这儿有一把多余的伞，借给你们用。"陈欢又从宽大的羽绒服里拿出一把伞放在桌上。

陈欢看了看周渔，又看了看对面的程遇舟，觉得气氛不对——在图书馆附近感人相拥的时候还是破镜重圆，现在只剩破镜了。

"那个，周渔的男朋……前任男朋友，你别生气，女生都会在亲近的人面前感到委屈，委屈了就会闹别扭。刚开学那段时间周渔身体特别不好，军训都晕倒了，又是高烧又是呕吐不止，吃了很多药。"

那时候陈欢觉得周渔的心理素质太差了，直到辅导员发了一张表格，让大家填写父母的姓名和联系方式，周渔的那一栏空得醒目——

父亲：无。

母亲：无。

"追她的人就没断过，但她从不跟男生搞暧昧，连微信都不给。周渔这个人就是……太理智、太清醒了，也挺能忍的。你之前是不是在南京？我也是猜测啊，因为她总偷偷看南京的天气预报。我说这些乱七八糟的纯属没话找话缓和气氛，反正就是……你不能动手。"别又进去了。最后那句陈欢自然没说出口。

程遇舟压根儿就没听陈欢最后那几句。

当初周渔打电话跟他说"就这样吧"，没有给他一点儿缓和的时间，程挽月就病了，在ICU待了十八天，全家人都在医院守着。紧接着，程挽月转院到南京，开始接受各种检查和治疗。等他终于能松口气，周渔的电话就再也没有打通过。她放弃的不只是他，还有她自己。

然而那时候他根本不知道刘芬已经去世了，只觉得自己暑假数日的奔波变得毫无意义。

他能直接告诉她,他这半年过得一点儿也不好,心里甚至是有些生她的气的,但她不一样,她过得再糟糕也不会说一个字,因为她太早就学会了自己消化负面情绪。

"你别听她胡说,她是我室友,肯定会偏向我,我其实挺好的,她故意把我说得很惨。周围的同学很好,老师也好,师兄师姐都好,在学校里我反而是被照顾的人,真的挺好的。"周渔勉强露出一个笑容,"你应该也快期末考试了吧?见也见过了,我一会儿送你去坐车……"

程遇舟侧过头,声音沙哑:"我还没吃饱。"

"那再吃点儿,你是想吃甜的还是咸的?"周渔伸手去拿校园卡。她习惯用右手,还没拿到,手腕就被程遇舟抓住了。

她的手上缠着两层纱布,医生说可以防感染。

程遇舟小心地解开纱布,手背上的水泡已经消了,但皮肤还是很红:"我带你去医院看看。"

"不严重,校医给我开了两支药膏,擦几天就没事了。"她要把手抽回去,但程遇舟没有松开。

"早上擦药了吗?"

"擦了。"

"你现在对我一句真话都没有,我不相信。"

周渔从兜里拿出一支烫伤药膏:"我随身带着,没有骗你。"

她的皮肤很干,明显没有擦过药,但她自己忘记了,以为擦过了。

程遇舟拧开盖子,挤了一点儿药膏在手指上,慢慢地在她的手背上抹开,药膏明明没什么味道,他的眼角却泛了红。

周渔不看他:"早就不疼了,只是看着吓人而已。"

程遇舟将头低下去,用微凉的唇轻轻贴着她的手指:"嗯,你再说两句,就能把我气哭了。"

早上还是小雨，等他们从食堂出来，就变成了雨夹雪。

程遇舟一夜没睡。他在附近的酒店订好了房间，但下飞机就来了学校，也没去酒店休息。

陈欢留下的这把雨伞刚撑开就被风吹坏了，程遇舟索性不要伞了。他把周渔的外套的拉链拉到最上面，又摘下帽子戴在她的头上，在她回过神之前，抓住她的手往外跑。

寒风凛凛，像刀子一样从脸上刮过，又疼又冷，却让她那颗几乎死去的心一点儿一点儿活了过来。

有人看着他们在雨里奔跑，那眼神像是在看傻子，但周渔一点儿都不在乎，长期被阴霾笼罩的心吸足了氧气，仿佛要烧起来，喉咙都快被烧干了。

一路跑到校门口，周渔无力地蹲下去喘气。

程遇舟只是呼吸重了一些。他站在风口挡风，把周渔头上的帽子拿下来。帽子的按扣收得紧，在她的额头上留下了一点儿印子。程遇舟把她凌乱的碎发拨到耳朵后面，指腹贴着那道红印揉了揉。

门卫大叔在旁边抽烟，问程遇舟怎么把头发剃了。

程遇舟戴上那顶棒球帽，笑着说："我女朋友要跟我分手，我伤心死了，准备去出家，但剃完头发又后悔了。"

大叔哈哈大笑，程遇舟也笑。

周渔还在喘气，心跳很快，但听着程遇舟和门卫大叔聊东聊西，还是没忍住笑。

出租车到了，门卫大叔递过来一根烟，程遇舟接过来，上车之前把自己的打火机留给了大叔。程遇舟没有点烟，只是把烟捏在手里。

周渔记得他以前是不抽烟的。

那时候，学校里经常有同学因为抽烟被校长点名批评，但程遇舟从来不碰烟,身上总是有种很好闻的味道。

他是什么时候开始抽烟的?

他在电话里说自己半年瘦了十斤,一点儿都没有夸张,脸部轮廓更明显了,尤其是侧脸,棒球帽下的下颌线清晰又"锋利"。

"我乘晚上的航班,你送送我吧,"程遇舟先让周渔上车,自己坐进去后关上车门,"不想送也不行。"

晚上八点多的飞机,他还能留半天。

两个人的衣服都没有湿得太厉害,但落了雨,有点儿潮,酒店房间里暖和,只穿一件毛衣都有些热。

"你要不要睡一觉?"

"我认床,旁边没有熟悉的人睡不着。"程遇舟其实很累。

周渔用吹风机帮他把帽子吹干,转过身后,发现他还在看她。

过了一会儿,她走过去,脱鞋躺上床。光线很暗,他们面对面侧躺着,眼前就只有对方,许久都没说话。

程遇舟将手抚上她的脸颊:"想跟我说什么?"

"很多,但是又不知道该怎么说。"周渔想说的很多,但好像没办法用苍白的语言表达出自己在学校图书馆外见到他那一刻的心情。

"谢谢你来看我。那天送你去车站,我以为……以为会是最后一面,后来又很后悔,后悔没有好好跟你说一声再见,后悔没有当面告诉你,我不会去南京。我也努力过,可最后全都被我弄得一团糟,家里不好,你也不好,所以就只敢在电话里说。这半年既漫长,又短暂,早上见到你才意识到自己挺狭隘的,什么事都做不好,只会逃避,甚至因为害怕看到你的消息,一直没有跟挽月和程延清联系。"

她想及时止损,却适得其反,失去了更多。

程遇舟说:"周渔,我是真的喜欢你。"

周渔顿住片刻,指甲陷进皮肤里的痛感让她清醒:"人生不是只有爱情，而且，你的人生才刚刚开始，以后还会遇到更合适的，无论你为我牺牲什么，我都承担不起……"

程遇舟说："但是我喜欢你。"

"我让你很辛苦，你就当……"她看向窗外，"就当我只是一片雪花吧，很快就会忘记了。"

"我说我喜欢你，周渔，我喜欢你。"

周渔一遍一遍说自己的不好，程遇不厌其烦地重复自己的爱意。

"每一片雪花都是不一样的，还有，我不是以朋友的身份来的，我就是想见你。"程遇舟将手握紧，掌心已经出汗了，在她往后躲的时候还是没忍住抱了她，"你妈妈去世，我没能陪在你身边，我也很自责。"

周渔上次见梁恬提到了刘芬去世这件事，当时委婉地表示过不希望让程遇舟知道："阿姨答应过我不会告诉你。"

"你让她儿子那么伤心，她当然不会听你的。"他说完，停顿了几秒继续说，"当然，结婚后就不一样了，到时候她肯定都是站在你那边。"

不知道过了多久，时间久得他都睡着了，两个人还维持着相拥的姿势。酸涩感从心脏往外蔓延，周渔闭上眼，低声说："外婆离不开白城，她只有我了。以前，我很想走出那个小县城，但那里才是我的家。程遇舟，你去做你想做的事情吧。"

窗外雨夹雪转小雪，天色慢慢变暗。程遇舟睡了多久，周渔就清醒地在他怀里躺了多久，半个身子都是麻的。

她想起去年的第一场雪，想起下雪时他在路灯下给她弹吉他。

退房前，程遇舟洗了个澡。程遇舟洗澡时，周渔看到他的手机屏幕亮起光，是程延清发的消息，不过她没有看内容。

程延清在北京，吃饭的时候发微信给程遇舟问程挽月这两天怎么样,还说自己见到卿杭了。

卿爷爷的病没的治,吃药打针都只能减轻身体的疼痛,上个星期在出租屋去世了,卿杭把爷爷的遗体送去火化了。刚才程延清遇到卿杭,卿杭是准备去找房东退房的。

程遇舟没回消息,程延清就先把手机放在一边,刚要说话,电话响了,是程挽月打来的。

程延清也没有避着卿杭,边吃边跟程挽月说话。她很多东西不能吃,越听越馋,他就说自己在吃煮鸡蛋,什么味道都没有。

他把手机递到卿杭面前:"月月的电话,你跟她说两句?"

也不等卿杭开口拒绝,程延清就打开了免提,程挽月清脆的声音传了出来:"好久不见呀,卿杭。"

她像个没事人一样,应该早就忘记了他们之间的感情。

卿杭没说话,她也不在意,笑着问:"我生病了,你不和程延清一起来看看我吗?"

她还是这样,重复用着早就玩烂了的把戏,都不屑换一个更容易骗到他的借口。

"卿杭,我发烧了,好难受啊。"

村里没有车,他连夜走到县城,结果她根本没有发烧,而是因为和一个男生去玩没有写作业,以为他在家,想骗他去帮她写卷子,知道他回村里办事不在县城就去找别人了,早上打开门看见他,还一脸莫名其妙的表情,问他怎么那么早敲门。

"卿杭,我肚子痛,家里一个人都没有,我要痛死了。"

他连嘴里的饭菜都没有咽下去就跑去买药,衣服都被汗浸湿了,赶到程家时,她正躺在沙发上吃冰棍。

"卿杭,我头痛,你快来我家。"

他刚帮爷爷收拾完院子里的废品,浑身都是难闻的臭味,跑去程家的时候,是一个喜欢她的男生开的门。客厅里很热闹,她穿得也很漂亮，是所有人里最漂亮的。她得意地仰起下巴，对跟她打赌的人说："看，我就说他会来吧。"

类似的事情有很多很多，他明知道她是骗他的，还是次次都会去。

"不了。"

卿杭神色淡漠，把通话中的手机推回程延清那边，付完钱后离开了饭馆。

如果不是因为卿爷爷去世，卿杭刚拿到老爷子的骨灰，程延清早追上去了。

"月月，没事，卿杭不是生你的气，他就是太忙了，学医的嘛，期末考试这两周就连吃饭睡觉都得算着时间。"程延清不想妹妹伤心，安慰道，"我下周考完最后一门立马就回去看你。"

"不了"这两个字是在回答程延清那句"月月的电话，你跟她说两句"，卿杭连一句话都不愿意跟她说。

程挽月心想，这样总比他彻底遗忘她要好。

"哥，我想回家过年，可是爸妈不同意。"

她不提卿杭，程延清也不提了："咱们今年还在二叔二婶家过年，过两天我跟他们说。今天谁在医院陪你？"

"是奶奶呀。她在给我织帽子，你和程遇舟都没有，奶奶只给我织。"

"那不行，我也要。"程延清在电话那边假装耍脾气。

程挽月看着老太太戴上老花镜，想起去年周渔送的那顶毛线帽，那时候可真好。

晚上八点的飞机，程遇舟洗漱完时间就差不多了，只来得及简单吃顿饭。

下了一天的雪，外面白茫茫一片。

周渔送他到机场,大厅里人来人往,大家都有一种归家的急切感。

"又要分开了。"程遇舟两手空空,怎么来的又要怎么回去,"这几个小时,我为什么睡着了呢?睡觉什么时候都可以睡,我好不容易才见你一面,半天时间居然都用来睡觉了。"

"以后……应该还有机会。"她自己都不太确定。

雪势不大,否则航班可能要延误。

程遇舟低头看着她露在外面的一截手腕:"红绳为什么不戴了?"

"断了。"周渔笑了笑,"你快进去吧,再见。"

程遇舟知道她这句"再见"的含义是什么:"我是不会跟你说'再见'的。"

她把他从人生里剔除,他就重新走进她的人生。

"以前是我想得太简单,周渔,你再等等我。"

刘芬去世后,周渔一直在怪自己,总觉得是自己的错。不记得从什么时候开始,周渔一直在失去,某一刻突然有了很想要的东西,那件东西近在咫尺,好像伸手就可以抓住,以至忘了自己身上的责任,甚至没有察觉刘芬身体的异样,造成无法挽回的结果后才明白程遇舟是那么遥不可及。

刘芬给了周渔自由,周渔却被自己困在了那个小县城。

外婆是周渔在这世上最亲的人。

考完试,周渔和言辞坐同一辆车回白城,他回长春路,她回周家湾。把家里里外外打扫干净后,周渔去养老院接外婆回来。

外婆在养老院总是一个人待着,回了家自然很高兴。

白城有习俗,大年三十晚上晚辈要去祭拜过世的亲人。

言辞的父母和周渔的父母葬在同一座山上,周渔等外婆睡着后,带着手电筒出门。她以前很害怕经过这座山，就连夜晚从山下的马路经过都会害怕；现在都敢一个人爬上爬下，就算听见奇怪的声音，心里也没有任何恐怖的想象。

她走在前面，言辞走在后面，因为他们来得晚，下山的路上就只有他们两个人了。

从远处看，两束光离得很近很近，一前一后，但其实隔了很远。

言辞还是不会包饺子。

有人在朋友圈发了九宫格照片，每一张都是饺子，还给每一个白白胖胖的饺子都加上了可爱的表情。

电视里播放着春节联欢晚会，主持人开始倒计时，外面也响起了爆竹烟花的声响，言辞坐在沙发上，侧首看着窗外，各种颜色的烟花在夜空里炸开，火光飞溅，听着极其热闹。

在远隔千里的南京，程挽月又一次进了抢救室。

留给她的饺子里面包了硬币，她却没能吃上一口。

过完春节，天气慢慢暖和起来，春天的气息一天比一天明显。

要开学返校了，周渔收拾好行李，看见外婆在给自己缝扣子。那还是周渔初中的衣服，她早就不穿了。

邻居叹着气说："你外婆年纪太大，坐不了车，连县城都出不去，不然也能带着去市里住，你就不用这么辛苦了。"

周渔回过神，笑着道："我不辛苦，放假能回来看看外婆也挺好的。"

把外婆送回养老院，在家住的最后一晚，周渔做了个梦。

梦里程遇舟第二次问她："要不要跟我和好？"

她点头。

程遇舟却往后退："太晚了，我已经爱上别人了。"

嘴里说不出话，她着急，张开双手想抱他，他的身体突然散成一团雾气,带走了那束光。

如果没有被挽月打来的电话惊醒,周渔还在那个梦里。

可接完电话,她更希望这通电话是梦。

所有同学都以为出国了的程挽月为什么会在医院?

二十分钟后,言辞也接到了程挽月的电话。他们很久没有联系了,对那封他从头到尾都没有见过的情书,程挽月一直耿耿于怀,就连高中毕业从白城搬走的那天,她都在威胁他不准说出去。

"言辞,你和阿渔一起来看看我吧,"程挽月说话还是笑着的,"因为我好像快死了。"

言辞失手碰倒了桌上的玻璃杯,破碎声很刺耳。

周渔原本的计划是下午回学校,言辞比她晚一天,程挽月的电话让两个人都退票去了南京。

第十二章

夏夜美梦

南京的春天好冷。

来之前，周渔总以为南京很遥远，但其实也就只有一张车票的距离。

程挽月住在省人民医院。程挽月让周渔什么都不要带，花也不要，因为花容易滋生细菌，不能在病房里放太久。

她从早上睡醒就眼巴巴地盼着，连输液都好像没有平时那么疼了。

周渔在病房门口看到病恹恹的程挽月头上一根头发都没有了，再也忍不住眼泪，捂着眼睛蹲在门外，肩膀都在抖，言辞先进去。

程挽月高兴地从病床上坐起来。

护士姐姐笑着打趣："妹妹，你这个哥哥也很帅！"

程遇舟和程延清来得太频繁，护士误以为言辞也是程挽月的哥哥。

"他不是我哥，他是我哥们儿，以前我还给他写过情书呢。那可是我第一次写情书，我就写过那一次，写得可认真了，但他没收到，气死我了，否则现在可能就不仅是哥们儿了。"程挽月一边开玩笑，一边往言辞身后看："快进来。阿渔呢？"

"我在这儿。"周渔抹了抹眼睛，连忙起身走进病房。

程挽月是多爱漂亮的女孩子啊。

"我变成了丑八怪，不想让你们看到我这个样子，"她连帽子都没有戴，只穿着病号服，"但我害怕自己万一哪天就死了，死之前都没能见见你们。"

"挽月……"周渔一开口，哽咽的声音就藏不住。

程挽月看着周渔哭，也有点儿难过。

周渔去了洗手间，言辞迈开僵硬的双腿走到病床旁坐下："什么时候查出来的？"

"去年暑假，刚搬家没多久。"程挽月总想着高考完要做很多事，可是连最简单的染头发都没来得及做，"本来只想告诉阿渔的，但因为你是我暗恋过的人，所以也有特权。不准告诉卿杭，你要是不听我的，我死了以后就去你梦里吓唬你。"

卿杭离开白城的时候唯独没有跟她告别，她病了，也就只瞒着他。

"治不好了吗？"

"不知道，他们都说我一定能好起来，但是你看，我的头发都掉光了。"她摸了摸自己光溜溜的脑袋，"我高三的时候特别想染头发，早知道那时候就染了，反正就是挨顿骂。"

言辞别开眼，程挽月看着他笑。

"你们好像都比我难过。我爸还不到五十岁，就有白头发了。我妈整夜整夜睡不着，脸上好多皱纹。奶奶也是，眼睛都哭坏了。二叔和二婶因为想让我开心一点儿，也不吵架了，每次来医院都甜甜蜜蜜地牵着手。程延清的脑袋本来就不聪明，还想说谎话骗我。程遇舟也是个笨蛋，有一天晚上我心跳骤停，把他吓死了。你看阿渔，她好伤心啊。你也一样，先是失去父母，现在连朋友也生病了。"

她是生病的人，现在却反过来安慰言辞。

"我要是死了，就把遗体捐给学校或者研究所，这样还能在某些地方留下我的名字。"

卿杭在医学院。

"言辞，你的眼睛红了，如果你也哭了，我肯定就忍不住了。"程挽月凑近，跟他说笑，"言辞，我觉得你以后一定会很厉害的，当大老板，当总裁！不能看到你成为商业精英的帅气模样，有点儿遗憾。"

她有很多话要说，言辞看着她，心里长久以来的忧郁像是化成风散开了。她在输液，时不时会疼得皱一下眉头，但还在告诉他，以后一定会有人很爱他。

周渔在厕所洗了四次脸，眼角的泪痕还是很明显。程挽月从枕头底下拿出钱淑织好的两顶毛线帽："阿渔，你喜欢白色的，还是橘色的？"

程挽月从小就喜欢明亮的颜色。

"白色。"

"那我要橘色。"

周渔先给程挽月戴上，然后又给自己戴。

程挽月问言辞："我们俩谁好看？"

言辞说："你好看。"

"哼，骗子，'男人的嘴，骗人的鬼'，这话真是一点儿都不假。"

程挽月故作生气，但肚子咕噜咕噜地响，周渔这才笑了出来。

探视者不能在病房待太久，护士来提醒他们，周渔和言辞只能先下楼，但没有离开医院，就在住院部楼下的椅子上坐着。

周渔低着头："我真蠢，没有早点儿发现挽月病了。"

"我也不比你好多少。"言辞想抽烟，但没有抽，"也很后悔以前伤害过你。"

横在两个人之间的隔阂好像不见了。

言辞抬起头，看着不远处匆匆忙忙朝住院部走过来的程遇舟。

"你猜他一会儿上台阶先迈哪只脚？"

程遇舟还没有看到他们。

周渔想起言父言母车祸前那两年，她和言辞在家属楼的楼顶玩纸牌时的情景，他能说出这句话，她就知道他释怀了。

"猜对了有什么好处？"

"程挽月刚才不是说想吃烤红薯吗？你猜对了，我就去跑腿。"

"如果你猜对了呢？"

言辞数学和物理都考过满分，从楼顶能看到程家大门外的那条巷子，凭着对巷子长度的了解就可以大致判断出程遇舟经过大门时会迈哪只脚，每次都是故意猜错让着周渔，倒水的人是他，洗水果的人也是他。

"如果我猜对了，"言辞顿了几秒，唇角扬起淡淡的笑意，"给我个朋友的拥抱吧。"

程遇舟上台阶时先迈了右脚。

这一次，言辞猜对了。

他笑得轻松，周渔终于也能自然地拥抱他，像朋友一样："希望你每天都可以睡得很好。"

"那就努力从明天开始。"言辞先放开，"你在这里等他，我去买。"

"输了是你跑腿，赢了还是你跑腿，多亏啊。"

言辞笑笑："我其实是想找个地方抽根烟。"

程遇舟事先不知道周渔来了南京，学校还没开学，他天天都在医院。还是程延清从言辞那里套到话告诉了程遇舟，程遇舟才带着家里做好的午饭匆匆回到医院。

程挽月现在饮食清淡，老太太天天变着花样给她做，就想着她能多吃点儿。

"看我干吗呀？"她故意装傻。

程遇舟从包里拿出一杯奶茶——他问过医生，医生说程挽月可以适当喝一点儿。

程挽月看见奶茶，眼睛都亮了。

"我和程延清做了一上午，跟店里的味道一样。"程遇舟打开盖子给她闻味道，但没有立马让她喝，"他们去哪儿了？"

"你自己不能打电话问吗？"

"能问，但我怀疑你会从中作梗，害我白跑一趟，周渔肯定还是偏向你的。"

"知道就好。"程挽月得意地仰起下巴，这才告诉他，"他们刚下楼，应该还在医院。"

程挽月以为程遇舟知道周渔还在医院会一分钟都待不住，但过了好一会儿，他还坐着没动："怎么不去找阿渔？"

"不急这几分钟，等你吃完。"

"你是想盯着我吧！"程挽月瞪他，皮笑肉不笑地说，"就这么一小杯，我喝完又怎么了？"

程遇舟笑着说："知道就好。"

能喝是能喝，但不能多喝，她现在已经很乖了，只是嘴上说说而已，程遇舟等她输完液才走。

十分钟前周渔给程遇舟发了条消息，说她在楼下的花园。

言辞拿着热腾腾的烤红薯回来，两个人在电梯口遇到了。

程遇舟先说话："一会儿去家里吃饭，程延清和奶奶都等着。"

"嗯。"言辞点头，有护士推着病床过来，他往旁边站，"我身上有没有烟味？"

"闻不出来。"

"那就行。"

言辞进了电梯，程遇舟收回视线，走着走着就小跑了起来。花园里人很少，梧桐树还是光秃秃的，周渔坐在长椅上看小男孩儿玩滑板，程遇舟看到她就放慢了脚步。

小男孩儿摔了一跤，滑板受惯性影响还在往前滑，周渔心里想着程挽月的病，注意力分散，目光不聚焦地跟着滑板移动。直到有人踩住滑板，灵活地滑到她面前，她才回过神。

比起上次见面，他的头发长长了一点儿。

周渔抬手摸着下巴的位置问他:"这里红了,怎么弄的?"

程遇舟随口胡说:"打架了。"

"少骗人。"周渔站起身,擦掉了他皮肤上的红印,"是口红吗?"

程遇舟看着她手指沾到的那点儿颜色,反应倒是很淡定。他下车就去了病房,除了熟悉的医生和护士就只和程挽月在一间病房里待了二十分钟:"程挽月又陷害我……"

他话音未落,不远处有人叫他的名字,周渔顺着声音看过去,对方身材纤细高挑,穿着浅色大衣,很像明星。

"钥匙落在我爸的办公室了,你走得真快,我都追不上。"

"谢了。"程遇舟接过钥匙,随后给周渔介绍:"这是月月主治医生的女儿。"

她笑着补充道:"也是他的高中同学。"

周渔礼貌地打招呼:"你好。"

"你好。"对方含笑看着程遇舟:"不介绍一下啊?"

他明明有合适的说辞,"程挽月的发小"或者"程延清的朋友"都可以用来介绍周渔,却偏偏要和自己联系起来:"她是我过去很喜欢现在也很喜欢但甩了我的人。"

"原来是你。"她多看了周渔两眼,"我还有事,就不打扰你们叙旧了。"

程遇舟的朋友虽然没有见过周渔,但提起来都不会觉得陌生,因为高三那一年,程遇舟的朋友圈里除了学习和睡觉就是周渔。

"想什么呢?"

女生的第六感总是在这种时候格外敏锐:"怎么感觉是你在陷害挽月?"

那个女生的口红的颜色和他下巴上的差不多。

程遇舟反应过来,拿出纸巾帮她把手擦干净:"那肯定不是,我如果想气你,绝对不会用这种蠢办法,让你吃醋有危机感的聪明办法多的是，但我舍不得让你伤心。"

言辞给他们留了足够长的独处时间，程延清打电话催了好几遍言辞才下楼。

程遇舟叫了车："晚上住哪儿？"

"来得太着急，还没订房间。"

"住我家？跟程延清挤挤。"

言辞说："你们商量，我都行。"

程遇舟的父母都出差了，家里没有会让周渔尴尬的人，否则他也不会开这个口。

钱淑听说他们来了南京，又加了几道菜。程挽月午睡要两个小时，钱淑等他们到家了才准备去医院。

少了程挽月，饭桌上明显没那么热闹了。

程延清明显成熟了很多。刚开始谁都不提程挽月的病，可喝了酒就忍不住了，周渔听他讲这半年里程挽月被病痛折磨的苦，心里越发难受。

言辞和程延清去外面了，阿姨收拾好餐厅，也出去了，周渔从洗手间出来时，屋里就只剩程遇舟。他在阳台，没穿外套，看见周渔就把烟灭了。

"这里之前有一盆天堂树。"

连花盆都没了，阳台显得很空旷："冬天太冷冻死了吗？"

程遇舟看着她笑："不是，是被我一脚踹去了天堂。我拿到录取通知书那天就是在这里给你打电话。"

后面的话他不说周渔也能猜到。

他低声道："那天，你也很难过吧？"

关于那段时间的记忆很混乱，周渔只记得自己对他说了很多不好的话。他干干净净地出现在她乱七八糟的生活里，她舍不得让他陷入泥潭，只能舍弃。

"好像无论怎么选都会有遗憾。"

程遇舟想说,他不想成为她的遗憾。

周渔一直戴着程挽月送的帽子。屋里开着暖气,她热得脸都红了,眼里一层雾气。程遇舟关好阳台门,拉上窗帘,光线暗下来。

"刚才是不是喝酒了?"

"嗯。"

"那我试试'酒后吐真言'这句话在你身上有没有用。"他知道她的酒量,也知道她喝了酒之后会比平时大胆,"男人变心很快的,周渔,你真的想让我和别人在一起吗?"

"嗯。"

"再说一遍。"

"不想,我不想,"她突然抱紧他的脖子,哽咽的哭腔听起来委屈极了,"可是我一点儿都不好。"

程遇舟唇角漾出笑意:"我怎么觉得你挺厉害的?把我都搞到手了。"

她破涕为笑:"你这是夸自己吧?"

他说:"顺便也夸夸你。"

程延清大半年没见过言辞了,程挽月住院后,程延清连游戏都玩得很少,好在两个人从小一起长大,倒也不至于没话说。

"能待几天?"

"跟辅导员请了一周的假。"

"那还可以再留两天,明天带你去景区逛逛。咱俩晚上住酒店算了,回去也碍眼。反正没事干,去医院陪我妹下几盘五子棋?不行,一身酒味,她闻到了又要告状。你们来看她,她今天应该很开心,我就不惹她生气了。"他想了想,说,"要不,去玄武湖划船?地铁两站路,很近的。"

"划船？"言辞嫌弃地瞥了程延清一眼,"我跟你？"

"跟我怎么了？这简直是你莫大的荣幸,今天错过了,未来十年都不一定有这个机会,好好珍惜吧少年。"

"离我远点儿,别恶心我。"

程延清故意凑过去,跳起来趴在言辞的背上,言辞甩不掉他,最后两个人一起跌坐在路边的草坪上,程延清索性就地坐着。程延清从言辞的衣服里摸到一盒烟,拿了一根出来抽,但想着晚上要去医院,抽了两口就灭了。

路边有秦画的广告,那张化着精致妆容的脸在电子屏上一闪而过,有粉丝拍照,言辞才认出广告里的人是她。

"分手了？"

"早分了,本来就不是一条路上的人,强求也没意思。"程延清继续道,"我现在不奢求别的,月月的健康比什么都重要。"

"回去过吗？"

"程遇舟回去过一次,我没有。奶奶在城市里住不习惯,如果月月没生病,奶奶去年就搬回去了。今年应该是不行了,不知道明年能不能带月月回白城过暑假。"

"能吧,"言辞一只手搭上程延清的肩膀,"到时候我负责你们的吃喝。"

程延清连连摆手:"谢谢您嘞,你做的饭连狗都不吃,没把自己毒死是你命大,月月对你有滤镜,咬咬牙能咽下去,我可委屈不了自己。论做饭,那还得是卿杭。"

"都在北京,也见得少？"

"我没时间,他也忙,还是年前见过一次,一起吃了顿饭,挺生疏的,他以后应该不会回去了。"

在白城的最后一点儿念想随着时间消失殆尽,卿杭只能不停地往前走。

哪怕只停下休息一秒，那种四周空旷无人的恐慌感也会压得他喘不过气。

周渔睡了个午觉，迷迷糊糊地醒过来，好一会儿才想起自己在哪里。

她在南京，在程遇舟的房间。

这间卧室和他在白城的那间很不一样，几乎听不到外面的声音。

"再不醒，我就要掀被子了。"程遇舟倒了杯水放在桌上，坐到床边，"头还疼吗？"

周渔摇头，睡眼惺忪地打哈欠："我穿了衣服。"

"知道你穿了，穿了又不是不能脱。"程遇舟掀开被子，刚在她旁边躺下就被踹下床，他坐在地毯上，双手撑在身后，似笑非笑地看着周渔，"酒醒了就想赖账？"

"我说了什么？"

"你说你特别爱我，分手后每一天都很难过，哭着要跟我和好，"他张口就来，"我那件黑色卫衣都被你哭湿了。"

他确实换了一套衣服，身上有种干净的味道。

"不可能，我不会上当的。"周渔缩进被窝，连头发都没露在外面。

"不承认是吧？"

程遇舟一只手伸进被子里抓住了她的脚踝，在她逃脱之前，连人带被拉下床。

周渔跌在程遇舟的身上。她刚醒，反应慢，手和脚被缠在被子里，整个人都被牢牢地困在他的身体和床之间。

"松开，我好像抽筋了。"

"你今天就是骨折了也得先认账。"

程遇舟有分寸，不会伤到周渔，他的手还握在她的脚踝上，指腹贴着皮肤摩挲，若有似无的痒意让她头皮发麻，她不太自然地往后躲，但又无处可躲，手心都被焐出了热汗。

周渔眼睁睁地看着他给钱淑打了通电话。

程遇舟甚至开了免提："奶奶，月月睡醒了吗？"

"睡醒了，在看漫画，等着延清和言辞来陪她下五子棋。"

"您把电话给她。"

钱淑把手机拿给程挽月，程挽月躺在病床上，慢悠悠地说："你们不能自己玩吗？又受委屈了？我可不会帮你。"

周渔下意识地想捂住程遇舟的嘴，然而她越想挣脱，被子就缠得越紧。

程遇舟把手机拿远，看着周渔挑了下眉，无声地提醒她这是最后一次机会。

周渔手脚不能动，但还有嘴能说："挽月，是我想你了。"

"明天还能再见面啊。"程挽月笑了笑，"阿渔，你就哄哄程遇舟吧，不然他好烦的，我要吃药了，拜拜。"

电话挂断，周渔松了一口气，脑袋倒在程遇舟的肩上。

程遇舟把手机扔到一边，慢慢拉开缠在她身上的被子："赖账也没用，我早就录音了。你们学校的广播站应该有微信公众号吧，过几天我就去投稿，求他们帮忙在黄金时间段播出去。到时候就会有人打听录音里的人到底是谁，哦，原来是开学因为一张军训照片上了新闻的那个周渔啊。"

这件事其实发生在周渔晕倒之前。

一张别人偷拍她的照片和一封匿名情书意外地在网上红了，当地某家媒体报道各大高校军训的稿子里用了那张照片，所以言辞抱她去医务室的照片被人传到网上后才会被那么多人关注。后来没多久，那个账号就注销了，但照片还能在网上看到。

周渔恼羞成怒，脸都憋红了："你都录音了还打电话给挽月！"

"我没有用程挽月威胁你的意思,是你把我想得太坏了。"程遇舟说得理所当然,"我人不在医院,一天最少要打两个电话,听听她的声音会比较安心。"

他一脸得逞的表情,周渔才不信是他说的那样。

周渔挣扎着去抢手机,程遇舟被她扑倒后顺势躺在地上。

"删掉。"

"求我啊,"他把手机塞进衣服里,得意地看着她,"你求我我就删。"

周渔说:"我不相信你。"

"那就算了,正好我想留着。"程遇舟捡起帽子,站了起来。

他走出房门之前一切正常,毫无异样,关上门后才露出情动的端倪——头发还很短,帽檐遮不住耳朵上慢慢透出来的红晕。

他冷静下来才重新敲门进去,周渔已经把被子叠整齐了。

"你是不是想洗澡?给你找一件我的卫衣?"

"你的衣服我穿着太大了。"她也不是没穿过。

"我不出去,就在小区附近转转。"程遇舟从衣柜里拿了一件和他身上这件颜色差不多的卫衣,"你洗完了去外面找我。"

"好。"

周渔洗澡时,程遇舟上楼找到了很久没玩过的滑板。

小区外面有条人行道,两边种满了整齐的梧桐树,周渔想,夏天这条路应该很漂亮。

程遇舟踩着滑板从不远处朝她滑过来,她就在原地等着。

"试试?"

"我不会。"

"没事,我扶着你玩一会儿。"

程遇舟用一只手牵着周渔,刚开始学,她滑不了多远就往他怀里扑。她累得喘气，程遇舟也没轻松到哪里去，心头烧起了一团火苗，让他燥热不已。

一直到天色变暗，路边亮起路灯。

"好难。"她反而有了点儿兴趣。

"教你玩滑板是想让你开心一点儿，不是让你只想着快点儿学会它，看都不看我一眼。"程遇舟扶着她坐到滑板上，在她面前蹲下去，手掌覆在她膝盖上轻轻揉着，这里刚才磕到了。

他左手撑在地面上，这个季节，地上还很凉。

周渔低头看着他的动作。她闻到了风里的香味，手从宽松的袖口伸出来，碰到他的手指后停住了，下一秒就被他反握住。

四目相对，她闭眼吻了上去。

他僵着没动，轻声问她："酒醒了吗？"

周渔退开一点儿距离，睁开眼睛："醒了。"

程遇舟低低的笑声模糊在齿间，他贴着她的唇边亲了一下，又侧过头凑得更近，甚至不知道什么时候左膝已经跪到地上。

他们在路灯下接吻，在有人骑着自行车从身后经过时才短暂分开。

周渔推着他的肩，身体往后仰，同时侧首往旁边看，上午在医院见过的那个女生就站在不远处。

"你们住一个小区啊？"

程遇舟看过去，很快又收回视线："是啊，吃醋了吧？"

周渔坐着滑板默默地滑走。程遇舟的腿早就麻了，他扶着树干才艰难地站起来，脸上没有任何尴尬的神情，只有藏不住的笑意。他和那个女生简单地打了声招呼之后跟在周渔后面慢慢地走了几步，等双腿僵硬的麻木感缓和了就跑着追上去。

他弯腰捡起滑板，单手抱起周渔转了一圈。

"你走这么快，心虚吗？"

"我心虚什么？"

"你都把我亲出生理反应了。"

"……"

手机响了，程遇舟只能先松开搂在周渔腰上的手，周渔趁机往回跑，进屋才发现客厅里坐着两个人。

周渔之前见过梁恬。程家人的眉眼间都有些相像的地方，正在给梁恬按摩的男人应该就是程遇舟的父亲。

他和程国安的气质不太一样，而且看着很年轻。

"叔叔好，阿姨好，我是……"周渔怎么都说不出"我是程遇舟的同学"这几个字——她身上还穿着程遇舟的衣服。

程延清打电话说自己和言辞晚上不回来住。后进屋的程遇舟站在玄关处，也愣了几秒。

"爸，妈，你们什么时候回来的？"

"就在你臭不要脸耍流氓的时候。"程国齐今天没开车，和梁恬在外面吃完饭走路回家，走到小区外面那条梧桐路时，路灯刚好亮起来。

在路灯下接吻的小情侣被罩在昏黄的灯光里，男生半跪在地上，把帽子摘掉扔了，他越看越觉得像自己家那个。

"要不是你妈拦着，我半个小时前就过去揍你了，你都是跟谁学的？"

"还能跟谁学？在咱们家，我也就能跟你学这些。"程遇舟一只手搭在周渔的肩上，"她今天刚到南京。"

梁恬笑着朝周渔招手："阿渔，快进屋，欢迎你来。"

梁恬的亲切化解了周渔的紧张。

"谢谢阿姨。"

"也谢谢你，很久没有看到舟舟这么开心了。我和他爸只是回来收拾几件衣服，然后去趟医院，还要赶着去机场。冰箱里有份甜品，你们俩记得吃,放到明天就坏了。阿渔,你就把这里当自己家,不要客气。"

舟舟……

周渔悄悄看向程遇舟,小声说:"你爸妈在家都这样叫你啊?"

她眼里有笑意,眼睛亮晶晶的。

程遇舟不太自然地侧过头。等梁恬穿好外套,程国齐拎起行李箱,两个人一起出门后,程遇舟放下滑板,直接把周渔抱起来扛上楼,大步走进房间,反脚关上房门。

周渔被扔到床上,脑袋颠得晕乎乎的。

她还在笑:"舟舟生气了?"

"今天晚上谁都不回来,你完蛋了。"程遇舟将头低下去狠狠地吻她。

她无意识地吞咽着口水,手也攀上了他的肩。

"是不是得吃点儿东西?"程遇舟脑袋里的理智所剩无几,"我怕你晕过去。"

"少吓唬人。"

"那你就等着。"

程遇舟下楼去翻冰箱,把梁恬刚才带回来的蛋糕拿到房间,顺便把灯关了,只留下床边的一盏夜灯。

他不太喜欢吃甜品,切了一块给周渔,看着她吃。

空调开着,奶油融化得很快,手背不小心沾到了一些,她把手背上的奶油舔到嘴里,被舌尖舔过的皮肤泛着点点晶莹的水光。

"有勺子吗?"

"忘记拿了。"程遇舟直勾勾地看着她,"我现在这样下不去。"

"我洗过手,不用勺子也行。"她换了个姿势,跪坐在地毯上,用手拿起一小块,"你要不要尝一口?"

程遇舟后背都出汗了:"你先吃,我等一会儿。"

她中午吃得很少，喝了一杯啤酒，没多久就睡过去了。

空气里那股奶油的香甜味越来越浓，程遇舟拿着盘子的手不知不觉地越来越往下。她吃东西一点儿都不矫情，但因为没有勺子就吃得慢。

奶油很容易沾得到处都是，她脸上有，下巴上也有，手上最多。

等她吃饱，程遇舟就不客气了。

"刚才不是还要叫我'舟舟'吗？没力气了？一想到去年有人跟我说'就这样吧，以后还是不联系了'，我就轻不了。"程遇舟咬了她一口，带着威胁的意味，"以后还说不说？"

她不肯出声。

"下午是骗你的，你哭成那样，我哪还能想着录音？再不说话就别睡了，反正这两天我也不打算带你出去，南京就那么多地方，一次性都玩了，下次再来就没有新鲜感了。"

"知道了。"周渔的脸红得像是要滴血。

刚过傍晚，深色窗帘隔绝了窗外的一切光亮。

两个人都想着，能多在一起一分钟，就多在一起一分钟。

程遇舟说这几天不会带周渔去其他地方就真的没有带她去——他要延续她对南京的新鲜感和好奇感，这次主要是让她熟悉他的家，下次有下次的安排。

他们下午才去医院，言辞和程延清也在。

护士来给程挽月输液。病号服的袖子被卷起来，皮肤上是一块一块的乌青，程延清在护士扎针的时候说笑话逗程挽月。

很疼，疼得难以忍受，程挽月忍得嘴唇都白了。她喜欢病房里有很多人，这样热闹一些。

"阿渔，言辞，你们要回去上课了吗？"

"明天才走。"周渔坐到病床边的椅子上，手伸进被子里，轻轻握着程挽月的手,"我晚上在医院陪你。"

"不知道什么时候才能回家,好想吃学校旁边那家的炸串,我高三下学期光好好学习了,都没吃几次。"

"那家店的老板回老家帮儿媳妇带孩子,门面转让给别人开粉面馆了。"

"啊?好可惜。"她有些失落。

程遇舟把带来的游戏机给她,说能玩半个小时,她很快又开心起来。

程延清以前倒在床上很快就能入睡,现在失眠很严重。言辞也睡不着,穿上衣服出了卧室,看见程遇舟在阳台上,言辞没有弄出一点儿声音,又回到房间。

在南京的这几天,他总是要到后半夜才能勉强睡几个小时。其实他带了药,但没吃。

程遇舟敲门:"去打球吗?"

言辞看了看时间:"现在?"

程遇舟把篮球扔到言辞手里:"反正也睡不着,球场很近。"

言辞跟着出门。没过几分钟,程延清也来了球场。

打完球出了一身汗,三个人又去喝酒。

现在,除了程挽月的健康,一切都没那么重要了。

第二天,言辞回学校之前又去了一趟医院。程挽月说不用经常来看她,说她已经没有刚开始那么害怕了。程挽月在病房里笑着跟言辞和周渔挥手。关上门后,里面传出抽噎声,程延清就没送他们去车站。

言辞先进站,留下周渔和程遇舟说话。

程遇舟今天开学,但他请了假——如果所有人都走了,程挽月会有失落感。

"你安心上课,哪周不回白城看外婆提前告诉我,我有时间就去看你。"程遇舟抱住她,"月月的病情有好转或者……严重了,我也会及时跟你说。"

周渔点头:"好,我这学期的课不算多,偶尔能有两天半假期,也可以来看你们。"

"舍不得你走,但没办法。"程遇舟放开她,往后退了半步,笑着说,"进去吧,你早点儿走,离下一次见面就又近了一点儿。"

就算和上次在车站分别时的心情不同,两个人还是难免有点儿低落。

周渔走了几步又转身朝程遇舟跑过去,程遇舟以为她有什么东西落下了。

她说:"没落下什么,我是想告诉你,我的红绳没有断,而且,那也不是我随便买的。"

程遇舟怔了两秒,才下意识地问道:"然后呢?"

"你先自己想,如果想不到,"周渔握住他的手腕借力踮起脚,在人来人往的车站口亲了他一下,"我暑假再告诉你。"

周渔和程遇舟见面的次数并不多。

程挽月的状态有时好,有时差,全家人没有一刻敢松懈。三月份,她进行了骨髓移植手术,术后没排异没感染,骨穿报告也很正常,等过了危险期,药量就可以慢慢减少。

外婆走得不算痛苦,像是睡了过去。周渔从白城回到学校,有一天晚上梦到了外婆。外婆还是去世前的样子,穿着一套灰色的衣服,坐在养老院院子里的树下,护工告诉她'外孙女又来接你回家了',她笑得眼睛都眯成了一条缝。

程遇舟寄来了快递,很大的一个箱子,但不是特别重。陈欢说可能是衣服。周渔把箱子带回宿舍，拆开后蹲在地上看了很久。陈欢从厕所出来，周渔还是那个姿势。

陈欢好奇，在周渔的旁边蹲下去，看清箱子里的东西之后发出了惊讶的尖叫声。

是婚纱和戒指，婚纱上还贴了一张便笺，上面写着程遇舟的手机密码、银行卡密码和手机支付密码。

"够直接的啊。"陈欢感叹人不可貌相，第一次见程遇舟觉得他应该不是一个专情的人，毕竟长得那么"招摇"，和周渔还是异地恋，"年龄一到，他是不是就要拉着你去扯证？其实大学期间就结婚的也不是没有，咱们学校好像就有一对，毕业的时候连孩子都有了。周渔，你比他小几个月？"

周渔还有些蒙，说话慢吞吞的："小五个月。"

箱子里垫了东西，所以婚纱始终整整齐齐的，只有装戒指的盒子在周渔打开快递的时候掉了出来。

"那还得再等等。"陈欢羡慕地看着那枚钻戒，"好闪啊，这个牌子好像挺难买的，得预订。"

周渔以为他寄来的只是普通的礼物——他不会送太贵的东西，但小礼物基本没断过。他每周都会订花，也不是很大一捧那种，十枝左右，插在她从跳蚤市场淘来的手工花瓶里刚刚好。她也给他寄过礼物，上个月他过生日，她还偷偷请假去了南京，在他学校等他下课。

陈欢在网上查了，戒指要提前两个月预订，周渔算了一下时间，应该就是在他生日前后。

"你还去看言辞比赛吗？"陈欢看时间，再不去就晚了，"我必须去给他的对手加油，他如果表现得太帅，我可能要'旧情复燃'，甚至比之前更喜欢他，那可不行。"

言辞今天下午有场篮球赛。他本来是不参加的——大一上学期他就没有参加任何集体活动，人也很不合群，只和几个舍友在一起玩，这学期才勉强像个人——队里有个男生骨折了，找他替补，他竟然也答应了。

这场篮球赛算是暑假前的友谊赛。

周渔说："你先去，我等一会儿。"

陈欢也不当电灯泡："那我给你留位置，早点儿来啊。"

陈欢换好衣服风风火火地出门，周渔把箱子搬起来放到桌上，然后给程遇舟打电话。

他接得很快："收到了？"

"嗯，刚拿回宿舍。"周渔想起上次去南京，吃完饭散步，他拿着一根细绳在她的手上绕着玩，当时她没有在意，也没往这方面想，"你什么时候买的？"

程遇舟咳了两声："不告诉你。"

周渔听懂了他的暗号，笑着问道："挽月在你旁边吗？"

"她在，还有程延清。我刚才没有跟他们俩说学校食堂只能刷饭卡，你快来救救他们。"

"你们来我学校了？！"

"这么高兴？"程遇舟故意长叹一声，"早知道我就不带他们俩了。"

周渔拿上钥匙往外走，一出门就小跑着下楼。宿舍到食堂的距离不算近，她跑得急，程遇舟在电话里都听得到她的喘气声。

程挽月想吃冰棍，程延清不让她吃，周渔过去的时候两个人还站在冰箱旁边吵架，程遇舟远远地看着，问就是"不认识""不熟"。

周渔刷了卡，程挽月只尝了一口就满足了，程延清吃她剩下的。

程挽月还戴着帽子，人还是很瘦，但气色好了很多。有她在，程遇舟就只能和程延清坐在一起。

周渔看见程遇舟的包里还装着药："能出院了吗？医生怎么说的？怎么不提前告诉我？我好去接你们。"

"我表现好，医生就同意让我回家过生日，过完生日还得回医院。奶奶和爸妈先回家了,我想来看看你和言辞的学校,程遇舟就偷偷开车送我来啦。"程挽月兴致高昂,看什么都新鲜,"提前告诉你不仅耽误你考试,还没有惊喜感,多没意思呀。"

"我还有最后两科,下星期才考。"

陈欢发来消息,说期末看比赛的人没有平时多,还有很多空位,刚好程挽月说起言辞,周渔就问:"言辞在体育馆有比赛,想不想去看?"

程挽月当然要去,挽着周渔,故意惹程遇舟:"某个人不会又吃醋吧?"

程遇舟连戒指和婚纱都送了,这种醋没必要吃。

"没事,你有我。"程延清学着程挽月的模样,"娇羞"地往程遇舟的肩上靠,刚要说点儿什么就被程遇舟拧着胳膊摁在地上。

周渔骑来自行车,载着程挽月走在前面,两个男生爬起来拍拍衣服上的灰,跟在后面一起去体育馆。

比赛已经开始了,言辞球衣的后背都湿了一块。他没有往观众席看,中场休息才注意到坐在后排的几个人。程挽月站起来跟他挥手,激动得都把帽子弄掉了,也不在意别人好奇的目光,大喊"言辞好帅"。

虽然是友谊赛,但双方的分数咬得紧,言辞被人死死地防着,摔倒或者跑起来难免会露出后腰上的字母,周渔说过,字母Y可以是别人,也可以是他自己。

程挽月喊累了才坐在椅子上。她的水在程遇舟的包里,瓶盖被他拧得很紧。

"舟舟哥哥打球也很帅的,阿渔,下次你去看他的比赛,他还有腹肌呢。"她说完,程遇舟果然就把瓶盖拧开把水递给她了。

也是巧,言辞被人绊了一下摔在地上,球衣也被带到了腰腹上面。

周渔只听到一阵热烈的欢呼声,还没往球场那边看,一只手就挡在了眼前。她侧过头,和程遇舟对视。

程延清站起来骂那个使阴招的人，如果没有护栏，估计要从观众席跳下去了。

周渔默默地远离程遇舟。程遇舟忽然凑近，在她耳边低语："我最近锻炼也挺勤的，要不要看？"

陈欢还坐在旁边，周渔只能勉强维持表面的淡定："这么多人……不好吧？"

程遇舟拿起程挽月的防晒衣作为遮挡，把周渔罩在里面，手指钩着T恤往上掀了一点儿。

"悄悄看。"

程延清扭头就瞧见这一幕。

"舟舟哥哥别那么小气只给周渔看，也给我们看看啊，再往上掀，脱掉最好。"他不仅嘴上调侃，还要去"帮忙"，"他刚才肯定是憋气了，周渔，你再替我摸摸。"

程遇舟面不改色："有本事自己来摸。"

"大庭广众，众目睽睽，谁像你这么没皮没脸？"程延清突然收手，捡起帽子戴在程挽月的头上。

原来是啦啦队上场了。

下半场，言辞像是打了鸡血，赢得非常漂亮，最后合影的时候还有人过去送花。他要先回宿舍洗澡换衣服，其他几个人就在校门口等。

程遇舟去年就拿到驾照了，这次开的是程国安的车。程挽月昨天晚上说想来周渔的学校，他早上就拿了钥匙。程国安在他们出门前就猜到了，知道程遇舟有分寸，就睁一只眼闭一只眼，没说什么。

"晚上回去吗？"

"月月住家里方便一些，"程遇舟打开副驾驶座的车门，让周渔坐上去，自己站在车旁，一只手撑在车门上，微微低着头跟她说话，"留在这里会影响你复习。我去她家待着，你和言辞考完，咱们一起回白城。"

夏天穿得少,他一眼就能看到她手腕上的红绳。

这根红绳,高三那年的元旦她戴上过,高考完没多久就摘了,上次去南京看他的时候又戴上了,对她来说,这似乎不仅仅是一根普通的红绳。

他想了很长时间。

"我好像还有一点儿印象。"

周渔抬起头,眼里闪着明亮的光:"什么印象?"

"现在不说。"程遇舟看着还在不远处打闹的兄妹俩:"程挽月,你晒不晒?"

"我帽子上的翅膀掉了,言辞说他回体育馆帮我找,我要等他。"

"你来车里等,车里凉快。"

"不要。"

程挽月蹲在地上,程延清站在她身后帮她挡太阳,等言辞从校门跑出来她才上车,嚷着去吃猪肚鸡。

兄妹仨从家里走的时候说好晚上八点之前回去,本来想着时间充裕还能在附近逛逛,结果一顿饭就吃了将近三个小时,程延清和言辞都喝多了。

周渔的宿舍离校门口近,她先到,程遇舟看着她进去了才小跑几步追上言辞。言辞的醉酒程度比躺在车里鬼哭狼嚎的程延清好不了多少,只是他没那么多毛病,喝醉了也安安静静的。

言辞递过来一根烟,程遇舟接着。程遇舟已经把烟戒了,身上没有打火机,于是等言辞点燃后用他的点。

两个人的脚边有好几只猫,都被言辞喂习惯了,不认生。

宿舍楼里也住着大四的学生,正是毕业离别时期,宿舍门口都是情侣,两个男生站在旁边就显得有点儿奇怪。

"明明是我先认识她的,比你早了好几年。"言辞先开口打破沉默,醉后身上的距离感没那么明显了,说话时脸上也带着浅浅的笑意,"父母去世后,我像是魔怔了,很长一段时间都不知道自己在做什么,为什么会那样。我虽然比周渔大一岁,但远不如她,甚至还没有挽月通透。"

程遇舟说:"当局者迷,旁观者清。她从来都没有怪过你,至于我,多多少少有点儿私心。月月是单纯地希望你好,也怕自己的病情会复发,又要回到无菌病房,每天只剩下吃药输液做检查,其他什么都做不了,好不容易见了面,自然有说不完的话。"

今天吃饭的时候桌上空了一个位置,言辞想起卿杭,"还没有告诉卿杭?"

"程延清上次遇到他,在电话里没说几句,月月就哭了好久,顺其自然吧。"程遇舟联系过卿杭几次,卿杭都很忙,"对了,你把票退了,考完开车回去。"

"行。"言辞也没跟他客气,点完头又很无语地笑出声,"真烦人,你能不能防着我点儿?"

程遇舟灭了烟:"那算了,你还是坐火车吧。"

言辞开玩笑:"这才像那么回事。我和她要一直在这个学校待到大四,你是得时时刻刻有危机感。"

周渔考完最后一科,收拾好行李,几个人一起回到白城。

家里落了一层灰,擦擦洗洗就花了小半天。外婆百日,周渔要去山上看看,程遇舟在她出门前就买好了香纸,坐在院子里等她。

两个人顺着小路爬上山,在山上待了很久,下山的时候,晚霞特别漂亮。

第二天要给程挽月和程延清过生日,周渔就住在程家。

言辞和程延清去超市采购,周渔负责做蛋糕,程遇舟去买仙女棒。他回来得快,洗了手就开始帮周渔切水果。

老太太做了一大桌子菜,每个人的口味和喜好都照顾到了。

程挽月习惯过了零点再吹蜡烛切蛋糕,还有好几个小时,下午吃完饭就拉着人陪她玩牌,输的人要跑到街上大喊三声"程挽月是大美女"。其他人让着她,她觉得没意思;不让着,她总输,输了就耍赖,又说要去周渔家摘杏子。

言辞从家属楼里翻出一辆旧自行车,程挽月霸占了后座,程延清只能跑着追。

周渔和程遇舟慢慢走在后面,两根红绳,她戴左手,他就戴右手。

家里没人,很多杏子被摘了。

程延清脱了鞋爬上树,程挽月嫌他磨蹭:"你行不行?不行就下来,让言辞上。"

"言辞,你现在就上来,让她看看到底谁不行。"

言辞动作快,还没站稳,树枝就一阵剧烈摇晃,看都不用看就知道是程延清:"别晃了,一会儿你摔下去了又要讹我。"

程延清不服气:"笑死人,今天谁先下去谁是孙子。"

他们一边吵一边摘,程挽月摊开衣服在树下接着。杏子偶尔会砸到她,她生气快消气也快,程延清说两句好话她就忘记了,先挑了两个大的给周渔。

周渔在水池边把杏子洗干净往嘴里塞,两边的脸颊都被塞得鼓鼓的。

程遇舟伸出一根手指在她的脸上轻轻戳了戳,笑着说:"你小时候比现在胖多了。"

周渔把嘴里的东西咽下去才能说话:"不是胖的,我那是拔完智齿脸肿了。"

那时候是冬天,她穿得多,还戴着帽子,只看脸的话就是个小胖子。

"我听人说猜灯谜有大奖,就特别想去。"

那场灯谜会程遇舟早就记不清了,他记得的是广场旁边的那个小摊:"赢到了什么?"

"洗衣粉,"周渔双手比画了一下,"这么大两袋,带回家用了好几个月,还有照片呢。"

"还有照片?"

"邻居帮我和爸爸拍的,要看吗?"

"想看。"

他们还在树上,程遇舟跟着周渔进屋,她从抽屉里拿出一本相册,一页页翻到程遇舟想看的那一张。

程遇舟看了很久,最后才注意到在她身后的球场上奔跑的一抹身影,虽然那抹身影的五官很模糊,但球衣上的数字能看清。

缘分这个东西真的很奇妙。

言辞摘够了,从树上跳下来去水池边洗手,程延清提起篮子试了试重量,程挽月在院子里喊周渔。

"走,我们回家,"程遇舟牵着周渔的手,"回我们的家。"

周渔收拢手指,握紧,两个人相视一笑。

夜幕降临,夏天还在继续。

你是我夏夜美梦里的无尽幻想。

番外一

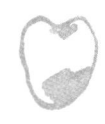

言　辞

昨天说好了，周渔会来言家，言辞提前十分钟下楼，在巷子口等她。

　　今年暑假，白城的夏天依旧酷热，空气被太阳烤得发烫。

　　夕阳的余晖有些刺眼，言辞侧过身看了看时间，已经二十分钟了，周渔还没有到，大概是临时有事。

　　旁边有家服装店，里面坐着两个三十多岁的女人，一边喝冷饮一边聊天，老板娘认识言辞，笑着朝他挥了挥手，让他进去吹空调。

　　言辞并不是性格冷漠孤僻的人，恰恰相反，他很健谈，所以无论男女老少都很喜欢他。

　　如果是平时，他会去打个招呼，但今天他在等人。

　　刚买的两罐橘子味汽水已经没那么冰了，他想着重新买一罐——周渔家距离这里虽然不远，但天气太热，她肯定想喝点儿凉的东西。

　　一阵热风迎面扑来，言辞抬起头，一个熟悉的身影出现在路口，他这才安心。她晚了半个小时，这半个小时的时间里，他的心也仿佛被太阳灼烤着，他担心她遇到什么事，焦躁不安。

　　言辞往前走去，周渔也看到他了，小跑了几步。

　　两个人站在路边说话，影子投在地面上，有种说不出的亲密感。

　　周渔睡午觉起晚了，急急忙忙地出门，跑了一身汗。言辞把她带来的课本接过来，顺便递给她一罐汽水，她没有立刻喝，拿起来贴在脸颊上。

　　服装店里的女人边看边笑："那个女孩儿看着有点儿眼熟，谁家的孩子？"

　　老板娘说："那是刘芬的女儿，比言辞小两岁，两个人青梅竹马，好得不得了。"

这不是言辞第一次听到"青梅竹马"。小县城的人口不多，街坊邻居互相都认识，年龄相仿的孩子们都算是青梅竹马。

"青梅竹马"这四个字本身就有着丝丝缕缕的暧昧感。

言辞下意识地看向周渔，她心里记着程挽月和程延清的生日，问他准备送什么礼物，边走边抬起一只手遮挡太阳，并没有发现他不太自然的表情。

等待的时间里，他没有打电话催促周渔，刚才也说只等了五分钟，周渔就相信了。

"今天好热，你怎么不在家待着？"

"太闷了，出来透透气。"

"挽月在奶奶家吗？"

言辞放慢脚步，和周渔换了个位置，让她走在阴凉的一侧："她在自己家补课，程叔给她找了一个小老师，天天盯着她学习。"

"小老师？谁啊？"周渔还没听程挽月说过这件事。

程国安资助了一个学生，那个学生学习成绩特别好，名字叫卿杭，今年考到了一中，于是举家从村里搬到了县城来住，租的房子就在这附近。暑假两个月没有作业，程国安担心程挽月玩得连自己姓什么都忘了，就请卿杭帮忙给程挽月补习功课。

言辞昨天去找程延清，在程家见到了卿杭。

程挽月不是一个会乖乖听话的人，她的花招很多，补习才开始，卿杭就已经在她身上吃了好几次亏。

拐过转角，言辞随意地指了一下前面的院子："就住在那里，你过几天就见着了。"

周渔顺着他的视线看过去，那个院子之前一直空着："难怪挽月这两天没有去找我，原来是被迫在家学习。"

程爷爷去世后，程奶奶没有搬去和儿子一起住，依然住在程家大院里，言辞住的家属楼就在对面。

周渔远远就看到院子门口放着一个黑色的行李箱:"是挽月的哥哥回来过暑假了吗?"

"上周回来的,估计要走了。"

"哦,这么快……"

上楼前,她悄悄回头,程家大院的门开着,但里面很安静。

此时,言辞没有察觉周渔的失落情绪。一个小时后,两个人坐在楼顶的摇椅上看日落,拖动行李箱的声音从巷子里传来,他也没有发现周渔想看的其实不是日落,她的目光跟着程遇舟的背影,直到他走出这条巷子,她都久久没有回过神。

后来过了很多年,身边的人来来往往,回忆里的白城越来越模糊,言辞却依然记得这个傍晚的落日,霞光像火焰,勾勒出一个人大步奔跑的轮廓,他和周渔之间的距离很近,摇椅慢悠悠地晃啊晃,晚风带起她的头发,发梢从他的脸颊上扫过,他闻到了一丝青柠香。

在他不知道的时候,周渔和程遇舟的故事已经早早地开始了。

无数个失眠的夜晚,他的脑海里总是不甘心地冒出一个念头:如果他早一点儿踏出那一步,是不是有机会?

为什么不能是他?

可偏偏就不是他。

在程遇舟完完全全地进入周渔的生活之前,言辞以为没有任何人可以插在他和周渔之间,他们之间的过往和羁绊紧紧地缠在一起,分不开,也放不下。

但程遇舟出现了。

周渔在往前走,他却还停在原地。

言辞和周渔之间明明有很多回忆,他却总是想起高三那一年。

跟在她身后的那些日子里,他总会想,如果她回头了,他要说些什么。

如果她爸没有去煤矿工作，如果舅舅在事故发生后没有逃避责任，如果她妈没有拦车，如果他没有伤害过她……

他们就不会是这个结局。

明明是最熟悉的人，中间却横着一道墙，他跨不过去，她也不会回头。

他甚至不知道程遇舟是从哪一天开始出现在她身边，拉着她往前走的，等他意识到自己和她之间的距离越来越远的时候，已经晚了。

大年三十那天晚上的烟花表演结束后，言辞在周家院子里的那棵杏树下待了很久。

记忆就断在那一天。

他只能依靠药物入睡，有的时候第二天都记不清程延清到底是几点离开的。

卿杭去找他告别，没过多久，程家也要搬走了，只剩下周渔，但她也会走出这个小县城。

言辞就是在等她离开。

张强在路口堵住他，他捡起砖头的时候，心里很平静，直到周渔跑进巷子里拦住他。

眼前一片刺目的红色，他从一个漫长但空白的梦里醒来，突然意识到她就在那里，只要他想，他甚至可以永远站在她身边，但也永远不能多靠近一步。

她因为沉重的家庭负担和程遇舟分开，言辞以为自己会高兴，然而并没有。她难过，他也不好受。

你们和好吧。

他希望她和程遇舟和好。

他希望她幸福。

程挽月教会他珍惜眼前人，他就试着回到朋友的位置。

她不常去南京，程遇舟来看她的次数也不多，但每天都会打电话。程遇舟赢了篮球比赛，给她发了张照片，球衣上有一条小鱼，她很开心，只是看着照片就会不自觉地笑。

有一次体育课，她要跑八百米。程遇舟出现在操场上的时候，她并没有注意到，跑完坐在草坪上休息，被人拉着手腕站起身，愣了好一会儿，才惊喜地扑到程遇舟的怀里。

异地四年，程遇舟给她写了将近一百封信。

毕业那天的合照是言辞唯一的小心机，他等了很久，等周渔和同学拍完，等程遇舟暂时走远，等她身边没有了其他人，才站到她身边。

那张照片并没有什么特别的，只是给这段没有结果的回忆画上了一个句号。

周渔很少在社交软件上发动态，但周渔的照片会频繁地出现在程挽月的朋友圈，她们一起逛街、一起旅行、一起看演唱会，她们是一家人。

她过得很好。

直到程延清打电话问他要不要当伴郎，他才得知她要结婚了。

"婚礼定在哪一天？"

"十月五号，你有空吗？我肯定是要给程遇舟当伴郎的，他还有别的朋友，你能来就行。你是自己人，就不给你寄请帖了。"

"有空，我会去。"

他翻看日历，还有好几个月，足够他准备一份合适的礼物。

她偶尔会到上海出差，有空也会联系他，问他忙不忙。

他没有见过她的婚纱照，以至婚礼当天看着她穿着洁白的婚纱走过来的时候露出了破绽。

程挽月问他是不是真的放下了。

他没有答案。

晚上，他喝了很多酒，却怎么都睡不着。

陈欢是伴娘，也住在酒店。白天他把西装外套借给她，她洗干净拿过来还给他时,看见了他腰上的字母,也不知道是为自己难过,还是为他难过,又哭又笑的。

"言辞,你没有机会了,别再等了。"

"我不是在等她回头。"

他只是没有办法喜欢别人。

番外二

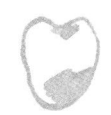

程挽月

病情好转后，程挽月决定复读。

新学校新环境，虽然她在哪里都能交到朋友，但感觉不一样。越临近高考，她越是会想起卿杭。

以前，程国安给她找过好几个家教，但没人比卿杭有耐心，同一道题能讲十几次。

刚开始，除了给她讲题，他几乎不跟她说话，又死板又无趣。

有一天，她被烫伤了，他背她去医院，又背她回家，她才发现他并不像她以为的那样讨厌她。

下课铃声响起，程挽月回过神，沉默地看着草稿纸上的两个字：卿杭。

他们已经很久没有见过面了。

他离开白城的时候没有跟她告别，连一句"再见"都没有。

同桌凑过来："挽月，你认识卿杭？他是你们县唯一一个被保送清华的人吧？"

"认识啊，当年连续三次月考，他都是全省第一。"市里重点学校的学生都考不过他。

白城那样的小地方，每年有一两个能考上清北就很不错了。

"李老师来我们学校任教后提过他好几次！他长得好看吗？应该很普通吧，这种只会学习的男生大部分长得不怎么样……"

程挽月在脑海里描绘出卿杭的模样，他最常穿的衣服就是校服，总是干干净净的。

卿爷爷虽然收废品，但家里很整齐。

高一那年，他们是同桌，有人嘲笑卿杭是废品，她还跟那个人吵了一架。

"不过,那么会学习就已经很厉害了。挽月,你打算去北京还是南京?一个哥哥在北京,一个哥哥在南京,是不是很难选?"

"你呢?"

"我想去有海的城市,比如厦门和青岛,就看我能不能考上了,学习真痛苦。"

程挽月只想留在父母身边。

她生病的时候,家里人为她流了很多眼泪,哪里都没有家里好。

她考得不算好,但也不差。程延清请了假,周渔和程遇舟也从南京过来,给她过生日。

高中那三年,她的生日蛋糕总要留到最后,等卿杭给她唱完《生日歌》她才会吹蜡烛。

全家人都在,她太开心了。

傍晚,卿杭给程国安打了通电话,她就在旁边,听着他们聊天,卿杭从头到尾都没有问过她。

至少,他应该说一句"生日快乐"。

但他没有。

她不信他忘了今天是她的生日,更不信他能忘了她。

"卿杭,月月在家,你跟她聊聊?"程国安准备把手机递给程挽月。

电话那端安静了一会儿,才传来他的声音:"下次吧。很晚了,程叔早点儿休息。"

程挽月起身往外走,周渔跟着她去阳台。

"卿杭不知道你生病了,他不是故意不理你的。"周渔帮她擦眼泪。

程挽月嘴硬:"我告诉他了,他不相信,不信就算了,反正以后也不会再见面。"

她想起住院时做过的一个梦。

梦里，卿杭说，他恨她。

他凭什么恨她？

不见就不见，没有他，她照样能过得很好。

大学几年，程挽月也谈过恋爱，可跟谁谈都没什么意思，过了最初的新鲜感就更提不起劲。

她总会不经意地从对方的身上寻找卿杭的影子，有些举动很像他，但又不是他。

她不应该想他。

毕业前，周渔和程遇舟回白城一中拍婚纱照，程挽月也回去了。

学校的变化不大，三号楼露台的那面告白墙也还在。

程挽月在被画得乱七八糟的墙上看见了自己的名字，旁边还有两个字：卿杭。

记忆跨越漫长的岁月汹涌而来，她承认，她不甘心就这样算了。

既然忘不掉，那她就去找他，去见他吧。